肇绿南粤

岳山大造林纪实

许锋 著

图书在版编目（CIP）数据

肇绿南粤：岳山大造林纪实 / 许锋著. -- 广州：花城出版社，2024. 11.（2025. 1重印）-- ISBN 978-7-5749-0336-4

Ⅰ. I25

中国国家版本馆CIP数据核字第2024730BQ6号

出 版 人：张 懿
责任编辑：李 谓 安 然
责任校对：梁秋华
技术编辑：林佳莹
封面设计：集力書裝 彭 力

书　　名	肇绿南粤：岳山大造林纪实
	ZHAO LÜ NANYUE：YUESHAN DA ZAOLIN JISHI
出版发行	花城出版社
	（广州市环市东路水荫路11号）
经　　销	全国新华书店
印　　刷	广州市岭美文化科技有限公司
	（广州市荔湾区花地大道南海南工商贸易区A幢）
开　　本	787毫米×1092毫米 16开
印　　张	19.75　10插页
字　　数	260,000字
版　　次	2024年11月第1版　2025年1月第2次印刷
定　　价	78.00元

如发现印装质量问题，请直接与印刷厂联系调换。
购书热线：020-37604658　37602954
花城出版社网站：http://www.fcph.com.cn

"岳山造林"光荣传统是一笔宝贵的精神财富!

岳山林场林海

习仲勋除草、培土过的蓝钟杉葱郁挺拔（张梓望 许舒智 摄）

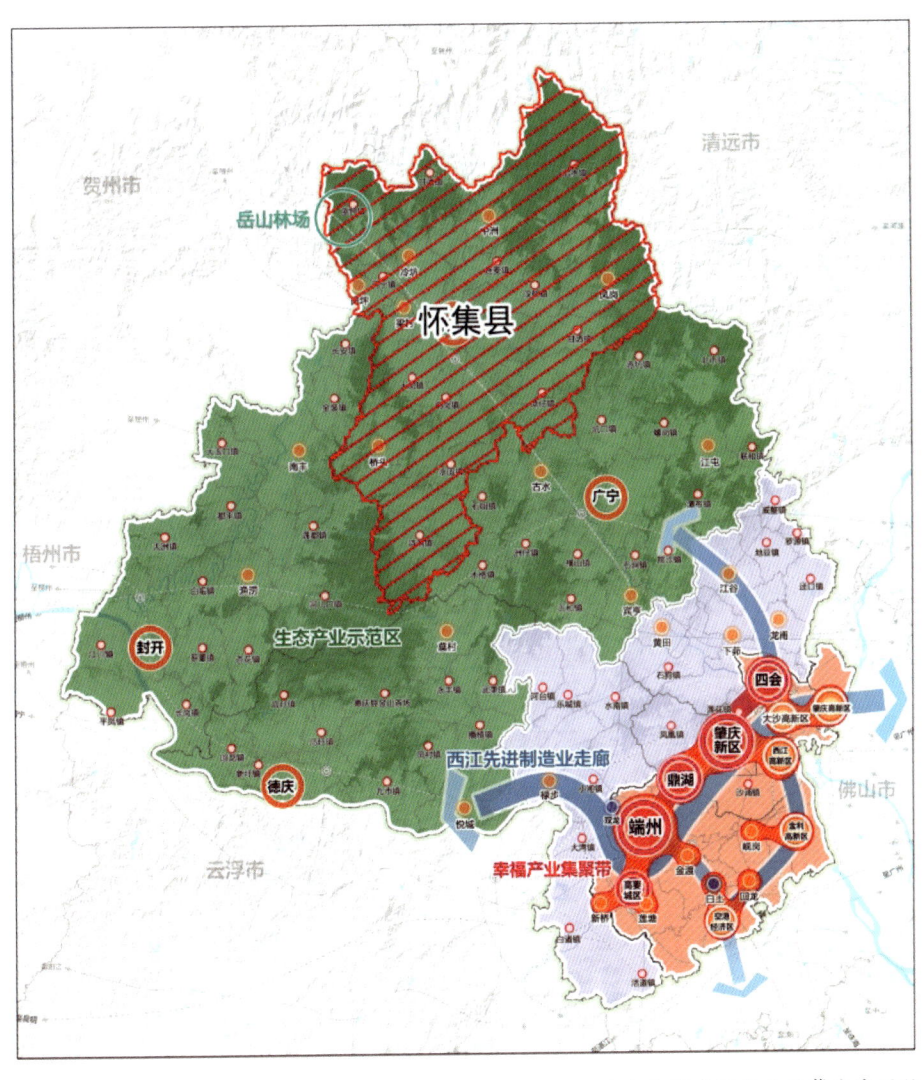

岳山林场在怀集县及肇庆市区位

—5—

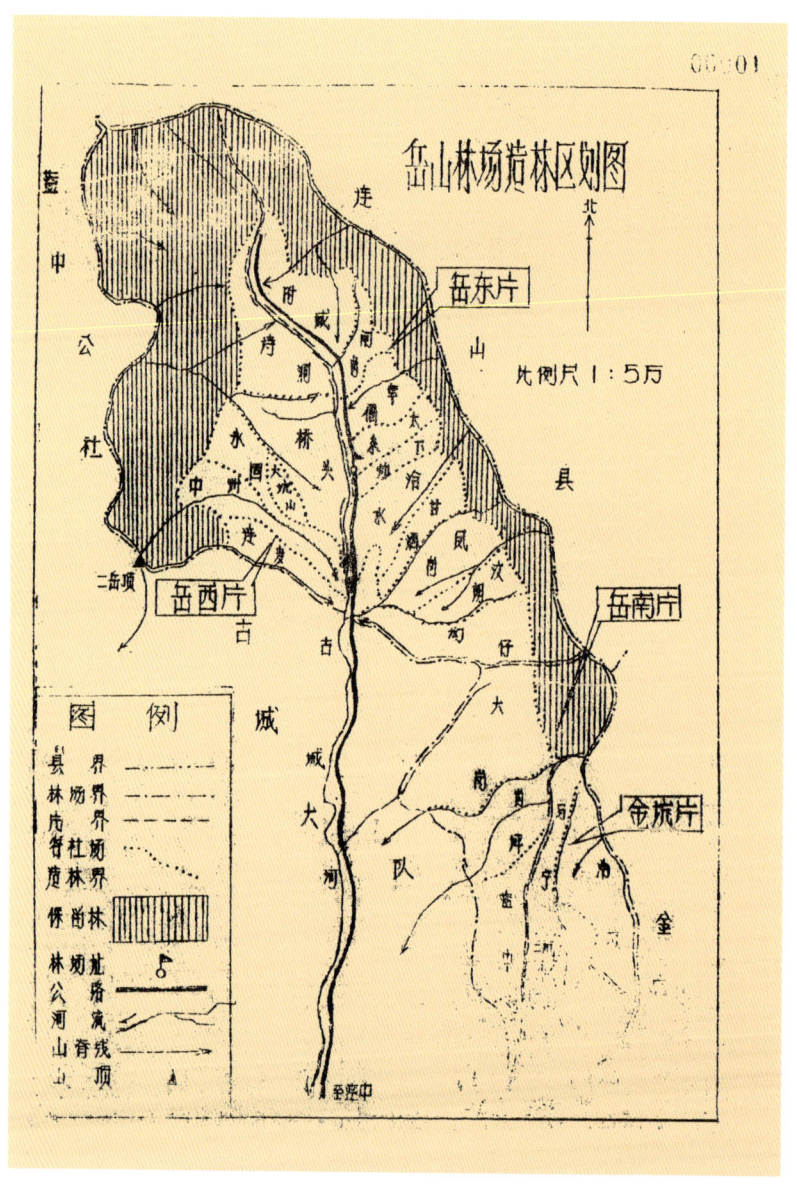

1974年岳山林场造林区划图

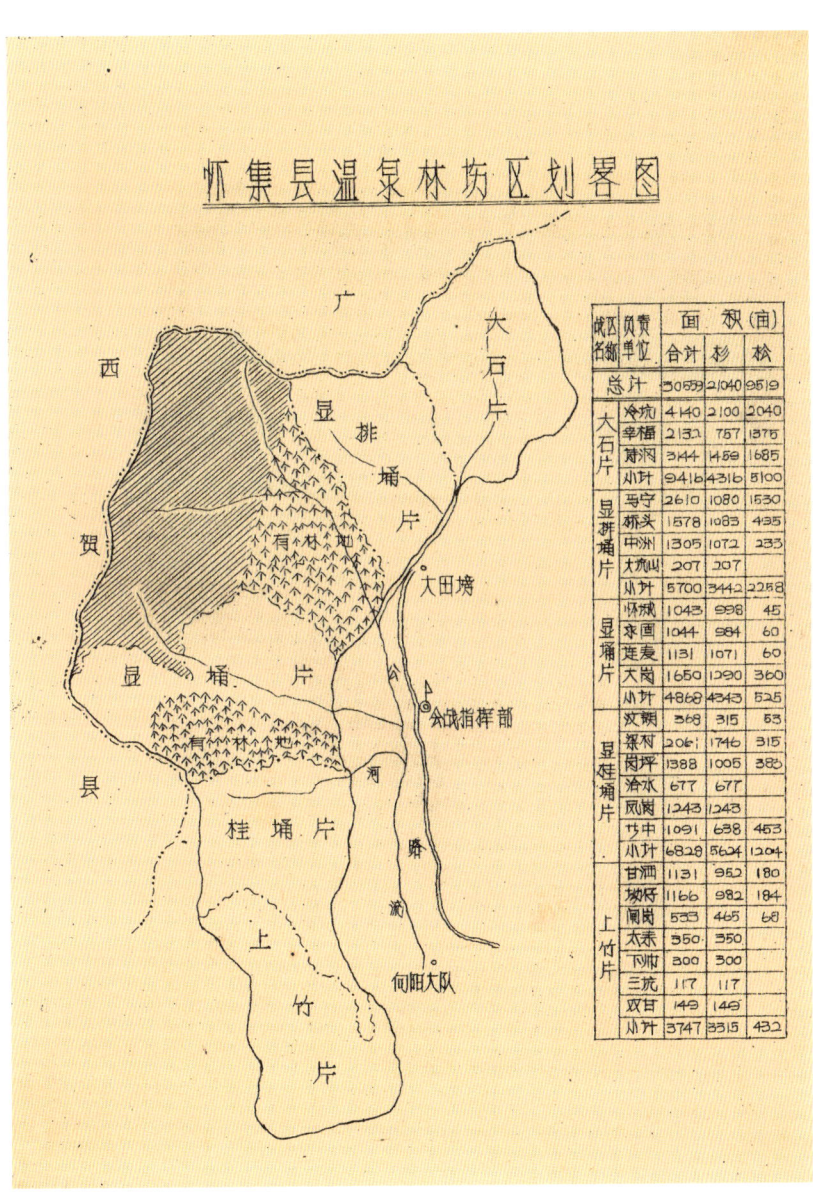

1974年温泉林场区划图

《开路》(中国画·1974年作)/林丰俗

《岳山造林印记》(中国画) /谢顺祥、赵金强、罗秋帆、陈伟刚合作
2024年入选全国名家共绘"绿美广东"主题美术作品展

《岳山翠绿》 怀集三岳自然保护区(吴勇强 摄)

怀集燕都湿地公园一角(黎俏欣 摄)

广东怀集三岳省级自然保护区内的珍禽异兽

目录

引　子 / 001

第一章　粤西北有座城
一、山水与人同在 / 007
二、码头往事 / 017
三、一棵树要比一首诗美丽 / 020

第二章　绿化祖国
一、支援国家建设 / 028
二、先行者 / 033
三、集结，集结 / 048

第三章　上岳山
一、"牛仔""牛妹" / 054
二、"小分队" / 058
三、"排骨床" / 065

第四章　红旗飘飘

　　一、誓师 / 072

　　二、"客家妹" / 077

　　三、疏残林 / 084

　　四、一封家书 / 089

　　五、被"起用"的赤脚医生 / 093

　　六、"不求人" / 095

第五章　山里的冬

　　一、从兴安岭回来 / 101

　　二、镰刀与斧头 / 105

　　三、《岳山战报》 / 112

第六章　火凤凰

　　一、瞭望员 / 125

　　二、山里山外红烂漫 / 131

　　三、看电影 / 139

第七章　挖撩壕

　　一、乖乖听安排 / 144

　　二、环山走 / 148

　　三、老区斗争史 / 162

第八章　记录
　　一、重头报道 / 168
　　二、影与像 / 172

第九章　杉苗何处有
　　一、元旦的钟声 / 182
　　二、采与育 / 185

第十章　种杉了
　　一、接苗上山 / 191
　　二、谁持针叶当天柱 / 197
　　三、他们留场了 / 201

第十一章　1975年
　　一、新年到了 / 208
　　二、影响力 / 214
　　三、文炮田下乡 / 223

第十二章　会战再起
　　一、百战归来再出发 / 227
　　二、我的心多么激动 / 231
　　三、决战狮子岭 / 237

第十三章　紧急会议
　　一、安全，安全 / 247
　　二、一个党员一面旗 / 249
　　三、带全团走出密林 / 253

第十四章　春天
　　一、一朵爱情花 / 256
　　二、"春风第一枝" / 261
　　三、永续利用　青山常在 / 268

第十五章　传承与弘扬
　　一、此心安处 / 274
　　二、守业者 / 279
　　三、绿美广东 / 284

附录　岳山大造林大事记 / 298

后　记 / 306

引子

1968年春,山花烂漫的时节,在罗天兴戴着大红花离开洽水时,他没想到,五年后妹妹罗月英也离开了洽水——他是参军入伍,妹妹则是上山造林,都肩负使命。

妹妹来信说:

古有花木兰代父从军,今有罗月英参加岳山造林,我真自豪。

……对了,我们公社有一个刚从部队退伍回乡的民兵战士,石莹民兵连公路排排长徐好年,他真是好样的,带领30名民兵接受了架设公路桥涵洞的任务。在时间紧、任务重、顽石多、工具少,连一根铁锤、钢钎都没有的情况下,他们硬是用木头棒子代替,苦干、实干加巧干,仅用两天半时间就完成了原计划四天完成的架设分界庙涵洞桥的任务。

岳山?岳山造林?罗天兴的心随着罗月英的讲述好似飞回了家乡……

1965年,因为有文艺特长,他作为公社农科所的职工参加了县里举办的放映员美术培训班。正是在这个培训班上,多位培训老师对怀集境内的几处绘画写生胜地,尤其是对岳山的推崇,让岳山自那时起就深深印在了他的脑海里。

虽然是一名土生土长的怀集人,但在离开家乡前,罗天兴没去过岳山。而与岳山的情结,其实在他参加放映员美术培训班时就系下了。数年后,当他再次听到"岳山",是在一条播放电影正片前的新闻简报里,那时他在部队担任电影组组长。当时,画面冷不丁一闪,银幕上出现"怀集林业采育场"七个醒目大字,播音员字正腔圆地播报:

在我国南粤西北部山区,有一个全国农业学大寨先进县,这就是广东省怀集县……

"怀集?"罗天兴心里咯噔一下,不敢相信自己的耳朵,他瞪大眼睛盯着画面:

一帧帧画面流转,熟悉的怀城大桥,自己攀登过的山岭秀峰,童年时与小伙伴戏水的绥江河……尤其是当令他魂牵梦萦的岳山造林大会战实况和壮观场景接连闪现,他的脑子轰地一热,激动得几乎喊出声来。

从银幕里看到自己的家乡谁会不兴奋?罗天兴却在兴奋之余有些懊恼,为离开家乡前没去过岳山。童年去不了,少年去不了,青年时,就算交通不便,就算路远,咬咬牙,还是可以去的。虽然走路去是真的远。怀集虽属县制,却有3500多平方公里的面积,在肇庆几个县里面积最大,比珠三角很多县也大得多。而他生活的洽水公社位于县城东北,与岳山隔着中洲公社。

罗天兴清楚地记得,1967年冬,全国征兵号令刚传到怀集,他就积极报名应征,并顺利通过了体检、政审等所有筛选。

翌年春节后,罗天兴踏上了军旅。

对罗天兴来说，出发那天，是一个无比荣光的时刻，更是一个他此生都不会忘记的日子。那一天罗天兴的父亲罗锦华和母亲祝云霞胸前也戴着大红花，亲朋好友都来祝贺、欢送。

共产党员母亲叮嘱儿子："当了解放军，要好好学习、锻炼成长。"

"请妈妈放心，我一定做一名优秀的军人！"罗天兴响亮地回答。

"儿子，想家了就写信，要经常报平安。"

"放心吧，爸爸，你们也要保重身体。"

同来送行的妹妹罗月英噘着嘴不情愿哥哥走。

罗天兴捏了捏她的脸蛋："你呀，在家要听话，要好好学习。"

入伍后，罗天兴先后担任过文书、班长、副排长、代理排长。后因在公社的工作经历和专业特长，担任了总队政治部宣传科电影组组长。

1977年冬的一天晚上，济南军区文化工作站排期的故事片《侦察兵》在总队机关首映，罗天兴带三名战士提前到场调试设备。

当时放映用的是解放103型移动式35毫米放映机，俗称"提包机"，体积小，重量轻，结构简单。

"一会放映时，要注意两台机器交替使用时的衔接，保证电影放映'不断片'。"罗天兴叮嘱。

"放心，我们保证做到完美过渡。"

放映时间到了，在营区大操场灯光熄灭的同时，罗天兴悄声下令开机。

短暂静谧之后，一束强光打出，胶片"吱吱吱"转动，银幕开始闪动，伴着激昂的音乐，"新闻简报"四个大字闪现出来。

《新闻简报》由中央新闻纪录电影制片厂摄制，每周录制一期，每期片长约10分钟，内容都是报道全国近期发生的重大时政、经济、文化、军事和社会新闻。正式放电影前"插播"《新闻简报》，是当时的一种新闻传播方式和宣传手段。

画面闪现的正是前文提到的让罗天兴兴奋不已、播报怀集的一幕。

电影放映一结束，政治部主任魏振国、副主任孟先，宣传科长张锡智等纷纷走到罗天兴面前，孟先竖起大拇指道："小罗，你的家乡怀集真棒！"

后勤部广东籍战友许大伟、司令部广西籍战友蒋元标更是向罗天兴挥手，用广东方言喊道："怀集真靓啊！"

当晚，罗天兴激动难眠。

第二天一大早，罗天兴将这个喜讯告知了怀集籍其他几位战友，并提前向在三大队12连担任排长的梁秋炉，五大队21连担任司务长的梁汝朴"通风报信"，告知电影组下基层放映的准确日期。

几天后，罗天兴和战友带着放映机去了微山湖，那里有部队的临时营房，战士们正在执行采砂任务。

夜幕降临后，战士们提着小马扎列队来到微山湖畔，整整齐齐地坐好，准备看电影。

放映前，负责宣讲的战士亮嗓子喊：

战友们，一会儿，你们会看到最新一期的《新闻简报》，说的是广东怀集建设的事迹。大家知道吗，怀集，是咱们电影组罗组长的家乡。

现场顿时炸了锅,战士们的目光唰地扑到罗天兴脸上,罗天兴热血上涌,自豪无比。梁汝朴、梁秋炉、黄三兴等也忍不住喊:"也是我们的家乡,我们的家乡……"

在微山湖那个夜晚,湖畔一片寂静,似乎鱼儿不游了,芦苇不摇了,风儿停驻了……罗天兴睡得很香,梦境中隐隐回荡着播音员铿锵有力的声音,闪动着一幕幕光影……

后来他想,微山湖、铁道线、荷花淀、怀集之间似乎没什么联系,好像又有什么联系,因为自己吗?

近半个世纪后,当年《新闻简报》播报怀集的事已成为尘封的历史,几乎无人记得。其时,四处奔波收集史料的谭上洲(怀集"岳山造林"历史资料收集整理工作领导小组成员兼办公室主任)正陷入踏破铁鞋无觅处的尴尬与困窘,突然想到当过县委宣传部副部长的罗天兴交际圈广、人缘好,说不定能帮上什么忙……果真,那一段珍贵的画面终于再次从岁月之河中浮现,成为重要的史料。

1979年2月,习仲勋视察岳山林场时,罗天兴还未从部队转业,妹妹罗月英来信说了这事,他感到非常兴奋。

他也再次懊悔当年没能克服一切困难去岳山。此时,真恨不得插上翅膀飞回去。

1987年3月,当习仲勋再次视察怀集时,罗天兴已从部队转业回到怀集工作。彼时,县里正深入宣传贯彻落实习仲勋"合理砍伐、永续利用、绿化荒山、青山常在"16字重要指示精神。这16字方针,与当年的岳山大造林一脉相承,顺应天时、地利、人和,是政治、经济行为,但肯定也会成为一种文化现象,一道文化景观。大地为证，苍天为证，青山绿水为证，它的影响力很可能会穿越时空，十几年，几十年，半世纪，乃至更长。

2024年，当75岁的罗天兴回想起当年一幕幕时，仍满是骄傲和自豪。他骄傲自己与新怀集同生，与新中国同龄；他自豪当年家乡和家乡人民为新中国建设做出的贡献；他欣慰在新时代，怀集人民传承弘扬"岳山造林"光荣传统，积极推进生态振兴，守护生态安全，奋力将青山打造成金山银山，为绿美广东新画卷挥毫泼墨，为绿美中国做出贡献。

正所谓薪火相传，篇章赓续，壮哉！

第一章 粤西北有座城

一、山水与人同在

车抵怀集时已近黄昏。自广州入肇庆,一路向西,途中不停穿越崇山峻岭——有些路,似在山巅,隧道深不可测。一个个地名飞快地闪过……陌生又熟悉,我竟有一种当年玄奘奔赴河西走廊——古丝绸之路去取经的感觉。渐悟出,粤西北之地,未必属于苦寒气质,但山大沟深,必定出过不少苦寒之人,其中,大抵多游侠、剑客、义士,亦有刁民、山贼、流寇——而往往,他们的"身份"又是在转换的,一时的流寇煽乱,一时的义勇力战。岁月的万里长风青冥浩荡,又晚风飘绵,不会轻易掠过大地之上曾留下的任何蛛丝马迹、雪泥鸿爪。

2012年2月15日,纪念禅宗六祖慧能的华光寺在梁村镇花石村举行重建奠基仪式。华光寺始建于唐长庆年间(821—824年),为六祖慧能避难岭南居栖怀集修悟而修建。明万历二十二年(1594年),梁允玳(怀集梁村人)等人重建华光寺于梁村镇

怀集岳山林海

花石道士岩前，后经历明、清、民国，1958年被拆毁，但遗迹依稀可辨。

慧能（638—713），俗姓卢，广东新州（今云浮新兴县）人，家寒，父早逝。据《坛经》载，受五祖衣钵后，慧能一路"发向南"，越大庾岭，过梅关，两月后，到曹溪宝林寺（今韶关南华寺），后消失。据《曹溪大师别传》载："能大师归南，路至曹溪，犹被人追逐，便于广州四会、怀集两县界避难。"南唐静、筠二禅所撰《慧能和尚传》载："能难返后隐四会、怀集之间。"

据怀集县志办研究，该县冷坑镇上爱岭"石室"是六祖在怀集隐身15年修炼与顿悟之地。石室由3块巨石自然叠成，为高约6米，宽约10米，面积约20平方米的半开放空间，最上面一块巨石自西向东伸凸3米多，形成天然遮盖。该室最早叫"龟嘴岩"，约在唐朝末期，因慧能在此顿悟禅学而盛名，当地百姓改称"六祖岩"。清咸丰十一年（1861年）夏，"怀集六祖岩崩，声震数十里，火光满山"。

662—663年，慧能自湖北黄梅东山寺赴岭南避难，出发前，五祖授记云："努力向南，不宜速说，逢怀则止，遇会则藏。"之后，亲自送慧能下山。

其后，慧能至怀集，所经之途，纵不过岳山，但山有厚藏，不戏英雄，水有灵德，不谑智者，林莽疏烟，泊然身心，禅定慧能一生乾坤和劫数。

或许，他到过岳山。而民间传闻中，他种下的一棵树，至今仍存。怀集作家李美玉撰写的《古城千年"红锥王"》一文中有如下记述：

慧能四周观察，发觉大树附近有一棵红锥小树苗，那应是往年秋天果子掉在地上后蕴藏在泥土里，到春天发芽成长起来的。慧能想，这可口有益的果子何不在人居之地生根、造福百姓？他顿生心愿，要把小树苗移入村寨，带到百姓身边。

慧能面对小树苗，双手合十，口中念念有词，用随身携带的刀子连泥挖了出来，随手摘了一片野芋叶包好放进布袋后，快步追上猎人队伍。

猎人队伍第二天又出发在路上，他们往如今蓝钟镇绵延无边的岳山山脉方向寻找猎物。晚上，队伍到达岳山东麓，在一户农家的茅草屋附近停下来休整。猎人们选择一个有溪水的山坳搭起灶台，生火烧水煮饭。然而，柴火是刚从山上捡来的，湿度大，怎么也点不燃。这时一位农民从茅草屋里走出来，看到这情景，抱了一捆干柴给猎人们。慧能双手合一致谢后，向农民借用锄头。

农民好奇地问：借锄何用？

慧能说：种树。

农民不解，问：前人种树，后人乘凉，您一过路人，种树何为？

慧能说：为天下苍生。

农民回家取来锄头交给慧能，慧能来到茅草屋后背不远的小山坳。只见他挖好树穴，小心地种上红锥树苗，培上土，用脚轻轻踩实后浇水。种罢，慧能双手合十，转身对农民说，此树是红锥树，落户这里，10年后便可结果，果子能吃，要好生爱护。此树在饥荒之年可为饥民保命，和平之年可为百姓庇佑。千年万年，保一方平安。

十年后这一带遭天灾，稻谷颗粒无收。可就在那年秋天，那棵红锥树满树挂果，周边的老人小孩每天都靠拾红锥果充饥，度过了艰难的日子。

吃果不忘种树人，百姓一直念叨那位神秘的种果人。十几年后，当慧能在光孝寺剃度，在南华寺弘法，世人皆知慧能在怀集遁隐15年时，当地百姓经多方了解证实，当年亲手种下红锥树的人就是中国禅宗六祖慧能，这个故事就此在民间流传开来。

"逢年过节或闲时，村民喜欢三三两两结伴在'红锥王'下聚聚，有果时拾果，无果时乘凉，其乐融融。不知从什么时候开始，村民开始把红锥果称为佛锥果，外出求学、工作都喜欢带几枚，以寄托对慧能的敬仰和对家乡的眷恋。"李美玉言。

2019年，这棵历经千年风雨的"红锥王"古树，入围"广东十大最美古树"。2022年，古城红锥古树群入围"广东十大最美古树群"。

那日，我们来到岳山东麓古城根竹塘自然村村口后背山，见到了这棵古树。大树参天，林荫蔽日，盘根错节，穿石插缝。

树干上布满苔藓,青藤缠绕。树高20余米,树冠30余米,胸径粗壮,多个成年人手牵手不能围拢。树身之上挂着一块牌子,上有"国家古树保护级别一级",下有"树龄1300年"字样。

树龄恰与慧能到怀集的时间"重合"。

"红锥王"(许卓 摄)

"岳"者，高山也。

《礼记·中庸》云："发育万物，峻极于天。"郑玄注："峻，高也。"孔颖达疏："言圣人之道高大，与山相似，上极于天。"后以"峻极"谓极高。《诗经·大雅·崧高》云："崧高维岳，骏极于天。"崧，一作"嵩"；骏，一作"峻"。《尔雅·释山》云："泰山为东岳，华山为西岳，霍山为南岳，恒山为北岳，嵩高为中岳。"

怀集文史专家林昉言："中国有五岳，怀集有三岳。根据县志，三岳的山峰足够高、山体足够大，类比衡山、岱山，所以叫岳山。"

来到怀集后，我才知道它的地理位置的确很特殊，它与广西贺州相邻，由广西过广东，可以于此经过。

怀集在旧时漫长的时间里都属贺州。若从天上看，怀集地形恰似一把葵扇，而扇柄一端与贺州相连——这一连便很难"剪断"。怀集古为百越地，属南海郡。南北朝宋元嘉十三年（436年）始设怀集县，属绥建郡。宋开宝五年（972年），洊水县并入怀集县，自元朝末年起怀集县划属广西管辖，1952年复归广东省肇庆地区。

怀集文化人常这样"自我"介绍，怀集县建置至今——"700年广西，800年广东"。还真是，中国历史上，很难找到这样的县域。省域相连之处，山水融汇，贺州有贺江，为西江支流，入粤，在封开县入西江；怀集有绥江，为北江支流；正源为中洲河，南流至四会马房河口注入北江——西江、绥江、北江，三江汇流，珠江三角洲肇始于斯。

一切的大地因水而生。大地上的一切，也随流逝的河水南来北往，东去西归。

其实，封开县是由原来的封川、开建两县合并而成，两县的历史可上溯至汉朝时期。中华人民共和国成立后，把原开建县与怀集县合并称怀建县……分分合合，总有道理。

那时的人们，走山路，翻山越岭，蜿蜒曲折。也走水路，顺流而下，走走停停。"远近"会有一些差异。水有涨落，就有惊险，经过些时日安然到达怀集，总可歇歇了。有的真就歇下了，成为下帅乡和毗邻的中洲镇少数村庄村民的先祖。他们说的话和本地人不同。怀集讲粤语的人居多，虽语音和语调有差异，但词汇和语法基本相同，不影响交际。而下帅乡和毗邻的中洲镇少数村庄的壮族人民的语言则属广西壮族语系，但无论如何，不影响壮族、瑶族与汉族人"三族鼎立"，和谐共生。

他们唱着山歌，悠然行走于山水之间：

燕岩一树哎梅花哎发呀，一树梅花发白呀岩，花发白岩呀风细呀细呀，岩风细细水潺呀潺，岩风细细水潺哎潺。

潺潺滴滴哎去烟哎上呀，滴滴云烟上半呀山，烟上半山呀流水呀到呀，半山流水到燕呀岩，半山流水到燕哎岩。

歌里提到的燕岩在怀集县城西南48公里处。洞外神峰耸峙，洞中曲径通幽。岩底有条河长年累月汩汩流淌。四望皆石钟、石柱、石笋、石幔。奇特的是，每年春分后，不知从哪里飞来数不清的雨燕，唧唧唧唧、鸣声起伏，在石窟石隙中筑巢，繁衍后代。

海岛崖穴是雨燕的家，它们何故来此？原来，燕岩所在之地曾为汪洋大海，燕岩原为孤岛，雨燕曾在此栖息。沧海桑田，世事变迁，海虽彻底隐去，燕岩还浮于陆地之上。血脉中具有念旧基因的雨燕追寻远古的气息，飞过太平洋、印度洋，越过巍巍山岭，回家了。

燕岩所在地为怀集桥头镇，出过也来过不少文人墨客，多有诗咏这些可爱的精灵。《泛珠三角与燕都文化："泛珠三角与燕都文化怀集论坛"论文集》收录的中学退休教师陈毅刚《浅读古今名士游燕岩咏燕韵》一文中，就出现有多首：

咏凝洞

[明]刘朝觐

云烟缭绕锁芳菲，揽辔寻春入翠微。

屹崒峰林争秀峙，玲珑岩洞沐清辉。

湾湾绿水银蛇舞，湛湛蓝天紫燕飞。

阆苑平分堪媲美，流连此地几忘归。

咏燕岩

[清]高仁山

鬼斧何年凿太空，群山流水一岩通。

舟行石底穿来往，燕啄崖边语雨风。

两辟洞门飞不到，中留仙迹画难工。

武陵未许专前美，分得桃源此地同。

燕岩

[清]顾旭明

幽岩重泛乐无边，疑是大罗别一天。

窝里清音皆燕语，溪旁绕砌有仙田。

将军跨马常留足，罗汉倚仙不载船。

还看澄波鱼鼓浪，洞门阔窄任争先。

如此多的雨燕聚集于此，得有吃有喝才行。林昉在《论金燕文化生动金燕之旅》中言："金燕为鸟生活上有其'三不'，即不吃地面水只饮岩穹滴泉，不吃地上爬虫只捕空中飞虫，不落足地面只空中飞行，其栖燕岩崖缝靠的是俯冲滑翔而驻足或起行，再加上蓝天下风雨中的生活，它显现了一种勇敢。"恰巧，此地河谷宽广，土地肥沃，产玉米、稻谷、薯类、花生、大豆等。燕岩附近多为石山，石山汲水，故植被繁茂，有乔木，也有竹草，溪里有小鱼、田螺，田头地角亦多昆虫。

紧密连接的生物链保障了雨燕有充足的食物。

老燕携雏弄语，男女对歌谈情。

女：花逢春天呀红又艳啵，人到青春哩情意浓呀，心想情哥夜连日啵，二十三二十四哩花红红呀。

男：情深义重呀是我与你呀，有情唔怕哩冷水淋呀，同心同德亲爱厚呀，心心相印哩春相逢呀。

一方水土，一方人文。

怀集多山。逢了雨季，无论从哪个方向望去，山上云雾缭绕，几乎不见山头。山间，一缕缕、一条条、一团团、一簇簇白白的雾，极缓地生，极缓地移，极缓地幻化。山风吹拂，裹着质朴的原始的香。我贪婪地呼吸，在如此山间，什么都不必做，唯有呼吸再呼吸，脑中甚至会陷入一片迷茫，呈醉氧之态。

山高便水长。如牛仙谷。溪水从山顶喷涌，沿峭壁顺流而下，成瀑成泉，水花落石，四处迸射，如冰珠乱溅。水清风满，突然，风势陡然，人立其前，如入风口，摇摆不定。再看山壁间，草木轻摇，仿佛音声相和。

山脚一树野生荔枝从石壁中横生，几十朵白色的花连缀成片,在瀑布之风中摇来摇去,如乘舟荡漾。

怀集亦产"奇石"。宋人李昂英(1201—1257)曾作《赠怀集莫贡士序》①:

不见莫君瑞应八年,忽叩门访,小隐留之,对荷花细酌。因谈怀集产水晶石,莹明特异,惜吾邑无能攻治之者,列之几案供挤玩,清寒照人,亦天成奇物也。余曰:"君亦犹是,夫一日遇良工具眼,稍加琢瑳,即成美器矣!"时有龙舟跃至小溪,君喜甚,举大白满引。

怀集亦产茶。"白崖山茶,城南一百五十里,色泽俱佳,价廉味美,远近久驰名焉。上磴茶,离城一百二十里,有名冷瓮茶者,饮之满齿生凉,然殊难得。黄沙茶,在凤岗堡,距城一百三十里,茶味清香。令有齐岳茶,城西北一百二十里;罗逢茶,城东七十里。"②

此番去,与当地文联友人品新采的新岗高山青茗茶,满口翠绿,齿颊生香。

清晨在街头行走,一时有些恍惚,感觉它不像县城,比县城大,大许多。山清水秀——岭南处处青山绿水,这不奇怪,但它的青,硬了些,若套戏曲中的人物,大抵属于"青衣"风格;它的秀,雅了些,如幽谷之良人,无独钓一江秋的孤僻,有高歌一樽酒的达观。

几日之中我不停游走,不断参悟怀集民风淳朴和文脉绍世。访始建于明朝万历年间的怀城文阁;访怀集县立图书馆旧址,建

---

① [南宋]李昂英撰,杨芷华点校:《文溪存稿》,暨南大学出版社1994年版,第123页。
② 吴觉农编:《中国地方志茶叶历史资料选辑》,农业出版社1990年版,第538页。

于民国二十年（1931年）的县立图书馆旧址在县委县政府旁边，后县委县政府腾出地块让利于市，商业广场建成后人头攒动、熙熙攘攘，但图书馆旧址"岿然不动"。图书馆内有梅贻琦题词"缥缃环玮"、马寅初题词"集东西文为渊薮，览当世事以融通，尽录其长舍所短，初前为异终于同"……

华灯初上，星火璀璨，影落绥江——这样的县城，山水与人同在，山水将人带向远方，人裹挟山水之格，莫不志向辽阔。

二、码头往事

怀集地方，水特别多。

既临水，码头必多。

早在晋代（约300年），西江经绥江水运到怀集上岸北运，即形成一条通道。[①]

林昉言，水路助推了古时怀集的商贸业发展。从四会马房沿绥江而上，怀集境内有不少古时留下来的大小码头的遗迹：坳仔码头、绥江与凤岗河交界处的象角古庙码头、龙湾码头、三江口码头、梁村圩码头、增田埠码头……都是古代商船的集结地，在县志也均有记载。古人通过码头开展货物进出口贸易，即通过水路将怀集的土特产运出，把外面的盐、布匹等运进来。不同的码头功能不大一样，坳仔镇大同码头以茶秆竹交易为主；县城龙湾码头以竹木、土特产交易为主；梁村圩码头以出口米、粮，进口盐、布匹为主……

---

① 广东省交通运输厅编：《广东省水运史》，华南理工大学出版社2021年版，第33页。

码头附近热闹得很，一些摊子、铺子卖本地土特产——山上的菇薄得像小丫头的嘴皮子似的；草药有山楂叶、白花蟛蜞草、红凤菜、金钱豹——摊主、店主多是附近的村民、渔民。

码头湾泊着各式各样的船，有小小的篷船，有不大的木舟，也有中等的货船，还有上游流下来的排筏。

有的船正缓缓行着，迫得水声哗啦啦响，船夫还唱歌：

嗳！嗳大妹嫁大才，斧头相亲唔人姓李呀，木下结子啰。人姓陈呀啊大老爷又识情又识理呀，使乜三更呀夜半叫我鸡撑夜船呀！大老爷大老爷撑船啰。

歌里这个故事不知从何时开始流传，传说从前有个秀才坐船赴京赶考，但路遥遥水迢迢，他嫌船走得太慢，催促船公要日夜兼程赶路。船公故意把"陈""李"两姓唱错，讽刺秀才眼里只有自己的前程而不体恤撑船佬的劳苦。

"小舟从此逝，江海寄余生。"宋神宗元丰五年（1082年），苏东坡被贬黄州第三年作《临江仙·夜归临皋》，想驾着小船泛游江河湖海寄托余生。苏东坡"臆想"之舟怀集很早以前就有，"夷人刳木为舟，如鱼腹然，狭而长"。1983年8月30日，在怀集县城北龙头湾河床（属北江支流）中间约两米水深处发现并出土一艘独木舟，舟体完整，舟长6.95米、宽0.52米、高0.41米，舱艚长6.25米、宽0.40米、深0.35米。现场考察后认为该舟是用一段大松木经原始加工方法凿掏而成，出土后尚可载七人在水上行。该舟未做断代鉴定，有关专家认为当属汉代以前的产物，是广东出土独木舟现存最完好者。

雨季时河水暴涨，十分恐怖。两岸峰峦叠嶂，崖壁如削，江岸怪石嶙峋，江心暗礁潜伏。此时行舟险象环生，情形如古诗云："舟随瀑水天边落，白浪如山倒翠微。巨石有时亦却立，白鸥欲下复惊飞。"但也要走。丘陵陆路行走艰辛，而水路畅达，上达广西贺江，下达广东四会、广州及西江沿岸各地；中洲河向北可到广东连山、鹰扬关和湖南永州；凤岗河向北可到连南、连州，向东可往阳山、清远；梁村河向西可去广东封开和广西梧州。靠山走山，靠水走水，四通八达，无往不利。

南溪古渡坐落在怀集县城定怀门外。古代，县城南门对开的南溪河面是一处津渡，撑船摇橹，方便河南河北两岸商旅行人。按旧县志载，一带榕阴，舣舟其下，接渡行旅者烟往霭回，晨夕不辍。①

清人顾旭明诗《南溪舟横落日悬》云：

定怀门外夕阳天，环绕溪流曲曲连。

秋水平添惊宿鹭，榕阴偶憩听鸣蝉。

舟横古渡苍烟合，栖瞰孤城落日悬。

极目浮梁通利济，欣沾圣泽咏如川。

可当水四处乱窜，进了城，城里人就遭了灾，阮克曾撰文《忆一九三五年怀集水灾》，读之令人揪心：

记得那时，我还年少，在附城中心校分校（原址在现县公安局）读四年级。有一天大清早（上午六时半）就赶到学校去。至七时半，满天乌云滚滚，跟着雷声隆隆，大风呼呼，大冰雹和倾盆大雨不停地下至中午十一时……我赶快跑回家（现县供销社侧），水已进入门槛，来不及搬家具，很快已浸上窗门，当晚九时浸上门楣，这时传来隔壁梁伯然家敲锣呼救之声，幸有小艇在

---

① 林昉主编，怀集县志办公室编：《怀岭禅韵》，粤肇印准字第960027号2005年版，第18页。

巷边，才把他家老少接到我们家的楼上，避免了洪水吞噬生命的危险。我走上天棚，看见城里四处都是火把，锣声、水流声、呼救声、屋宇倒塌声响成一片，声声凄惨，人心恐慌不安。……农民无家可归，受饥挨饿。①

旧中国百姓之遭遇，于新中国新时代自然是不会再出现的。

三、一棵树要比一首诗美丽

有山便有树，有树便有林，有林便有木。树是大自然的杰作，一棵树要比一首诗美丽得多。

怀集之木，生长百年者不乏，杉树、松树、榕树、樟树……古木参天，林木翁郁。

清朝时，怀集县蓝山，"向招客民种蓝，林密菁深"②。

因禾秆、芒草、杂竹多，其时怀集有不少手工作坊，以此生产土纸，产量颇丰，并多外销。

蓝钟山里的青年后生、壮年汉子逢上好天气，要从村后头上山，上高些，走深些，在竹木密集的山坡砍竹木回来，做成竹盆、竹桶、竹凳、竹椅、竹梯等拿到广州去卖，或卖给收购山货木器的人。早在二十世纪三四十年代，广州西关就有很多山货木器行，"开竹木店的人，不少来自清远、广宁、怀集山区"③。

闲诗《山货木器行》流传：

山货木器亦是行，

---

① 政协怀集县委员会文史组编：《怀集文史》（第6辑），1988年版，第40—41页。
② 民国《怀集县志》卷8。
③ 梁达编：《西关七十二行》，广州出版社1996年版，第141页。

竹木铁锄不卖缸。

遇到乡里来做客,

减价平卖乃规爽。

老乡遇老乡,两眼泪汪汪。每遇怀集同乡买货,山货店老板必先请其坐下,泡一杯香气氤氲的茶——不久前从岳山采下的,然后唠唠家常,高兴时唱几句山歌,开心得不得了。临走,商品给到最实惠的价格,甚至一进一出只赚吆喝。

据《(怀集)县参议暨县党部向上宪呼吁打破绥江目前航运僵局》记载:(解放战争时期)"怀集地方政府,鉴于怀集杉木每月运往四会广州不下百数十递(递,木排排张单位),绥江运行所至……月运柴杉百递……"而匪势复燃,"一船之上落需缴纳行水(金钱)十五六万元,一排之通过最低亦需缴勒行水二十余万元"。正值绥江排张运输旺盛之季节,盘踞于绥江下游的粤保安队陈大队长定华以上头通知怀集护运队伍,谓怀宁联防期满,不能随便押运为由横加阻挠,意欲吃拿卡要,导致"此批需送之木筏,拥塞绥江上下,几至百递之多,在运输时间之阻滞上几达一月之久……怀集商人之蒙受损失,不可以计数","直接间期影响于怀集人民生计之严重,几无法形容"。[1]中华人民共和国成立前怀集、广宁至四会河道,"匪卡林立,勒收行水,甚至抢劫财物,卡口多达二十多处。四会至广州,沿途至西南、佛山、西海、潭州等地又有二十多处,可以说五步一卡、十步一堂,来往客商如惊弓之鸟,有朝不保夕之感"。[2]

---

[1] 中共肇庆市委党史研究室编:《粤桂湘边区革命斗争史料选编》(第2册),2004年版,第357—360页。

[2] 四会县政协《四会文史》编辑组:《四会文史》(第4辑),1986年版,第31页。

反例正举，管中窥豹，可见当年以木排、木筏"快递"怀集之木何等购销两旺、一木难求。

且运送过程委实不易。

美国人霍梅尔曾目睹二十世纪二三十年代中国林区的场景：

在浙江西南部的山区，我见过一排排被砍伐的木材沿着山间溪水漂流。每当春汛时节，木头会滚入溪流中，伐木工的任务就是带着原木钩，跟随山间溪流——有时要走好几公里，直到汇入一条稍缓一些的河流——寻找下坡途中被挡住的木头，以让它们重新上路。①

怀集情况类似。一年四季，不论小河大河，碧波之中，木排簇簇，上自三江口，下至龙湾墟，挤满条条松、杉排筏。怀城绥江河段四会仓岗河面的排筏大多数是怀集县出境的木材，有时延续几千里，如同过江之鲫。一条大排可运输上万枝厘竹。

木排进发之时，缓流之处，顺水推排，不太费劲。拐过几道弯，激激流水顿现，恶风白浪扑来，漩涡如沸煮。只见那壮年撑排佬，立排头，撑双腿，握劲橹，刮流沙，绕巨石，劈波直越三百尺，观者泪落肝胆惊。

须臾间，浪石就可能要了人的性命。

一位老木排工回忆当年的情景："我曾放过三四次木排，从怀城到广州磨碟沙木材厂，跟我老爸放，老爸做了二十多年放排工。"

山溪中放木作业的情景，当地人称为"赶羊"，是指木材从山场运至能放运的溪河边集堆后，推入水中随水漂流。谭上洲童

---

① ［美］鲁道夫·P. 霍梅尔著，戴吾三译：《遗失在西方的中国史 中国手工业调查 1921—1930》（下），广东人民出版社2021年版，第352页。

木材从山上运送到山溪(方权裕　摄)

年时常见"赶羊",后来,他撰写洋洋数千言的《怀集历史上的木材水运》一文,对"赶羊"有过详述:

  我家乡田螺自然村在上磴山脚下,数条小山溪在山脚汇聚,经村边流往凤岗河。春夏时节,人们总借助山洪余威在山溪"赶羊",放运人员或推或赶,到目的地后起岸堆放,再交给森工部门收购,最后用汽车、拖拉机等运出去。

  在草原放羊是富有诗情画意的,但"赶羊"却全没有这般景象,汤汤流水,深不可测。"老天不管人憔悴,泪添九曲黄河溢。"与水争"流",既靠能耐,还靠运气。河溪、支流深浅不一,看似平静,实则其中有石,有连片水草,淤泥,甚至断根兀立。要事先清理河道、消除阻碍,以让水势汔汔,周流畅达。

  上游放下木材的同时,河溪沿线间隔10米左右一岗,人人手持麻钩(一种专用工具)细致观察,一旦发现哪一段河道有木材"龙困浅滩",或"打了摆子",均要麻利地伸出麻钩将木材钩

"顺"。

用排筏运木效率高。小排筏通常由上游山区各森工站发出，一排载一定量木材顺流而下，至坳仔森工站后，扎排工人以拇指粗的篾缆将小排筏拼接成每张可承载100～120立方米木头的中排筏，再向下游运送。到马房工作站后，再将三组中排筏拼成一组可承载360立方米左右木材的大排筏，庞然大物靠"自流"不行，轮船要在前面拖拽。

从怀集出发的排筏目的地主要为广州造纸厂、广州鱼珠木材厂、江门木材厂。水量充足季节，7至15日可达。冬季水枯，河道变窄，往返很多货船又占据河道，致排筏走走停停，三个月左右方可抵达。

绥江扎排（方权裕　摄）

排筏并非"花自飘零水自流",上面有人,常四人一组,其中三人为熟练工,负责掌舵、管锚等,一人为学徒。

三个月期限的属于"季度排",排工吃喝拉撒睡都在排上。排不是船,更不似大轮船,谈不上任何生活条件,只在上面搭一个寮窝(简易房子),于风雨中颇有些孤立无援的意味。晚上,将状如犁头的锚抛出去以减缓行进速度,找安全的"港湾"停靠。最怕行进中遭遇暴风雨,虽排工个个是观天象的好手,预见狂风暴雨会将排撑到岸边停下等待,但骤风暴雨来临时他们却无处躲藏,与木材一样接受无情的"洗礼"。待洪水汹涌而至,愤怒的波涛不断冲击排筏,他们和木材同时剧烈地摇晃,危险至极。洪水渐退,无论昼夜、无论几时都要起航,以借水退之潮助力木排前进速度。茫茫的黑夜,排筏四角各挂着一盏马灯,昏黄的灯盏既给来往船只以信号,又给夜行者以信心。

路漫漫,水迢迢。不经意间排工发现,出发前放在一个角落的通心菜菜头已长出绿油油的菜苗,割下来可以吃了。

历尽艰险,排筏终抵目的地。排工如释重负,挑上行李,带上锚,乘车返回怀集,稍做休息后领取下一次任务。

我禁不住感叹——

我有木兮,累天地之含育;我有材兮,受商贾之青睐;顺河流之势力,托老天之眷顾。哀哀劬劳,谁比排工?

中华人民共和国成立前,怀集木材已远销珠江三角洲十几个县市,木材经营的兴衰直接影响林区人民生活,《广西壮族自治区三十一年农业督察会议专刊》载,怀集县东区"每年竹木出口甚多,获利颇丰,现因禁止出口,一变而为饥荒之地"。经营木材生意的商人,有本籍的也有外籍的。外籍的以新会人居多,他们在县城和林区设有商号，县城有兴记、合德、泰盛、建怀堂、泰生堂等15家。本籍的木商有专营的、兼营的，比外籍木商多好几倍。因本县木材外销都以四会仓岗为集散地，所以资本较雄厚的都到仓岗设商行。1949年1月，县内木商在四会仓岗成立"怀集旅会同乡会"，加强木材生意经营。

一业兴，百业旺。由于怀集、广宁开发杉山的杉商雇请工人砍伐，人数众多，日常伙食、用品数量不少，因此山主多兼营米、油、布匹、什货，把在四会成交木材的货款，购回货物直运山场供应山上工人，一举两得，两头得利。①

"砍不尽的广宁竹，出不尽的怀集木。"而怀集三大名杉（蓝钟杉、南洞杉、柑洞杉）以材质优良成为怀集木的代表，在珠三角成了紧俏品。

蓝钟杉又名蓝洞杉，长在蓝钟岳山一带，木色赭红油润，木质坚硬耐腐，木纹细腻，不变形，胀缩率小，不易开裂，是制作盆、桶、桌椅和门窗等的上好木料，用十几二十年不坏。

南洞杉产于甘洒南洞村，当地群众称青蕊杉，干材通直，枝细丫少，质地重而坚韧，耐腐蚀，木纹横扭，不易空心爆裂，是做房屋桁梁的理想用材，当地一户，其祖屋桁条、门窗均用南洞杉，至今300多年不朽。

20世纪60年代主持广东省林业厅基建处工作的温华撰文回忆，那时广东沿海的水产品产量逐渐下降，究其原因是没有能出海的大渔船——不是没有，因缺乏大桅而不能出海。大桅要用15米、20米或更长大、坚实又富有弹性的杉木。经省林业勘测设计

---

① 四会县政协《四会文史》编辑组：《四会文史》（第4辑），1986年版，第31页。

大队所属林业资源调查中队调查,在怀集洽水公社十三坑生产大队山坳里发现400多棵长大杉木,这批杉木砍伐出山后解了渔业燃眉之急。①

青山叠翠,林海莽莽,似是取之不尽,用之不竭。

---

① 温华:《实践出真知》,载中共兴宁市委党史研究室编《无悔》,第154页。

第二章 绿化祖国

一、支援国家建设

山者，无木不成。山有木，根深固，木有枝，枝叶繁。木如山之青衣，青山滴翠，鸣涧响空，穿林打叶。

中国自古多林，岭南尤甚。

正因林木茂密，慧能方得以在怀集藏身。

木与人，天地五行，风雨雷电雾，金木水火土，息息相关。

中华人民共和国成立后，木材却告急。盖因清末以来，长期战乱、火灾、过度砍伐等，导致新中国林业基础非常薄弱，全国森林覆盖率仅为8.6%。

木材是国家重要战略物资——修铁路、造大船、固河堤、拦水坝、挖矿井、造纸、盖房、搭厂棚……无处不用。

1949年10月，国家设立林垦部，负责全国林业和垦殖工作；1951年11月改林业部。

1950年3月，首次全国林业业务会议在北京召开；同年5月，政务院发布《关于全国林业工作的指示》，确立"普遍护林，重点造林，合理采伐和合理利用"的林业建设方针。

中华人民共和国成立后，木材实行统购统销，由国家统一经营。1955年起，国家每年给怀集下达指令性木材砍伐任务和上调任务，但由于政策落实不到位等，计划外砍伐滥伐时有发生，多数年份都超过计划10万立方米以上。

1956年3月，国家发出"绿化祖国"的伟大号召，开启了持续不懈的绿化祖国征程，并陆续开发建设了东北大兴安岭、小兴安岭、长白山，西南金沙江、大渡河、雅砻江，西北秦岭、天山、阿尔泰山等国营林区，先后成立了135个国营森工企业，为国家提供了大量木材和林产品，成为当时总产值位居国民经济各部门前5名的支柱产业，为国民经济的恢复发展做出了历史性贡献。

在"统购统销、统一经营"的大政策背景下，1950年，怀集县成立贸易公司；1952年，成立中国木材公司西江支公司怀集木

运输车经过怀城大桥（方权裕 摄）

材采购站；1953年，改为广东省森林工业局怀集县支局（后改为怀集县森工局，1981年合并到怀集县林业局；合并时，此前已设立的各地森工站仍保留、继续运作，大站有洽水、凤岗、中洲、怀城、坳仔等）。

1955年起，国家每年给怀集下达指令性木材砍伐任务和上调任务，森林工业部门分解安排到各林区农业社（或公社），有林砍伐的社、队提出申请，护林员持申请报表实地勘查核实并加具意见送交区（社）林业部门审批后发给砍伐证，各砍伐者按砍伐证所定山场和数量砍伐，森工部门派人员至现场予以砍伐制材技术指导。

中华人民共和国成立初到20世纪50年代中期，怀集不做松木交易，哪怕把整个山上的杉木都砍了也不砍松木，松木留给老百姓当柴火。"杂木"也不砍。"杂木"指黎木、铁甲树、铁力木、榔沙等，长得根深叶茂，能吸引鸟儿坐窝、繁殖、吃虫。20世纪50年代中后期开始，国家开始大规模兴建铁路，也开始收购松木用作轨道枕木，伐木工人先将松树砍下，再制作成枕木大致形状上交。

杉木密集，长到一定程度要间伐，间伐下的树又高又长，头梢直径基本相同，如一首打油诗所说：

怀集盛产树，

有树就有木。

怀木大骨碌，

上下一般粗。

这些木材虽做不成栋梁材，但因其质轻且带一定韧性，被珠三角的农户用作蕉树林的护栏，当狂风暴雨来袭，一道道蕉杉成为芭蕉树苗的"保护伞"。

杉木生长周期一般为20多年,再长里面就空心了,朽了,那百年杉木从何而来?

林昉言:"怀集山高,地头寒冷,杉木享受日光就享受得满满的,享受寒冷就冷透冷进树骨里面,百炼而睿智。"

怀集很少下雪,但冬天气温降到零摄氏度以下时,寒霜会结成冰。

1979年2月14日《南方日报》载新华社记者调查:"怀集县是一个营林成绩显著的林区县。中华人民共和国成立以来,已采伐上调给国家的木材超过500万立方米,平均每年17万立方米。一个县能持续上调这样多的木材,在全国各县中是相当突出

高空索道运输木材(方权裕 摄)

的。""中华人民共和国成立后到1958年，这个县坚持边砍边造，采育结合的工作做得比较好。"

据资料记载，中华人民共和国成立后到1974年，怀集县共造林276万亩（其中人工造林232万亩，飞播造林44万亩），平均每年造林11万多亩。为国家提供木材394万立方米（其中杉木223万立方米），厘竹11 500多万担，松脂106万担，木柴1036万担，木炭7万担。

有人曾言，若把这些木材一根根连起来，能从怀集排到北京。

怀集到北京2000多公里，若以直线距离计，绰绰有余。

1978年前后，我生活在大兴安岭林区。

那里取暖做饭用柴火。一截圆木直径20厘米左右，圆咕隆咚，不好烧，将圆木立好，一斧头下去，"咔嚓"成两半，再将半拉儿木头立好，再一斧头下去，"咔嚓"又两半，一截圆木分成四半儿，叫"劈桦子"，烧火方便。父亲劈累了母亲劈。父亲是军人，穿着军棉衣，戴着军棉帽、棉手套，一身绿，帽檐上的红五角星一闪一闪。母亲也穿得厚实。劈热时两人摘帽子去手套，相视而笑。这是我童年里看到的最真实的劳动场面。我也想伸把手，可不敢，那斧头立起来比我高，硕大无比，寒气逼人。

夏天时，山花烂漫，丰草绿缛，嘉木繁荫。一场淋漓酣畅的雨之后，我们住的院子周围，本来枯萎的柞树，裂开的树皮缝隙之中，一朵朵木耳突兀地冒了出来，黑黑亮亮。我们钻过去，踮起脚，小手一捏，一掐，木耳就到了手里——乐极生悲，脚底一滑，摔倒在枯草丛中，沾了一屁股雨水。

兴许"时过境迁"，那时，我隐约见过"伐木丁丁"的场景，却不多。

怀集无这般"幸运"。这里是"一把锄头造林，百把斧头砍木"，"年年种树树不长，年年造林不成林"，林业困境凸显。至1973年，怀集全县已有芒山残林110多万亩。

二、先行者

1970年秋，按照林业生产的习惯，属于造林准备时期。20多年后担任怀集县委副书记的李有朋，当时在蓝钟公社双兴大队第二生产队劳动。他每天早出晚归，在岳山山脚（具体说是二岳山脚）劈芒山、修防火线、炼山、挖撩壕。1971年春节后，李有朋到蓝钟公社朝阳大队大冲生产队劳动，造林进入准备种植阶段。

时任公社党委书记文炮田大嗓门冲大家喊："同志们，抓紧行动，再不行动，林子又被耽搁了，我们真的耽误不起啦！"

"1966—1968年，真没怎么造林。"李有朋后来言。

不仅怀集，封开县亦如此。"1968—1970年，森林资源又一次受破坏。一个时期，机关干部下放，林业没专人管理，造林绿化任务完不成，乱砍滥伐严重……全县再度掀起毁林造地高潮，出现毁林、毁竹，砍果树改种粮食、甘蔗、花生的现象。"[①]

1970年初，25岁的知识青年文炮田从中洲公社党委副书记任上调任蓝钟公社党委书记。他是怀集连麦人，中等身材，瘦瘦的，像个书生。从怀集一中毕业回乡后做过副业，拉过手推车，

---

① 陈培田：《封开县林业发展史话》，封开县政协文史资料委员会、封开县林业局编：《封开文史》第11集（林业发展史专辑），（1997）粤印准字第0784号，1997年版，第10页。

干过苦活累活，在公社担任一般干部时特别能和群众打成一片。

新官上任，在公社干部大会上，文炮田话语掷地有声："……1971年困难一年，1972年好转一年，1973年变化一年，1974年大变一年，1975年巨变一年……"

大家的情绪被鼓动起来，会场掌声如雷。

也就是在这次会上，蓝钟公社古城生产大队20岁出头的年轻人林杰雄引起文炮田注意。林杰雄瘦瘦的，但特别精干，小眼睛，眼珠子老像在镜面上打滑。他有文艺特长，是大队宣传队队员。文炮田下来检查工作时见过他几次，感觉小伙子有想法、有活力。

春耕前，文炮田找到林杰雄，笑着问："阿杰，我感觉你有一定的能力，也有很多想法，你来当生产队队长怎么样？"

林杰雄没客气，得令一般："书记，能行！"

古城大队有13个生产队，林杰雄任第六生产队队长。队里有200多口人，但劳力只有几十个。

"当上我才知道，这个队长真不好干。"林杰雄忆述。

当时农业劳动以稻谷种植为主，间种蔬菜，包括番薯、木薯等。古城大队每年要给国家交近28万斤公购粮，摊到第六生产队不是小数目。

家家户户也养鸡鸭，但每家每户最多10只，谁也不敢多养，多养就成了"暴发户"。也养不起。生产队给每家分有一块自留地，面积很小的，种点菜心、萝卜、茄子、豆角什么的，自用。

一天，公社通知开会，林杰雄带上被子就走。从生产队到公社驻地路不近，山路崎岖，差不多要走两个小时，晚上回不来。

开完会天已黑了，文炮田冲着攒动的人头喊："阿杰，晚上到我宿舍睡。"

众人的目光摸黑"唰"地聚在林杰雄脸上,他一摸脑袋壳,讪讪笑道:"书记总爱和我开玩笑。"

旁人起哄:"我们也想让书记开开玩笑。"

冬日乡村的夜晚,若无月光,黑黢黢一片;若圆月朗照,静谧得像一幅水墨画。这晚月光朦朦胧胧洒下一些光亮。

文炮田的宿舍就在公社院子里,不宽敞,里面一桌、一椅、一张1.2米宽的床。

进了宿舍,林杰雄把被子搁到床脚:"书记,那我就跟你挤挤。"

"客气啥,又不是没挤过,但还是没枕头。"

"不要枕头,喝口酒倒头就睡。"

"你想得美,哪里有酒喝。"

两人有一句没一句地唠家常,但文炮田最关注的还是农民的生活现状与思想动态。

"阿杰,现在这日子别说农民不满意,我也不满意。我们当年是什么情况,车来车往,人山人海,一根根粗壮的木头拉出去,为国家搞了建设,现在一片狼藉,穷得屁砸脚后跟,喝口酒还得藏着掖着。"

"是啊,当年要多风光有多风光,可种树,急又不成。"

文炮田摆摆手:"不管啥时候——你知道一个成语叫亡羊补牢吧?"

两人异口同声:"亡羊补牢,为时未晚。"

再见林杰雄时,文炮田问:"阿杰,我上次和你吹过风,你问过农民没,山岭荒着,他们怎么看?"

"大家都说前些年乱砍滥伐,这些年又没人管,金山银山也架不住。"

"要是发动群众种树呢?"

"那当然好,树大招财。"

"你们古城大队有6.8万亩山地和农田,我核计了,如果征用4.8万亩山头,全部种树,树大山河远,一定荫翳子孙后代。"

土改时,以水为界,水流经古城的山、地都归古城。

"山上有树,树是个人的,山上没树,大家一起种树,树将来就是大家的、集体的,这理儿说得过去不?"

"说得过去。"

一场发动全公社群众绿化荒山造林竞赛就这样火热地开展起来了。

在文炮田安排下,公社机关除留一人值班,一个炊事员外,其余31位公社干部齐齐上山。党委会就设在山上,一边劳动一边开会,所有的问题都在山上解决。文炮田身先士卒,与干部驻扎在白郎山顶,同社员群众一起劳动。公社党委成员还实践搞科学造林,搞了100亩"大撩壕回表土速生丰产实验林",对全社高标准高质量造林起到示范作用。

"文炮田年轻有魄力,提出高规格连片大面积造林设想后,公社上下统一思想开始实施,先在岳山周边双兴、太平、古城和平原片的几个大队搞。白郎山和岳山连片,文炮田又提出'整个岳山'构想,足足几万亩面积。"多年后,李有朋回忆说。

古城河也在同一时间改造,文炮田同大伙一起担沙子,运石头,投入治理河道的战斗。

1971年8月，全国林业工作会议在北京召开，全国省、市、区林管局、国营林场代表和先进县、公社、大队的代表总计530人参加。"广东代表20人，其中肇庆地区代表3人，包括军分区霍志、郁南县委丘均、怀集县革委会陆文。"①时任郁南县委副书记的丘均撰文回忆。

陆志超回忆当年时是这样说的："我父亲陆文当时分管农、林、水工作，他是县革委会副主任，1971年去开会，领了先进个人奖，但奖状现在找不到了。他还在会议上介绍了县林科所科学造林的经验。"

当年的全国林业工作会议提出：从1972年起，用五年或稍长一点时间，实现《全国农业发展纲要》规定的"在一切宅旁、村旁、路旁、水旁，只要是可能的，都要有计划地种起树来"的要求；用5年、10年或更多一点时间，实现"在自然条件许可和人力能够经营的范围内，绿化荒地荒山"。②

联想此前文炮田的举措，不能不说，他的嗅觉是格外灵敏的。

1972年秋，文炮田随队到昔阳、大寨参观学习返回后，对照大寨找差距，继续革命不停步。他带领全社干部群众奋战冬、春，在完成第二个万亩造林的基础上，1973年春又完成了第三个万亩造林任务。

1973年秋收前，蓝钟公社打响第四个万亩造林战斗。已是县委副书记、县革委会副主任兼公社党委书记的文炮田，深入工地

---

① 丘均：《历史并不遥远》，汕头大学出版社2008年版，第150页。
② 谭首彰：《毛泽东与中国农业现代化》，湖南大学出版社2009年版，第132页。

劳动，发现效率比较高、速度比较快的是金光大队；而朝阳大队垦地进度慢，主要原因是劳动力分散，大队有700多个劳力，上山垦地的只有100多人。文炮田遂"加入"朝阳大队。

朝阳大队连夜动员："文书记参加我们的队伍了，同志们不能落后，我们要争当先进。"

大家劳动的热情像熊熊燃烧的火焰，600多个劳力集中，每天提前上山，早6时、5时甚至3时、2时，黑蒙蒙的山间火把连绵，漫山躁动。朝阳大队最终提前两天完成公社分配的垦地800亩任务，没有拖公社第四个万亩造林任务的后腿。

"这是我当年身临其境的感受，是岳山造林初期的现象。后来岳山造林引起县上的重视和支持，才有了全县动员组织民兵参与岳山大造林。"李有朋忆述。

这一天，文炮田下到古城大队，午饭点时，在一名干事的陪同下骑自行车来到林杰雄家。

进了大厅，房屋于两侧排列，分住几户人家，林杰雄家占4间。文炮田把自行车靠墙停好，进了林杰雄家门，摘下草帽，哈哈一笑："阿杰，到你这里讨口饭吃。"

林杰雄赶忙迎上去："欢迎书记大驾光临，今天刚好有两个鸡蛋。您勿怪，就这个条件。"

"很不错，我就说嘛，这一年变化很大啊，我记得前年到你家，我吃的是白水青菜，只放了一点盐。"

1973年后，家家户户都能养头猪了，过年前，猪能长到100多斤，大家赶猪到公社供销社食品站统一屠宰，六成国家收购，一斤6毛4分多，四成归自己，但不能全拿走，最多拿10斤，其他的发肉票。副食商店猪肉统销价是一斤8毛2分钱。

林杰雄不住地点头:"日子的确比以前好了一些。"

文炮田信心满满:"以后还要更好。明年,公社准备搞住宅新村,先在平安大队试点,从各个大队抽调人力给农民盖几十间新房子住。"

林杰雄兴奋地说:"真是太好了。"

文炮田接着又问:"你们队的刘天养下山后情况怎么样?"

林杰雄哈哈笑道:"书记还记得他,他现在很不错。"

刘天养算一个"典型"。生产队原来安排他搞集体副业,可他觉得单干好捞,不服从排工。搞了一段时间手推车运输,又去挖水晶石,认为更容易捞钱发财,结果东跑一天西跑一天,不但本钱花光了,还拖欠副业款400多元。年终担忧生产队追他要钱,不敢回家,到了山上住,靠偷东西吃度日。家里为了抵交副业款,卖了猪和收音机,队里还扣除了他父母的工分分配应收款,日子过得狼狈不堪。不过,这两年他变化很大,他脑瓜子活,认真干活后,日子也好过了许多。

"去年,刘天养还参加了采育场①,积极生产,月月超额完成任务,年终还了借支,还收入几百元。"

文炮田点点头:"只要积极行动起来办好采育场,群众就有盼头。"

通过1975年9月蓝钟公社党委的报告《办好采育场,建设社会主义大林业》,可全面了解文炮田办采育场的"前因后果":

我们蓝钟公社有22万亩山地,1.3万亩耕地,1.3万多人口,

---

① 采育场经营形式是"以营林为基础,采育结合,造管并举",统一全社林业的造林、砍伐、经营管理以及林副产品的采集、加工。

平均每个劳力负担近50亩山地、2亩7分多耕地,是重点林区公社之一。我们于1974年春建立了公社林业生产采育场,统一经营全社林业生产。把造林、管理、砍伐统一抓起来,对全社林副业生产进行统一组织管理。这样,既坚持了人民公社现阶段的基本政策,又发挥了人民公社"一大二公"的优越性,有利于改造小生产,比较好地解决林区建设的方向、道路问题,进一步调动社员社会主义生产的积极性,推动了林区学大寨运动的深入发展。

为什么要办采育场

林业采育场是在林区深入开展农业学大寨运动中,总结了林区经验教训之后建立起来的。

在深入开展农业学大寨的群众运动中,我们遇到了一个障碍——农林业大上、快上的突出问题,是木材、木柴、木炭、松脂等生产,比较普遍地实行"包死产"。"包死产"的金额很低,每年每人包三四百元。生产队的山林大片被砍伐,集体的收入却很少,大部分收入落在采伐人员手上。采伐人员为了赚钱,还乱砍滥伐,搞木材自由买卖,甚至投机倒把,不完成木材的销售任务。严重影响了从事农业生产的干部、社员的积极性,造成群众性乱砍滥伐。如东方大队甘屋片3个生产队103户,除两户"五保户"外,都私砍木材,几年来,共砍去木材700多立方米。从事农业的社员是"开工带把刀,收工两件木",做集体农活的时间却很少。这样,不仅严重破坏森林资源,又影响农业生产。农业生产搞不好,社员生活困难,又拖了营林的后腿,造成整个山区建设都很被动。公社党委分析了现实情况,认识到当前的主要矛盾是木材采伐、林副业生产上的不良倾向,要搞好林区生产建设,必须从解决"包死产"问题抓起。1971年加强了对采伐专业队的领导，规定木材、木柴、木炭、松脂等生产指标，收入全部归生产队，一律不得"包死产"。这样一抓，效果显著。公社集体经济的总收入翻了一番，粮食生产增长70%，社员分配和口粮都有所增加，全社由吃"返销粮"变为上调粮食130多万斤。但是，采伐人员为了完成生产指标，大搞收入高、工种易的锊板、烧炭、采鸭脚木等，不完成木材生产任务的情况仍然经常发生。而且还有一部分生产队，仍然实行"包死产"。1972年，采取发采伐证的办法，规定个人的采伐地段和应完成的木材生产任务。这样，完成木材生产任务比较好。但是"包死产"和采伐人员拖欠副业款的情况仍然存在。1973年，我们成立了公社多种经营办公室，把林副业生产统管起来。并以大队为单位，对林副业产品的收入，实行非现金结算。结果，解决了副业人员拖欠副业款的问题，但又出现了干部借支挪用多的情况。同时，林业资源占有的不平衡情况越来越突出，八个大队有四个大队基本无材可伐。砍伐任务主要集中在地处深山的两个大队，对完成国家木材任务很不利。在这种新情况下，需要采取新的措施解决问题。

我们还总结了营林方面的经验教训。1964年以前，以生产队为单位营林，零星分散，每片造林三五十亩，造林抚育的速度慢、质量差，封山护林困难多，成林率也很低。13年共造林1.7万多亩，平均每年造林1000多亩，相当于每年砍伐面积的1/3，而成林率都在10%以下。群众说："年年造林不见林。"1964年以后，8个大队都建立了林场，担负育苗、组织造林、护林等任务，以大队为单位，连片造林，每片五六百亩。从1964年至1970年7月间，共造林4万亩，平均每年造林5000多亩，相当于每年的砍伐面积，成林率提高到50%以上。特别是总结了东方大队1965年连片造林

2000亩的经验，由于连片较大，封山育林好，人畜践踏、野兽危害少，成林率在95%以上。从1971年起，在深入开展学大寨运动中，公社党委决心在林业生产上为国家多做贡献，大造林、造大林，决定以公社为单位，认真抓好连片造林，每年造一片，每片1万亩，连续3年共造杉林3万多亩，每年造林面积相当于砍伐面积的两倍，幼林成活率也提高到90%以上。

1974年春，我们通过学习湖南省江华县国营林场采育场的经验，进一步总结了3年来抓采伐和造大林的经验，认识到以生产队为单位经营林业生产有很大的局限性，必须发挥公社、大队两级组织和管理生产的作用，才能进一步解决林业生产上造、管、砍不统一的问题，适应建设社会主义大林业的需要。因此，决定建立公社林业采育场。

怎样办好采育场

采育场是新生事物……要办好采育场，使之不断巩固提高，必须紧密联系林区实际，不断地对广大干部、社员进行党的基本路线教育，灌输社会主义思想。

办场初期，有人攻击采育场是"垃圾场""害人场"，企图从思想上、组织上、经济上瓦解采育场。对于破坏活动，我们组织广大干部、社员反复学习党的基本路线，要办好采育场，必须坚持党的基本路线，坚持斗争哲学，才能使采育场越办越巩固。

首先，帮助干部提高对办好采育场重要性的认识。开始，有些社队干部对办采育场缺乏信心，思想有抵触。我们通过召开三级干部和农民代表会，树立大办社会主义大林业的雄心壮志。农民代表积极性很高，纷纷支持办场。他们说："抓林业抓了三年，进了三步，决不能后退，要继续前进。"接着又召开了1000

多人的场员大会,针对"入场是入笼"的抵触思想,开展了是"入笼"还是走社会主义的康庄大道的大辩论。通过回忆对比、运用正反两方面的典型,统一了认识。

办场以后,有的人议论,"采育场,卡得死、办得糟"。有的人还利用驻扎在山场的方便,进行私人开荒,种杂粮和经济作物。这些倾向如不及时解决,就会影响采育场的巩固,影响广大社员的社会主义积极性。因此,我们经常举办全体场员和农民代表的学习班,学习党的理论,运用典型对比,总结办场以来的成绩,进行社会主义思想教育。双兴大队第八生产队在1973年由于有的人副业款不归队,集体经济弱,农业缺资金,一年贷款1000元。1974年,公社办起采育场,集体收入大增加,不但还清了贷款,还购买了一台手扶拖拉机,集体存款还有1000多元。这个队前后的变化,使大家看到了办好采育场的优越性,坚定了信心,农民代表说,"不是卡得死,而是管得好。不是办得糟,而是办得好,这样做,社员放心"。此外,还结合各段的生产活动和场员的思想情况,在工地山头办了各种学习班和召开场员大会。办场以来,共举行大型会议和学习班16次,学理论,解决各种思想顾虑,提高干部和党员的社会主义觉悟,保持旺盛的社会主义革命热情。古城大队莲塘生产队木材生产作业组,在今年春雨连绵的情况下,坚持食宿山头,7个人,至8月底止,已完成木材165立方米,超额完成今年任务。此外,还支援营林队劈造林地60亩,完成木柴2800多斤,按人平均,今年以来每人每月为集体增加收入达607元。

在坚持政治挂帅、做好思想工作的同时,正确地处理公社、大队、生产队的关系,集体和个人的关系,加强经营管理工作。

采育场坚持"三级所有,队为基础"的原则,统一领导,分组作业,按劳分配,收益归队;劳动在场,分配在队。贯彻"以盈利为主,造管并举,采育结合,多种经营,全面发展"的方针,负责全社的营林,采伐木材、木柴、木炭、松脂以及林粮间种,其他各项林副业生产任务。对上述所经营的项目,实行"四统一",我们称之为"四权"。要办好采育场,必须牢牢掌握住这"四权"。

1. 劳力指挥调配权。参加采育场的劳动力干什么、怎么干,实行统一领导、统一指挥、适当集中、分组作业。这样既解决了以往劳力外流的现象,更重要的是有利于做思想政治工作。定期组织他们学习,提高觉悟,为大办社会主义林业贡献力量。并能根据农时季节和生产特点统筹兼顾、合理安排,较好地解决农林矛盾。对这些场员,实行统一计酬办法。所有场员,一律回队参加分配。

2. 山地规划造林权。统一山地,连片造林。在哪里造林,造什么林,地段、树种、规格、质量均由采育场统一规划。全社抽调500劳动力(占劳动力的11%),组成营林专业队伍,以大队、林场为基础组成营林分队,以营林分队为基本作业单位,担负育苗、垦地、造林、抚育、护林等任务。造林以后,山地所有权不变,将来从山根款中提取5%为山权队收入。新林地的林木归公社(占30%)、大队(占20%)、生产队(占50%)三级所有,将来的山根款,按这个比例分成。

3. 森林资源开发权。统一组织采伐。按照国家计划和资源分布情况,在资源互利的基础上,统一组织劳力采伐。采伐人员按八个大队,组成八个中队,按生产队组成作业组。由采育场统一规划,以中队为基本作业单位,分组作业,进行采伐。采伐的收入,按组核算,扣除山根款、采伐人员的生活补贴费和采育场的管理费外,其余全部归作业组所在生产队所有。

4. 资金使用管理权。收入实行非现金结算,集中管理资金。同时建立必要的资金开支审批制度。这样,有效地堵塞财务管理上的漏洞,比较好地解决了贪污挪用、乱支乱用、拖欠副业款的问题,有利于调动广大干部群众的社会主义积极性。

为了加强对采育场的领导,建立了采育场党支部和管委会,由公社党委一位常委担任主要领导,下设生产、运输、财务、保卫、政工等部门,负责日常业务工作。采育中队由各大队副支书兼任主要领导。营林分队,由一名大队干部担任主要领导。

采育场的优越性

办场一年半的实践证明,采育场有很大的优越性,显示出新生事物的无限生命力,推动着社会主义革命和生产的深入发展。

1. 有利于林副业生产坚持社会主义方向,国家计划进行生产和销售。过去,以生产队为单位组织木材和其他林副业生产,由于人数少、项目多、零星分散,难以管理,加上采用"包死产"的错误做法,以及由于社员还保留着原来小生产者某些固有的特点,从事林副业生产的社员,想到哪里就到哪里,想干什么就干什么,"大利大干,小利不干""只顾钱包涨,不顾大方向"。现在这些林副业生产由采育场统一经营,解决了林副业生产的"包死产"问题,制止了乱砍滥伐、浪费森林资源的现象,制止了木材的自由买卖、投机倒把,以及比较好地防止了干部贪污挪用和采伐人员拖欠公款等,有利于增加集体收入、壮大集体经济。同时,解决了各大生产队森林资源占有不平衡的矛盾,有利于完成木材及其他林副产品的生产任务，有利于缩小队与队之间的差别，帮助和支援穷队。

2. 由于解决了林副业生产的"包死产"问题，采伐人员和从事农业生产人员的报酬大体平衡，使从事农业的社员安心搞农业，促进了农业生产的发展。同时，由于固定了30%的劳力搞林业生产，林、农业的劳动力，有明确的分工，有利于贯彻以林为主、林农结合的方针，进一步解决了农林业争劳力、争季节的矛盾，使农业、林业互相促进，共同发展。例如今年幼林抚育，由于农林劳力有了明确分工，营林专业队社员冒着雨水，背起背包，用打歼灭战的办法，一个山头过一个山头，进行抚育幼林，在夏收前就完成抚育幼林4.34万亩的任务，同时完成了1万多亩的林间林地间种木薯计划。从事农业生产的社员也提高了积极性，早稻插秧速度跑在全县前头，早稻获得好收成。

3. 采育场有计划地组织砍伐，更新残次林，统一使用山地，有利于解决山地占有不平衡的矛盾，加快造林的速度。而且连片造大林，有利于保证造林质量，实行规格化造林。

办场的第一年，采伐、营林和农业生产都获得大幅度的增长。木材等林副业产品全面超额完成销售任务。1974年出售木材1.2万多立方米，比上一年增长50%。木柴增长132%，木炭增长57%，松脂增长6.7%，造林面积增长14%，抚育幼林面积增长16.7%，粮食增长27%，集体经济的总收入增加30%。全社队队增产、增收、增积累、增贡献、增分配。今年各项农、林业生产也都主动。

通篇读下来，不由得要佩服文炮田的深谋远虑，也可以得出这样的结论，未办采育场前，大家是一盘散沙、各自为战；办了采育场,大家齐心协力、众志成城。

文炮田是一个务实的干部。翌年,即1974年,平安大队住宅新村真的搞起来了。

不只蓝钟公社,1974年,其他公社的人也感受到一些明显的变化。作为一个当时身在外地的怀集人,约50年后,罗天兴向我展示了一封当时他与家人往来的信件,这封他父亲写给他的信中简单描述了当时怀集的变化:

吾儿天兴:

目前正值春耕生产,插秧工作已基本完成。

看到现在的情景,我想到在旧社会里,我们全家7口人租耕地主的田地,自己只有一两亩山田,债、费多,到年底无一粒粮食,过着牛马一般的生活。为了不被抽丁、勒索去当兵,卖田、卖地、卖狗、卖牛,有的人家还卖儿卖女、妻离子散,甚至父子都被活活饿死。

伟大领袖毛主席英明领导解放了全中国,也解放了我们一家人,生活越来越好,有吃有穿,还建了一座新房屋。你们都进入学校读书。我自己也当了十几年的生产队干部,过着美满幸福的日子。

我这样的年纪,仍然为集体工作不怕苦,为集体割鱼草养鱼,增加集体经济,执行党的政策,贡献着自己的力量。我感到很欣慰。

祝儿工作进步。

父 罗乃池

1974年4月27日

三、集结，集结

王振华（肇庆市地方志办原主任）回忆："当时，在全国农业学大寨过程中，湖南江华县、怀集蓝钟公社办采育场的事启发了县领导，觉得要办一个县级采育场。县级采育场由县、公社、生产大队所有。怎样创办？去哪里创办？县领导经过各方面研究和了解，因岳山北面与广西交界，岳山一带有几万亩林地，遂准备在蓝钟岳山一带创办一个县级采育场。县里提出分三期分批发展林业生产。第一期是1974年秋冬到1975年春天，第二期是1975年秋冬到1976年春天，第三期是1976年秋冬到1977年春天。划分三期进行实际上就是划分了三个工地去开展。在蓝钟古城头岳一带展开第一期造林，在蓝钟二岳、三岳一带展开第二期造林，在冷坑公社泰来和三坑展开第三期造林。"

"当年，怀集若没有改革和打破'农业六十条'政策的勇气，是不可能有岳山大造林，兴办县、公社、大队三级所有林业经营体制的岳山林业采育场，组织万名民兵上山，连片营造数万亩用材林的创举。"蔡伯汝（怀集县委办公室原副主任）回忆往事感慨万分。

"农业六十条"是指《人民公社六十条》。1962年，中共八届十中全会通过决议，规定生产队所有的土地，一律不得出租和买卖。至此，土地产权制度逐步由土地农民所有、集体经营过渡到土地集体所有、集体经营，"'三级所有，队为基础'的农村集体所有制得以最终确立。"[①]

[①] 国务院发展研究中心农村经济研究部：《产权重构　新时代农村集体所有制的有效实现形式》，中国发展出版社2022年版，第66页。

1974年10月，于怀集而言注定是不寻常并载入史册的一年。

这天上午，泰西生产大队大队长找到队员严美文，说有一个参加岳山大会战的名额想让他儿子严润生去。严润生插秧回来，父亲和他说起，他不假思索地答应了。

晚上，爷俩在院落中央的天井处聊天。

"儿子，咱家祖祖辈辈都是农民，你大哥倒是从县一中毕业考上了中山大学，可不知怎么又跑回来了，唉，你这次去岳山好好干，干出点名堂，光宗耀祖。"

"老爸，我肯定会好好干的，但其他事情不好说。"

"怎么不好说？我们又不是没种过树，你说树种完就不管了？得有人养护，需要的人手多着哩。"

严润生觉得有道理，老爸读书不多，问题却看得准。

严润生上初中时家里重建了院子，坐北朝南两大间，左右两侧各一排，都是砖房，属于岭南民居典型的"四水归堂"结构，雨水淅淅沥沥落下来、流进来，象征四方之财汇聚，是南方百姓朴素的愿望。

"对了，老爸，我去岳山，队长有没有说给多少工钱？"

"有说，生产队去的人，回生产队参加年底分红。"

严润生后来才知道，参加岳山造林的民兵，所在生产队经济好、收入多的，干一天可拿到1块钱，差一点的8毛、5毛，更差的4毛。不过，那个时代，工分和父母"绑"在一起，在一个屋檐下生活，娃们只要有饭吃，不需要惦记这些。

严润生和罗天兴一样，与新中国同龄。他在泰来公社中学读了两年高中，毕业后回生产队务农。此前没去过岳山，也没到过蓝钟。读高中时，逢农历初一、初六，又没其他事时，他会去约

10公里外的冷坑公社冷坑圩赶集。赶集前他先上山砍一点生产队的杂树，劈成一段一段的，捆结实后挑起就走。到集市上，只消半天工夫，一捆柴火就能卖完。100斤柴火可卖三四块钱。冷坑圩的居民做饭、酒厂酿酒都烧柴火，不愁卖。

儿子要外出几个月，母亲李兆连已收拾好行李，帮儿子卷了一床棉被和一床单被，准备了两件厚衣服和几件单衣，一双换穿的鞋子，加上镰刀、锄头、锯等工具。

行李上肩，"不怒而威"，严润生感觉自己像解放军上前线一样。

泰来公社这次总共派出250多人去岳山，第一批七八十人都是清一色男子汉，严润生也在其中。翌日早9时许，队伍在公社大院集合完毕后步行出发，由武装部干部朱盆生带队。

途中，朱盆生走近严润生旁问："你是严润生？"

"是的，如假包换。"

朱盆生哈哈一笑："你小子还挺幽默。"

半个世纪后，严润生回忆当年那一幕仍很激动："感觉很光荣，就是没戴大红花。"

无风雨潇潇，唯山路遥遥。天一阴下，大家嘀咕会不会下雨，一会儿，又放晴，展现一片蔚蓝。经过三坑水库时，一时风轻云淡，薄雾似于天地之间徜徉，青山掩映，峡谷幽深，水面蜿蜒。严润生站在大坝上有点发晕，他第一次见动静相宜的碧水清波，第一次见一望无边、润泽草木生灵的浩渺湖水，林里鸟雀一阵鸣叫，似催人切勿流连早点赶到岳山。他缓过神重又迈开大步。

小分队由东南向西北方向足足走了50公里，沿途，严润生鼻翼间总拂不去草木之香，映山红连缀成片，像条红绸带，野山菊一簇簇盛开，像明灿的日光。

阳光被队伍撇在身后六个多小时后，他们又迎来了夕阳，到古城时，太阳照在脸上，金灿灿的。

此时此刻的严润生绝想不到，1975年一月大会战结束时，他真的留在了林场，一个月拿25元的工资，成了"公家人"，实现了父亲的期许。

命运的转机，往往就在一瞬间。

差不多同一时间，甘洒公社上屈大队。黎桂兰从大队部开完会一溜烟回到家里，顾不上抹汗珠子，急匆匆地对女儿说："柳婵，响应县里面号召，上万民兵大会战，你去。"

邓柳婵嘴巴一鼓："老妈，我一天吃得又不多，干吗让我去？"

黎桂兰嗔道："妈不是怕你吃饭，你看你，力气小，吃饭少，长不大，你去干就有力气，就会吃得多，就会长得快。"话头一转，"再说，你是老大，你得带头。"

邓柳婵下面有八个姐妹，最小的才两岁，老妈肚里还怀着一个。祖父、祖母也和他们生活在一起，是个"大户"人家。邓柳婵老爸在公社电站打临工，没时间顾家。母亲是共产党员，工作积极，思想进步，干工作不怕苦也不怕累。明摆着，家里的活计，唯有"牺牲"邓柳婵。她读了三年小学就回家带小妹、喂猪、做家务，一天到晚不得闲。

情窦初开的少女本应心事多，可邓柳婵从无不眠之夜，沾上床就呼呼大睡，一觉到天亮。

夜已深，山野一片阒静，屋子里漆黑如墨，煤油灯燃过的气息在逼仄的空间游荡。一间六七平方米的小屋子里放着两张一米宽一点的床,住着4个人,一个小妹跟祖母睡,一个小妹跟邓柳婵睡。邓柳婵头脑如洗,睡意全无,想翻个身,又怕惊扰妹妹。看看皎洁的月光也好,只是,一块小木板严严实实地堵在窗上,一点光都透不进来。她有些窒息,朦胧中走进一片丛林,腿却没一点力气,到处影影绰绰,似有个男人在喊,林间突然火光闪烁,小动物惊惶逃窜,她吓坏了,使劲跑,双腿好沉,路过一条小溪,噌地蹿出一只青蛙,不偏不倚撞到她怀里——她啊的一声从梦中惊醒,大汗淋漓。

若干年后,她把这个梦讲给严润生听,严润生憨厚地笑了笑。

第二天,见女儿思想还没通,黎桂兰说了一番知心话:

"柳婵,妈也心疼你,但你看咱家人口多,劳动力少,生活上年年超支,欠了生产队不少钱,只有你去参加造林会战,到年终生产队分红时才能减轻我和你爸的负担,还能减少历年欠生产队的钱,一举多得。这一次生产队就一个名额,我给队长说了咱家的难处后队长才优先安排你去的。"

那一刻,邓柳婵似乎长大了——家里生活负担太重,需要她帮助分担。

"我明白了,我去!"

她家到目的地有60多公里,大家是坐着解放牌卡车去的。

凤岗公社利民大队盘海波则是坐拖拉机跑了20多公里,先到公社集中,再坐"木头车"经甘洒、怀城、冷坑、马宁至蓝钟,从东到西差不多120公里。大家站在车厢里,在滚滚灰尘中颠簸前

造林民兵乘车前往岳山（方权裕　摄）

行。下车时，有人指着坳头大队第一生产队的谭少凤笑。

"怎么啦？"

"你像个白毛女！"

不管男的女的，个个都像白毛女。

…………

一批批人，告别一座大山，奔向另一座大山；告别一段青春，开启另一段青春。山谷、树林、田野、河水，莫不见证他们铿锵有力的足音。那时，你若远远望去，太阳升起万道霞光，他们的背影，恰如绵延数里的红色的山脊，那么坦荡，那么庄严，那么伟岸，似裹着一道红色在飘，在飞。

岳山，他们来了！

"岳山，我们来了！"

第三章 上岳山

一、"牛仔""牛妹"

1974年的中秋连着国庆。中华人民共和国成立以来,这样的"双喜临门"并不常有,1955年一次,1963年一次,这是第三次。节日临近时,首都北京的街道首次用上了第三代光源高压钠灯,复兴门北京第一座立交桥也建成了。全国各地的大街小巷都洋溢着喜庆气息,远离首都的粤西怀集县城也不例外。

王振华夫妇住在县教工之家一间30平方米的瓦房里。住在这里的原因是王振华分配到怀集后,先是在县总工会管辖的怀集县职工学校当教师。教工之家北侧是县委大院。家和单位间有四五十米的距离,隔着一口小鱼塘,一块菜地。鱼塘养鱼,是所在地生产队的,菜地是几个农户的,分成一块块,各自围栏,种着芥菜、萝卜、葱蒜、瓜果等。上下班经过时,王振华总会停下脚步欣赏一下绿油油的蔬菜和欢快游弋的鱼。

教工之家廊墙角安装有县广播站的有线喇叭,每天早、午、晚三个时段会准时转播全国、全省、肇庆地区的新闻和县内新近发生的新鲜事。

9月30日晚,王振华从广播中听到人民大会堂正在举行盛大的招待会,在热烈的掌声中,周总理致祝酒词,总理清晰又洪亮的声音通过话筒传向宴会厅的各个角落,通过无线电波和有线广播传向祖国大地、千家万户。

与无数收听广播的人一样,王振华也听得热血沸腾。

第二天一大早,他站在窗口竖起耳朵收听《新闻和报纸摘要》节目,又仔细听了一遍招待会的新闻播报:

中共中央副主席、国务院总理周恩来,9月30号晚上在人民大会堂举行盛大招待会,热烈庆祝中华人民共和国成立25周年……以及各条战线、各个方面的代表和人士,来自世界各地的来宾共4500多人出席招待会。

随着播音员的播报,王振华意识到,这真是一份包揽各条战线、各个方面代表人物的"前所未有"的"大名单",很多新闻单位的"头头脑脑"、文化艺术界的知名人士、上山下乡的知识青年也都出席了。

王振华对妻子林玉燕说:"形势要变了。"

夫妻俩有一男一女两个小孩,男孩读小学一年级,叫"牛仔",女孩上县机关幼儿园,叫"牛妹"。

两头"小牛"跑过来,牛仔问:"爸爸,妈妈说你要去岳山造林三个月,三个月都不回家吗?"

王振华摸着俩孩子的小脑袋瓜说:"明天,爸爸就要打起背包出发去蓝钟公社古城,在岳山造林大会战指挥部,与一万多名叔叔阿姨一起劈山垦荒,营造万亩大林,你们说,骄不骄傲?"

"爸爸真骄傲!"

孩子们"词不达意"的赞美让王振华心里陡添几许豪情壮志。

"你们要听妈妈的话,妈妈工作忙得很,又要照顾你们吃饭、睡觉、上学,很辛苦的。"

同一个国庆节,陆志超和母亲在家,他们住在县委大院里的瓦盖平房。

陆志超嘀咕:"大过节的,不知爸爸又干吗去了。"

"还能干啥,你爸爸今年都在忙岳山造林的事。"

年初,肇庆地委要求各县带着如何处理林粮关系,如何抓林业,如何实行采育结合、高质量集中连片造林,如何搞好木材管理等问题到湖南江华县学习。

其实,此前已学习过一次。根据资料记载和当年的参与者梁树文回忆,第一次去江华学习的时间是1973年5月,县委组织各公社(林场)分管林业工作的领导,以及各公社森工站站长、林业站站长往湖南省江华瑶族自治州考察学习。途中一阵狂风暴雨,车厢顶上盖了帆布,但雨水还是从两侧飘进车厢……江华的森林覆盖率比较高,通过采育场的形式发展林业,砍伐、造林衔接比较好。

第二次,则是怀集县委大部分常委、县人武部负责同志、山区公社党委书记、平原公社党委副书记,以及农林场负责同志,县林业局、森工局、商业局和各林业站、各森工站负责同志等共84人前去,在当地召开现场会,学习他们大办林业的经验。学习三天回来后,又研究讨论了两天,大家的信心进一步增强,但也觉得蓝钟等公社连续几年大造林,效果也不错,却"默默无闻"，心中有点"愤愤不平"。

"我们也加油干，也要把影响干到全国去。"

蓝钟公社行动迅速，1974年3月，全省第一个林业采育场在蓝钟公社诞生。其他公社紧随其后。

是年9月15日至24日，怀集县连续八天召开林业采育场工作会议。陆文做报告，总结采育场发展情况、经验体会和一些问题，并总结推广蓝钟公社办好采育场、发展林业生产的经验。会议认为，兴办采育场是林区学大寨中出现的一个新生事物，是实行林业大革命的重大措施，怀集应不落窠臼，迎头赶上。

9月28日，怀集县委下发《关于推广八个典型经验的决定》的第33号文件：

在毛主席革命路线指引下，在党的基本路线教育运动推动下，我县农业学大寨运动逐步深入，革命、生产形势大好。根据省委、地委的指示精神，县革委会召开了第十次全体委员（扩大）会议暨我县第二次农民代表大会，以党的基本路线为纲，以大寨、昔阳、屯昌为榜样，总结了一年多来的工作，交流了学大寨运动的经验。到会同志一致认为，中洲、蓝钟、岗坪、汶朗公社和桥头公社六竹、梁村公社沙田、诗洞公社万诗、冷坑公社前进大队的经验很好。经县委全体委员会议讨论，决定在全县再推广以上八个典型经验。县委号召各级党组织和全县人民认真学习他们的经验，努力创造条件，把我县农业学大寨群众运动提高到一个新的水平。

…………

蓝钟公社以党的基本路线为纲，建设社会主义林业基地。

采取大办采育场的办法,把造、管、砍三者统一抓起来,把林副业生产纳入社会主义轨道,比较好地解决了林区的方向、道路问题,使集中连片造林的面积不断扩大,集体经济不断发展,做到了林茂粮丰,加速了林区学大寨的步伐。

二、"小分队"

1974年国庆前后的很长一段时间,张玉祥(时任怀集县革委会主任、县委书记、民兵师政委)、陆文(时任怀集县革委会副主任、民兵师副政委)等干部天天都在忙岳山造林的事。县里成立了指挥部,下设几个小组,有宣传组织组、生产技术组、安全保卫组等,还有一个医疗站。每组设组长一人,由相关部门负责人担任。对应地,各公社都成立了指挥所。上下一体,架构严密,准备打大仗,打胜仗。

1974年10月2日午饭后,一支由十来人组成的精干小分队在县委大院集中后乘坐一辆卡车向古城进发,车上有陆文、练全(县农村部部长)、钟文木(县人民武装部副政委、民兵师副政委)及县森工局副局长刘奇等,大家都携带着行李准备"长驻久安"。

车越往山里走,道路越起伏不平,王振华坐在车厢里被颠簸得够呛,却思绪万千,心想,以张玉祥书记为首的县委领导班子,提出在岳山大造林的规划,是敢为人先的举动,这是何等的勇气与魄力呀。作为县委机关工作人员,必须不折不扣地贯彻执行好县委的决策,踏实做好本职工作,配合地区、省新闻单位记者,把上万名民兵战岳山造大林的好人好事、点点滴滴,总结

怀集县委领导班子和造林指挥部成员合影（方权裕 摄）

好、宣传好，让怀集山区的金凤凰飞向远方……

他听说更早时候，县里已派出测绘队前去岳山搞规划。张玉祥等领导也去踩过点，做过调研。后来王振华见到一张珍贵的合影，县委领导班子和造林指挥部成员几乎全在其中，黄鸿图、练全、黄一凡、李柯林、张玉祥、艾志雄、杨年涛、老林农、罗衍桂、梁廷远、陆文、吴昌升、刘奇，以及县农委干部和县林业局的技术干部。

上山的规划队有15人，队长是伍星。伍星原名伍灿勋，怀集凤岗麻地村田庄寨人，中华人民共和国成立前参加革命，中华人民共和国成立后在总参测绘局学习并从事过军事地图测绘工作。

伍星带三个测绘小组奔赴岳山开展岳山造林启动前的准备工作。工作性质有点像地质队员，专业涉及面广，涉及林业调查、规划设计、森林病虫害防治等等。

每天一大早，大家先煮一大锅白饭，吃饱后，把午饭装到铝饭盒里。没什么菜，每人几条咸萝卜干。饭盒进挎包，砍刀、木棍、行军壶等收拾好。砍刀长两尺多,宽四寸,拎在手里沉甸甸的。木棍不粗,标杆溜直,有一米五六长。行军壶、挎包斜套入肩,一个放左,一个放右。左手抓木棍,右手握砍刀,大步流星上山。

起初一段有路,越往深处走越荆棘榛榛、蟠枝虬曲,或杂树丛生、苔藓斑驳。这样的环境最利蛇虫藏身。大家竖起耳朵警惕辨别,用木棍使劲戳探,真就听见窸窸窣窣的声音,鹰从林间飞过,一条蛮粗的湿漉漉的蛇"唰唰唰"钻入黑暗中。荆棘横七竖八,腿和手臂容易被划破,伤口虽不深,但被汗一渍揪心地疼。大家顾不上许多,紧握刀柄,挥起砍刀,奋力砍下去。一个队员打头阵,其他队员亦步亦趋紧随其后。一个砍不动时,其他队友换上,任由汗水哗啦啦地流,硬是在藤蔓间披荆斩棘,开辟出一条道路。

他们什么仪器都没有。那个年代于一座偏僻的山城而言,设备属稀罕之物。大家完全靠目测、脚踩和自制工具,夜以继日,不畏艰难,日爬两山。每日归来,腿肚子、手臂乱抖,有人没提防,饭盒啪地掉在地上,幸好没扣翻,要不连白饭都没的吃。

一个多月来,伍星与测绘队员跑遍了岳山的各个山峰。岳山主体山脉呈南北走向,东西两面是较为开阔的峡谷地带,最高峰二岳顶海拔1290.5米,峡谷地带最低海拔仅为240米,相对高差在1000米以上;山地坡度一般在25°~40°,上部山顶有的坡度达70°~80°。因海拔高低悬殊,地势起伏大,所以地形颇为复杂。由于森林蓄水作用,峡谷中水资源丰富,谷底水流湍急,被水冲刷的巨大鹅卵石随处可见。

测绘队经勘测后对造林做了具体规划,绘制了《岳山林场造林区划图》,包括县界、林场界、片界、各社场、造林界、保留林等,并就上山道路、环山道路修筑也做了规划。对每个山头地形特征、水源、水量等予以标注,为民兵上山进驻提供指南。如此,万亩林地实行网格化管理,各路队伍上山后不犯迷糊,能沿着一条条林道和防火带找到各自阵地。

造林指挥部设在古城大队部。此处由庙堂改建而成,顶部覆棚以遮光避雨。地方很宽敞,大厅中央摆着一排排木条椅,可容纳千人聚集。周围有十几间大小不一的房子,大门进去左边第一间较大的用作指挥部人员集体办公,正北方一个厅间当作厨房,大队安排了一个厨师,正对大门的是一个不大不小的舞台。

"下午三四点,小分队到达,我被安排在距离厨房很近的一个小间里,里面有一张木板床,床铺是稻草编织的床垫,棉被、蚊帐是大队收集的,半新不旧。靠墙摆了一张木桌子、一条长木凳,还有一个暖瓶。"王振华回忆道。

张如方是指挥部安全保卫组成员,县文化馆的画家林丰俗和他同一天到指挥部报到,两人住一个房间,两人都是汕头人,有很多共同话题。

张如方谦虚地说:"林老师,我也想练习练习画国画,能不能教教我?"

林丰俗爽朗一笑:"没问题,不过学画画考验毅力,也需要花费很多时间。以后我每次到山上写生时,你陪我去,这样可能学起来更快。"

说话间,伍星敲门进来:"林老师,又见面啦。"

"可不是嘛?你的测绘规划工作结束了,我们的工作才刚刚开始。"

林丰俗对伍星十多年军旅地图测绘生涯感兴趣，伍星对林丰俗源于心境的山水画创作好奇，测绘专家、美术高手相谈甚欢。张如方半天插不上话，好不容易逮着机会："林老师，您画的'山高坡陡无阻挡，转眼又过一山岗'，就是伍队长带队测绘的场景吧？"

"是啊，我跟着伍队长上山，看到队员披荆斩棘的场景非常生动，就信手涂鸦啦。"

伍星连连摆手："林老师客气啦，画得生动得很，寥寥几笔，画出了一个不畏困难挥舞砍刀的青年后生形象。"

三人爽朗的笑声飘出小窗，飘向指挥部附近那棵大榕树，几只麻雀正在枝头跳来跳去。

榕树下，古城河河水清清，涓涓流淌。

当晚，基本收拾妥当后，陆文招呼大家碰个头。办公室中间一张茶几，两边两张木椅，大家排排坐。除县领导外，还有王振华及武装部两个人。

"刺啦"，面庞白皙的陆文站着划了根火柴点着了一支丰收牌香烟，他是老革命，中华人民共和国成立前参加工作，曾任肇庆团地委书记，又有公社工作经历，群众语言丰富。

"大家知道，1970年前，我们组织干部了解山区的县怎么学大寨，1973和1974年又到湖南调研，回来后文书记搞了一个公社采育场，今年县里想搞一个'升级版'，这次组织超过一万名民兵，以公社为单位，县统一管，组建了一个个分团，我们是打前站的，第一阶段1488名民兵很快就要赶来，我们商议一下来了之后的工作安排。"

练全接过话头说:"看岳山的情况,这么多人安营扎寨,预计需要一个多月的准备时间,大家齐心协力,未雨绸缪,把各项工作做到前头。"他长得高高瘦瘦,一副文质彬彬的模样。

"民兵训练有素,准备时间我们尽量控制在一个月内。"钟文木年轻,才30多岁。

陆文坐下说:"前站要打牢,就算住茅草棚,也要风雨不动安如山,不能大雨一浇就趴窝。"说话间,烟将燃尽,又"嘴对嘴"续上一根。

又扭头问王振华:"小王,新闻单位联系得怎么样?"

王振华站起身刚要回答,陆文摆摆手,示意他坐下:"小王个头高,往我面前一站,跟泰山压顶似的。"陆文是矮个子,他这话一出口,一屋子人哄堂大笑。

王振华不好意思地笑了笑说:"报告领导,《南方日报》摄影记者黄勇和、肇庆地委宣传部新闻报道员黄鸿图和李岳华等人,我都联系好了,根据指挥部的意见可以随时前来,我一定做好接待和联系采访工作。"

秋老虎发威,外面热,屋里也热,窗户全开也不起啥作用,而为了防蚊虫叮咬,大家还都穿了长裤,一个个汗流浃背。

陆文又续了支烟,他的习惯是不抽则已,一抽三支。

"小黄,你说几句?"

"小黄"是县人民武装部宣传科副科长黄森涛,突然被领导点名,脸唰地就红了。

"各位领导,我还真没啥说的,我一定做好自己的工作。"

练全幽默地调侃他:"黄副科长这腔调还真有《新闻和报纸摘要》的味儿。"

又是一屋子愉快的笑声，原来大家都讲白话，唯有黄森涛说普通话。

王振华知道，这里是指挥部，肩负着运筹帷幄、决胜千里的重任，活泼、轻松、愉悦的气氛很快会被紧张、严肃、响亮的战斗号角所替代。

两天后，张玉祥带着一大群人来到指挥部，他是山西人，父亲是抗战时牺牲的八路军干部，他在八路军大后方成长，解放初随大军南下广东，1969年调任怀集，40多岁，一米七几的个子，胡子刮得干净，也讲普通话。

"进来的路修得不错，比以前好走多了。"

陆文应道："张书记，道路是林业局伍星规划的。"

"伍星可是个活地图，他在部队便是地图测绘专家啊。"

"以公社为单位，分地分块，也是伍星带队弄的。"

若干年后伍星回忆说："去岳山之后，我受到县领导的表扬，他说上山的路修得好，路路平安。"

张玉祥边走边叮嘱："每个公社抽多少人来参加造林，一定要落实到具体人，要明明白白，不能是一笔糊涂账，若干年后，也是我们留给后人的一份责任清单啊。"

"全县共有24个公社，差不多9000户，总计抽9900多人，加上县上抽调的干部，总计上万人。第一阶段上来约1500人，第二阶段上来约3000人，第三阶段上来约5500人。"

张玉祥笑道："陆主任是心里一本账，明明白白，正式开工后我再下来和大家一起劳动。"

当天，1974年10月1日的《人民日报》也被带到指挥部，王振华惊讶地发现,《人民日报》用了极少用的彩色版面。他把报纸拿到陆文面前说:"《人民日报》用了一个多版的篇幅发表了出席国庆25周年招待会的人员名单,您看,是几千人的大名单。"

宋任穷、胡乔木、伍修权……很多熟悉的名字,他们相视一笑。

晚饭时,破例,原本每人一份菜——青菜、萝卜,特意加了一份冬瓜炒猪肉。

小黄悄悄嘀咕:"连着几顿没见荤腥,怎么今天太阳从西边出来了?"

王振华笑笑,别人不知道怎么回事,他心里清楚。

那个年月,没人不敏感政治上的风吹草动,具有新闻素养的王振华知道,中国这艘巨轮,在社会主义发展的路途上,遭遇了风,遭遇了浪,但风再大,浪再急,巨轮已经定航,航线不能也不会偏离。

三、"排骨床"

一大早,中洲公社向阳大队17岁的青年民兵马乃强等80多人,背着行李,带着工具,在大队干部的带领下向岳山进发。起初大家斗志昂扬,步子迈得大,歌唱得嘹亮,但翻过一山又一山,涉过一水又一水,平路上也坑坑洼洼,大家慢慢"偃旗息鼓"了,只剩大口喘气。步行近50公里对大家都是严峻的考验,马乃强高中时学军,背着行李走30公里已达体能极限。

九个多小时后,队伍进入古城地界。薄暮沉沉,又望见村庄,大家估摸该休息、吃饭了,高兴得纷纷卸下肩上重如千钧的行李、工具,坐在地上休息。岂料,根本没到终点,稍事休息还要继续进发。向驻地行进中,大家几次被吓住,"山重水复真无路,柳暗花明不见村",是要在野外安营扎寨啊。

山里的黄昏,风景蛮好,橘红的夕阳软塌塌地依附在群山之上,洒落着暖暖的光芒;林子里静悄悄的,鸟儿被突然惊着扑棱棱地飞向天空。堂兄马乃信拍了拍马乃强的肩膀:"听说先头部队前几天就到了,还搭了简单的厂棚,要不今晚我们连住的地方都没有。"

的确,各公社都有民兵提前进山,首要任务是寻找水源。有的水在半山,要"引"到驻地,削几十根粗一点的竹子,从中间一分为二,将半边竹子一段一段接起来,形成一条长长的输水"管道"。

喝水问题解决后,要迅速搭建厂棚,没有什么物资供应,完全"自收自支"、自力更生。好在到处都是杂木、芒草,树有粗有细,粗的劈成圆墩子当凳子坐,中不溜的排排立起来当"墙体",细的排排铺开当屋顶的"瓦片"。难的是相互之间如何联结,没铁丝、铁钉、合页、螺栓,钢铁最是稀罕物,连铁锤也没有。大家因地制宜,砍竹子破篾,但用竹篾捆扎后不牢固,便将细竹子削尖做竹钉,竹钉"打"入,摇晃几下,说牢固不牢固,说不牢固,抵御一般风雨问题不大。框架搭好,屋顶铺芒草盖顶,芒草也得固定,还是用竹篾、藤条和竹钉,"墙体"插入芒秆,尽量紧密。

男、女宿舍各搭两张大通铺,砍好"床腿"若干,从多个受力点分别撑起40厘米高,四周以长木相连、固定。没有床板,找四五厘米粗的树枝一根根铺上去,弯腰"窥探",真是"横看成岭侧成峰,远近高低各不同",上面再铺一层芒草。有人躺上去试了试,有睡觉的地方了心里头高兴,来了个"鲤鱼打挺",结果被芒草扎破屁股,疼得嗷嗷直叫。

"出师未捷身先死,长使英雄血满裆。"

"你笑话我?小心'排骨床'扎破你的小××。"大家一时差点笑破肚子。

女宿舍装了茅草门,能起点作用。一男民兵假模假样从外面观察:"你说女民兵住进来,晚上影影绰绰的,好看不?"

"看了白看,不如不看。"

"男宿舍为啥不装门,女民兵可是把咱们一览无余。"

"你身上有啥?巴不得人家多看你几眼吧。"

正是一群对爱情充满幻想的青年啊。

马乃强感慨:"过雨看松色,随山到水源。这是唐代诗人刘长卿的诗句。一天雨后,刘长卿寻隐者不遇,沿着山间小路,追寻小溪的源头,见山花四处盛开,悟出无限禅意。"

"什么是禅意?"马乃信问。

"大地当床,星月当灯,旷野为营,则生禅意。"

"嘿,你这说起话来一套一套的。"

马乃强上高中时偏爱语文,背了不少古诗文,喜欢写写画画。

半夜河谷起风,无孔不入,顶上刮,侧面漏,底在透,马乃强脸朝外正对"空门",风一个劲直吹,哪里能睡得着?

"被子薄,我和堂兄两张被子叠在一起互相取暖,才熬过第一个漫漫长夜。"马乃强忆述。

是啊，若不是造林，他不可能去那里，去了那里，人生便有了新的开始。

凤岗公社利民大队民兵盘少强作为公社第一批民兵之一来到岳山驻地时，天色已晚，大家抓紧生火做饭，吃完饭已是满天星辰，没辙，集中几垛稻草打地铺。

躺在稻草上，盘少强睡不着，一翻身草软塌塌下沉，也扎得慌。他望着星星心想，半夜下雨怎么办呢？想着想着，迷迷糊糊入了梦乡。第二天早上，大家吃了自带的干粮后四处找竹竿、木条，建厂棚，砌灶头。

每个民兵团到驻地后，首先在有水源的缓坡山地盖厂棚住下，包括弄好厨房、锅灶等。各个公社所在位置不同，但厂棚的搭设均因地制宜，先用竹子搭建一个又长又大的棚，中间用茅草隔开，铺上茅草或稻草。一边男民兵住，一边女民兵住。没有蚊帐。有什么材料用什么材料，不求好看，只求结实稳固。

各路人马安营扎寨持续了十几天。

此时，若站在山头向下张望，山谷芒草绵绵，一排排整整齐齐的厂棚，像战士的营房和战斗的堡垒。

王振华目睹此景诗情激发，写了首诗：

安营扎寨

峡谷芒地建草房，身在岳山望五洲。

露宿风餐造大林，艰苦创业路宽广。

大干快上苦中乐，心红志坚山河壮。

不久，林丰俗创作了写生国画《万山丛中红旗招展　二岳峰下安营扎寨》，山脚下搭起的简易厂棚，山头驻扎的造林队伍，

《安营扎寨》（中国画·1974年作）/林丰俗

造林前期的伐木、劈青、修路等悉数入画，是造林前期的真实写照。不久他又创作出"过了三岳山，便是黑埇口，原始森林底下安营扎寨，誓把荒山披新装"的素描作品，描绘了连绵起伏的岳山群峰的壮观景象。

令王振华稍感遗憾的是，当时县里财政不富裕，办公设备能省则省，没能给他这个新闻专干配一台照相机，所以当时很多生动的场景和感人的瞬间没能拍照留念。好在林丰俗的画作在一定程度上弥补了他的遗憾。

林丰俗参加工作第一站便是怀集，当时在县文化馆已工作十

当年民兵安营扎寨的地方(卓尔吉一湄 摄)

年，此次肩负光荣使命，以速写和水墨写生等艺术形式创作美术作品，记载岳山造林的峥嵘岁月和历史瞬间。最终，他创作的多幅美术作品成了记载那段光辉岁月的珍贵历史资料。

第四章 红旗飘飘

一、誓师

1974年10月13日，造林指挥部召开动员大会。那天上午，阳光普照，天气晴朗，空中飘浮着大朵白云。指挥部门前一根长杉高高竖起，五星红旗迎风猎猎。老榕树上挂着的高音喇叭播放着昂扬的乐曲。古城河河水清清，欢快地流淌。

在东北侧一块平缓的山坡地上，搭建了简易舞台，"怀集县岳山大造林誓师大会"的横幅格外醒目。指挥部所有人员、各公社带队领导和民兵代表齐聚一堂。王振华站在一角向会场张望，满眼彩旗招展，各公社民兵高举民兵团旗帜，整齐地排列成行成线，大有誓师出征、气壮山河、决战决胜的气势，颇鼓舞人心。

张玉祥出席并做动员讲话：

同志们：

为了更好地组织这次大会战，我担任总指挥，七名县委常委任副总指挥，并从县机关各局、办抽调90多名干部组成指挥部。指挥部按民兵建制组织，县、公社武装部均派出得力干部参加，层层配备骨干,切实加强领导。全县按总劳力5%抽调一万多名民兵,通过组织民兵办场的形式,进一步加强民兵建设,发挥党组织战斗堡垒、团组织纽带桥梁作用,让民兵在锻炼中成长,加快推进造林工作。

《指挥部》(中国画·1974年作)/林丰俗

同志们，天下兴亡，匹夫有责。国家有难，匹夫有责。什么是匹夫？就是男人。大家都知道，我们的国家现在很困难，大家的日子过得很艰苦。怎么办？能不能改变？女人可以问男人，男人不能问女人。男人不能说不知道。因为这是你的责任，是我们的责任，是兄弟们的责任。当然，一万多人中，也有不少女民兵，这充分验证了"谁说女子不如男"，我相信，女民兵也是好样的。

大家安营扎寨，看到了我们的山，用千疮百孔来形容言过其实，但山荒凉不假，不出木材不假。这是我们的山，我们的家园，我们的土地。守土有责，我们没守住、没守好，愧对百姓，愧对人民，愧对国家。

前人栽树，后人乘凉。造林造福子孙后代。各个公社每一位青年民兵到这里来就是要造好林、种好树。为什么选你们来而不是发动普通群众来？因为你们是能战斗的，能打硬仗的，能吃苦的，能不怕牺牲的。

1958年9月，毛主席向新华社记者发表重要谈话指出，"民兵师的组织很好，应当推广。这是军事组织，又是劳动组织，又是教育组织，又是体育组织。帝国主义者如此欺负我们，这是需要认真对付的。我们不但要有强大的正规军，我们还要大办民兵师。这样，在帝国主义侵略我们的时候就会使他们寸步难行。"

1962年6月，毛主席在中南地区视察工作时指示，民兵工作要做到组织落实、政治落实、军事落实；民兵武器要修好。天上掉下来的，地里冒出来的，怎么对付，都要有些办法。民兵组织一定要搞好，班、排、连、营编组好，要有能力强的干部。民兵在政治上一定要可靠，特别是基干民兵，要搞些训练。一有情况，能吆喝拢来。

同志们,我们现在面对的不是凶恶的帝国主义,是一个个凶险的山头,上面有石头,下面也有石头;有密密麻麻的灌木丛,里面有小动物,也有大动物,听说1943年的时候,日寇的敌机经常来袭扰,惊了林子里的老虎,老虎把旧政府的一个哨兵抓去了。但是不要怕,我们人多,老虎也怕人。

同志们,农民兄弟曾喊出响亮的口号:

天上没有玉皇,

地上没有龙王,

我们就是玉皇,

我们就是龙王,

使唤天水造幸福,

命令大地多打粮!

我也胡诌一首:

山上有拦路的石,

地上有盘错的根,

我们是英雄的民兵,

有着大无畏的精神,

我们齐心协力炼山挖壕沟,

我们讲究科学育苗种大树,

大地有意啊,岁月有情,

岳山一定会再现排排杉林。

现场掌声雷动。

民兵代表都挺了挺胸膛,有的叉起腰,有的攥紧拳头,眼里充满激动、自豪,仿佛有无穷的力量。

接着,陆文讲话做具体工作布置。他讲粤语,嗓门不大,但声音穿透力强,通过高音喇叭在山谷回响。

同志们:

把这么多人召集在蓝钟公社古城大队范围岳东片、岳西片,要干什么,张书记刚才动员了,大家也早就明白了,就是劈青、炼山、整地、挖撩壕、种树。作为广东人,种树是我们的看家本事,但是,我要提醒大家,在岳山种树难度不一样。这半个多月,大家看到了也感受到了,吃不好,喝不好,住不好,蛇虫还乱窜,怎么办?为了我们的美好家园,为了社会主义新中国,为了响应毛主席的号召,为了鞠躬尽瘁的周总理,我们必须把树科学地种下去,保证全部活过来。在这里,我要引用一句古语:欲求木之长者,必固其根本。什么意思?对我们岳山来说,就是先把杂木、野草除掉,再把坑挖好,再把树栽下去,让根牢牢地扎在土里,只有这样,我们种的树才能长得活,长得快,长得高,到我们的子孙后代长成人,这些树也会长成参天大树、栋梁之材。

陆文还将"岳山"与"塞罕坝"做了对比:

你们有些人可能知道"塞罕坝",那是两代人用青春和汗水在塞罕坝地区营造万顷林海的事迹。那里自然条件恶劣,夏天风里卷黄沙,冬天山头堆白雪,比甘肃河西走廊的沙漠地带还要严酷。1962年林业部在塞罕坝机械化林场、大唤起林场、阴河林场的基础上组建了塞罕坝机械化林场总场,1968年归河北省管理。但是,"塞罕坝"是国营经营体制内的艰苦创业,而我们这次是冲破集体体制条条框框束缚、经营体制变革的前提下的艰苦创业。简而言之,"塞罕坝"成功,靠的是苦干、巧干加运气,我们则要靠苦干、巧干加革命胆识。功成一定在我，功成一定有我，大家有没有信心？

"有！有！"

滔天声浪回响在山林。

严润生当时不在现场，后来他了解到，那次会上出台了"四级分成"政策：5、1、1、3。生产队出劳动力和部分粮食，占大头5成；大队、公社大力协助工作，各占1成；县（岳山林场）负责后期各项管护工作，占3成。分成款是第一代杉树长成（15～20年）后砍伐销售所得的纯利润（第二代树木和萌芽长成的树木不参加分成），县财政局届时会到岳山林场核算并公布分成情况。"号召加激励，大家干劲特别大。"

各公社带队领导和男女民兵代表纷纷上台表态，群情激昂，誓言按质按量完成指挥部下达的任务，不完成决不收兵。

誓师大会开了一个多钟头。

"县委、县革委会一声令下，全部人立即行动。这一声令，使得全县生产活动走上正常轨道，社会秩序恢复正常运作。作为一个集体性活动，岳山造林无形中形成凝聚人心、统一兵力的良好局面。"回忆过往，李有朋感慨万千。

二、"客家妹"

公社领导一见邓柳婵，撇撇嘴，意思很明显——这么点个头，又瘦了吧唧，跟个没长大的娃娃似的，能干啥？

邓柳婵不高兴了，瞪着一双杏眼，两手往腰间一叉："领导，我看您这眼神——都啥社会了，咋还重男轻女呢？我在家里什么都干,什么都会干!"

见这丫头挺倔强,领导有心再逗逗她:"那你说说会干啥?"

"做饭,喂猪,照顾妹子,我都行。"

"可我们这里,你看看,大家都在干啥?"

邓柳婵溜了一眼周围,舌头软了下来。

"人是铁,饭是钢,一顿不吃饿得慌,你来帮助做饭怎么样?"

"做饭?还帮助?——我大老远跑来是造林的,是来挣工分的,我妈可没说让我来做饭。"

"哈哈哈,'组织纪律性'还挺强,可到了这里不用听你妈的,听我的就行。记住,做饭也是一项重要的工作,大家吃不饱怎么干活?你的工作在某种程度上比造林还重要,所以工分一分不少给你。"

邓柳婵咧嘴笑了,露出两颗小虎牙,被晨光一照,雪白雪白的,挺好看。

"如果这样,我就听领导的,我一定做好饭。"

"不光做饭,还要烧热水,干一天活儿,得洗洗。特别是女孩子都爱美。"

"好的,我一定每天做好饭烧好水。"

"态度不错,这个重要任务就交给你了。"

不干不知道,一干吓一跳。半山腰做饭,可不像在家里那么简单,厨房里啥都没有,有时候连米都没有,更别说蔬菜。公社人手丁卯已定,安排不出专人送米送菜,要自己去挑。几百张口吃饭,一日三餐,米、菜消耗都很大。固定煮饭的是邓权枝、邓树群,邓柳婵协助,巧不巧,三人一个姓,却非亲非故。每天要两个人跑一趟古城。这天,民兵早饭后上山,一位邓师傅与邓柳婵收拾伙房后下山。从驻地到古城有五公里多,一路坑坑洼洼,还有条沟,有时连着几天下雨,沟里水波莹莹。去时邓柳婵提着根扁担和两个筐,踩着石头兔子似的跳过去,回来时却挑着大米和青菜,她瞅着河沟水心里发怵。邓师傅脚力好,又急着回去做饭,早跑没影了。

岭南农家出身的女仔特别能吃苦,身上没一丝一毫的娇气,身子骨像铁打的,和男的没什么两样,可邓柳婵毕竟年纪小,负重走平路可以,摇摇晃晃过河沟不容易。

望着水中高低不平的石头,邓柳婵暗暗打气,稳住,一定稳住,自己担的是民兵的口粮和蔬菜,不能出一点事,就算赤脚蹚水过去,也要把东西完好无损地挑回去。

远远走过来一位大叔,手里提着一大串山芋,还背着一捆柴火,见一个瘦小的女仔摇摇晃晃过河,怕出事,喊道:"等一下,我帮你。"

邓柳婵嘴硬:"不用,大叔,我能行。"

大叔走到跟前打量她一眼:"是给山上的民兵担米送菜吧?好家伙,一头有30斤吧,从古城过来的?"

邓柳婵抹了一把额头的汗珠,没有作声。

"来,我帮你弄过去。"

男人到底力气大,步子稳,邓柳婵胆怯、畏惧的河沟,人家三步并作两步轻轻松松过去了。

邓柳婵空手跳过去,忙不迭地道谢。

大叔笑呵呵地说:"我还要感谢你们辛辛苦苦种树,咱们这地方，有树才有钱，才有希望。"

再往前走，经过的路段正在修路。邓柳婵正遇到放石炮开山路，一炮炸响，地动山摇。邓柳婵不敢再走，放下东西，躲在山坡后面观察动静，怕万一有颗小石子从天上掉过来，那自己的小命可就危险。等了一会儿，没什么动静，才敢挑起担子继续赶路。

修路的民兵看见她，停下手中活计，开玩笑说："妹子，累不累？我帮你担会儿？"

她哪里敢作声，涨红着脸，闷头往前走，身后传来豪放的笑声。

那天回来已是上午10时多。她大汗淋漓，衣服湿得透透的，但顾不上换，只擦了把汗、喝口水，便开始烧水。先烧一大锅，烧开后再舀到大木桶里凉着。最开始煮大锅饭她没经验，便站在一旁看师傅操作。邓权枝告诉她，水要多放，炭火不能太猛，饭快熟了散出香味时，不要再添柴，要用余火焖，焖透了才不夹生。另外，饭半熟时将切好的番薯顺着锅边一块块放入，再捂上锅盖，锅盖四周要用棉布条子围上，才不漏气。

邓柳婵仔细听，不住点头。

但她是急性子，一会看炉膛，炭火忽明忽暗，好着呢，一会脑袋贴着锅盖听动静。

邓树群笑道："你急个啥嘛，心急吃不了热米饭，这么厚实的饭得个把小时煮，你要一急，加把火再烧煳了，等着吃饭的男民兵能把你给吃了。"

不知是被炭火映红的，还是被正午的山阳照射的，抑或是邓树群那句话，让柳婵的脸蛋红红的，像熟透的山楂。

"好嘞，我去洗菜。"

米饭与番薯的芳香越发浓郁了，气味充盈整个厂棚，邓柳婵等不及了，踮起脚、伸长脖子望着高处的山林，她早点送上去早点回来也能早点吃，她的肚子也在咕咕叫了。

说是炒菜，其实是煮菜。大白菜切成段，倒入锅里，不放油，也没肉，除了撒一点盐（盐也很少），什么调料都没有。

米饭装入两个木桶，邓柳婵挑着。大白菜装入两个铁桶，邓师傅挑着，顶着正午的太阳晃晃悠悠上山。到目的地后，邓柳婵留下，邓师傅背一捆柴火先下山。

民兵们下大苦流大汗，早已饥肠辘辘，见饭菜到来，抢着递饭盒，邓柳婵急得手忙脚乱，喊："人人有份，不要挤啊。"

公社干部帮忙维持秩序："排队、排队，咱们是民兵，不是叫花子。"

有人撇撇嘴，悄声说："一点油星都没有。"

有人用胳膊肘捣了他一下："自己动手，丰衣足食，晚上咱想办法打只野味解解馋。"

另一人说："远水解不了近渴，你还是先尝尝我老妈腌的萝卜条吧。"

若干年后，很多人忆苦思甜。

盘海波感叹："真是吃不饱，每天都是青菜、白饭，根本没什么油水，更谈不上吃肉。三个多月，只有两三次加菜吃上肉，还是公社领导慰问时带来的。我们大多数时间都是饿着肚子劳动。"

"每天三顿饭，青菜很少，主要是梅菜干、萝卜干、榨菜头，有时也配一点豆豉、咸鱼、榄角、鱼干。大家正是大碗吃饭的年纪,大多数人都吃不饱,到处摘野菜下饭。"严润生忆述。

"有些女民兵吃得少一点,会分一点给饭量大的男民兵,但基本都不够吃,连饭焦也吃个精光,偶尔有酸菜汤汁泡饭已香得不得了。有那么一两次也蒸煮咸鱼,没有任何姜葱等辅料,就是放一点点猪油。炼猪油的油渣也用来煮咸梅菜、萝卜干。"邓柳婵忆述。

各个公社经济基础不一样,但情况大体相同——在一个生活条件相当艰苦的年月,在那样一个硕大无比的工地,不要说吃好饭,吃饱饭已是奢侈。

饭菜分完后,邓柳婵收拾东西准备回去,脸皮厚的男青年和她开玩笑:"小妹,我们大会战,你又干不动,在这里做饭不如去我家,先给我做小妹,长大一点顺便当我的老婆啊。"

女民兵邓水花、邓杏菊和邓柳婵关系好,一个上前与邓柳婵耳语,一个指着男民兵说:"柳婵辛辛苦苦给你送饭,你还乱开人家玩笑,等明天不给你吃饭!"

邓柳婵的脸已红得像太阳,她忙不迭地挑起空饭桶扭头下山,她没留辫子,短发上扎着条红丝带,远远看去,一个孱弱的身影在风中摇曳,红丝带像一枝不停挪动的山花花……

其实,其时,邓柳婵此生的"白马王子"离她不远,只是当时她没"感应"到,她的"白马王子"严润生当然也没"感应"到。大会战期间,泰来公社的厂棚与甘洒公社的厂棚相距不足两公里,但各在各的山头忙,没机会认识。严润生的任务是修路,各指挥所都设立了专职修公路小组,长度按各指挥所参加造林大会战总人数多少分配任务,泰来公社的任务是约300米。严润生修的那段路正是邓柳婵每天往返古城必经之路。

"可能擦肩而过，就是没打照面。"严润生后来憨憨地笑着说。

月朗星稀之时，大批民兵下山，早出晚归足足干了十几个钟头，已是人困马乏、一身臭汗。男的吃完饭懒得擦身，倒头就睡，没一会儿鼾声四起。

厂棚区设有冲凉房，是用茅草"挂"起来的，白天"见光"，晚上稍好，但月光下，朦朦胧胧、隐隐约约，仔细看，能看出点"秘密"。

男民兵相对好解决，女民兵则是有另一番景象。多年后，回忆当年的情景，邓柳婵笑着说："那时的妹子可没现在这么开放，而且都是没结婚的。再说，当时定量的半桶热水也不够冲凉。大家就点着蜡烛，坐在床边，悄悄擦一擦，再去山溪边洗衣服，晾了衣服再睡觉。"

女民兵洗澡，别说洗发水，有时连香皂都没有，香皂是统一购买回来分发的，一人一小块。洗头、冲凉都用清水。头发生油打结，清水洗不掉，邓柳婵会煲木叶水给大家用。

民兵辛苦，炊事员也不轻松，有民兵写了一首《炊事员》的诗赞美他们：

炊事员，了不起，

肩挑茶水上工地。

劳动竞赛看眼里，

放下茶桶挑畚箕。

炊事员，无闲时，

鸡啼三更早早起。

做饭烧茶又挑水，

工作不分我和你。

当时,邓柳婵真的是一时一刻不得闲,除了担米担柴、烧水担饭,还要给伤病员洗衣服。起初,队里医生没到位,也没药,女民兵采回山草药,邓柳婵煲成凉茶端给伤病员喝。

邓柳婵和钱九妹关系好。钱九妹是钱村大队的,大她几岁,扎着一根大辫子。两人晚上经常一起打着手电筒去溪边洗衣服。

"她很随和的,见大不怕,见小不欺。当时年纪最小的是我,什么事她都很关心我,经常嘘寒问暖。她工作也很积极,每天很早上山,是冲锋陷阵跑在最前头的那个。她不是领导,也不是党员,是积极分子。有的女民兵不舒服,她还主动帮她们刮痧,有的肚子疼,还帮她们揉肚子。"

革命的集体始终洋溢着团结、友爱、互助的朴素情愫,像山风,像小溪,像月辉,浸润着一颗颗年轻的心灵,也幻化为他们人生的底色。

三、疏残林

半个世纪后,提起大会战,很多人以为当时的岳山是彻头彻尾的荒山秃岭,王振华从不认同此说——"怀集无真正意义的荒山,只有遭过量砍伐的疏残林地"。

何为荒山?荒芜之山。因何荒芜?无人打理。

何为秃岭?光秃秃的山岭,一树不长,"一毛不拔"。

这样的山岭西北有,是干旱少雨所致,确非人力所能轻易改变。而随着生态和气候的变化,若哪一年清明前后雨水多,没多久,再看那些山,已有淡淡的绿意。可惜雨水很"势利",未必年年眷顾，故绿意未必能够持续。而岭南温湿，适合植物生长，别说山岭之中，即便城市居民阳台混凝土的缝隙中，不经意间也会冒出绿草、树丫，不及时清除能长成一道"风景"。

"造林地是宜林地块，相当一部分是芒草地、蕨草地、小灌木，极少乔木。"严润生亦言。

既是"宜林"，树木岂能"销声匿迹"？

"连绵数万亩的山地，高过人头的杂树与大芒草，漫山遍野，但成片的松树、杉树极少，疏疏落落，属于疏残林地。"王振华言。

对于当时林相的形成，王振华言："岳山位于两广交界地，距离乡民居住地较远，平时生产经营，乡民不怎么顾及它，每年造林种树，也未安排上。而中华人民共和国成立后数十年，由于国家、省、市下达给怀集县的木材上调（生产）任务重，数量大，蓝钟公社（古城、太平、双兴三个大队）乡民连年砍伐岳山一带的松、杉，制成规格材卖给国家（森工站），且只砍不种，天长日久，成片的松、杉树消失了，只剩下零零星星的松、杉，成为人们俗称的芒草山、疏残林，疏残林中遍布灌木，低矮的阔叶树、野藤等。"

必是如此，否则一排排厂棚如何搭建？

这样的树木和这样的山任其生长不好吗？不言而化，无为而治，自然而然，不是一道风景？

"要以历史观客观地认识评估岳山造大林、造好林的举动，它是未有感性认知的现在的中青年很难理解的。"

何以非造用材林，种杉树？

"其实后来很多人也在说，当时怀集在岳山一带组织上万名民兵种树,为什么只种杉苗,不种茶树、果树,营造经济林呢?你看现在岳山一带的茶园、果场就不错嘛。其实,他们不了解当时的社会环境,国家贯彻的是计划经济政策,还没有进入以经济建设为中心,而杉木是国家经济建设的紧缺物资,关系国计民生。当时的怀集县委、县革委会想国家所想,为国家和人民分忧,抓紧改造疏残林地,只种杉树且采取科学种杉,目的是让杉苗快速长大、早日成材,为国家多做贡献,也才能尽快改变怀集人民的生活条件,就是这么简单的初衷和使命。"王振华激动地说。

一则资料也表明:

广东原来的疏残林面积较大,形成的原因主要是采伐方式不当,造林不适地、适树。集体林传统的"拔大毛"择伐方式,又经受多次严重乱砍滥伐的折腾,使林分越砍越疏;在单一树种思想指导下,强调连片集中造杉林,混交林中的阔叶林失去保护,使疏残林一直保持较大的面积。据统计,1980年全省有疏残林122万公顷,经10年的改造,到1992年仍有疏残林16.5万公顷。[①]

那时,你若在林中穿梭,再看山山岭岭,生长着榈木、楠木、椰沙、铁甲树、铁力木,亦有榆树、楝树、楸树、山楂树、山枣树等,搁到现在都是好木头、贵木头。如榈木,明李时珍《本草纲目》载:"木性坚,紫红色。亦有花纹者,谓之花榈木,可做器皿、扇骨诸物。"[②]如铁力木,明王佐《新增格古要论》载:"铁力木出广东,色紫黑,性坚硬而沉重,东莞人多以

[①] 《中国农业全书》总编辑委员会、《中国农业全书·广东卷》编辑委员会编:《中国农业全书·广东卷》,中国农业出版社1994年版,第147页。
[②] [明]李时珍:《本草纲目》第4卷,吉林大学出版社2009年版,第23页。

作屋。"①此木古时多用于造船、盖屋、造桥。据考古证实,郑和下西洋的主船桅杆即为铁力木所制。在明代,只有闯深海的船才配备有铁力木舵杆,"400料钻风海船需要杉木228根,桅心木2根,铁力木舵杆2根,橹坯20枝等。"②民国五年(1916年)《怀集县志》亦载:"明朝每岁贡铁力木一根,至永乐十年停止。"

但在那时,加工设备、工艺不行,过硬的木头,人们望而生畏,如老虎吃天,无处下嘴。

20世纪80年代,我少年时,父亲买过几方水曲柳,请木工到家里做了两个很高大的书桌连带书柜的家具,我一个,弟弟一个,不但结实,而且上清漆后花纹异常好看。后来父亲从部队转业,这两样家具通过火车托运回了老家,我们一直用到初中毕业。如今,差不多一样的水曲柳书桌,价格蛮高,一般家庭要思量半天才决定买不买。

杂树繁密,灌木丛和杂草之中藏匿着各种动物。飞的有白鹇、金丝燕、猫头鹰、喜鹊、斑鸠、丹顶鹤、画眉等,衔草做窝,孵儿育女;跑的有山猪、石羊、穿山甲、黄鼠狼等;爬的有龟、蟒蛇;两栖的有虎纹蛙、蟾蜍等。

大部队上山,让动物不安或惶恐起来,它们潜伏着,蜷缩着,俯瞰着,观望着,纷纷竖起耳朵,神经高度敏感,不知一直安睡的大山、静谧的山谷为何突然有了如此大的动静。

"疏林积凉风,虚岫结凝霄。"清山时,山林里已积蓄足够的凉气,很多民兵衣着单薄,不少人感冒、发烧。小病小伤不退

---

① [明]王佐:《新增格古要论》,商务印书馆1939年版,第164页。
② 陈希育:《中国帆船与海外贸易》,厦门大学出版社1991年版,第42页。

缩，大家把重新造林地块内的树木、杂草砍下来，大条又直的，锯成2米长一段，卖给森工站；小的清理成堆，烧掉。

一民兵悄声嘀咕："一把火烧掉最简单。"

旁人瞪了他一眼："这么多树木，你放一把火，那是军阀和土匪做派。"

那民兵脸窘得通红，嗫嚅道："我开个玩笑，你还当真了。"

一个年纪稍大的民兵说："放火烧山可不是小事，你瞅瞅那边，是原始森林，这边放火，烧着那边咋办？"

岳山后面的确是茂密的森林。若干年后，谭鹰（怀集三岳省级自然保护区副主任）给它的"定义"是原始次生林，估计有100年了。

他进去过几次。从古城西北面上去，那地方叫"黑埔"。他纳闷为何叫这样一个名字，让人想起"黑风寨""野猪林"。进去后觉得叫"黑埔"蛮适当。山虽不高，但下午4时后再见不到阳光，人这时要往外走，若耽搁了，再过一小时，里面就黑魆魆一片，什么都看不见了。为什么是"原始次生林"而不是"原始森林"？因为有农民进去砍过树，那些树段枯萎后能生木耳、冬菇。但山大沟深，木材运不出来，故森林保存得比较好。香樟树很粗，有的直径达80厘米甚至1米，但不很多，20厘米粗的树随处可见。从山里穿出去可到广西，可去笔架山，也可去连山。

山连山，水连水，山水一家亲。

四、一封家书

1974年秋末冬初，远在山东济宁嘉祥空军某部服役的罗天兴收到一封寄自广东省怀集县洽水公社社背大队的信件，是他妹妹罗月英寄来的，她正随洽水公社民兵团参加造林大会战，任社背大队女民兵连连长。

信中如此写道：

您现在也是连级吧？嘿嘿，妹妹和哥一样啦。为我骄傲不？

罗天兴不由得笑了，妹妹顽皮的样子浮现在眼前。

对了，您出去早，没去过岳山，我以前也不知道。这次来一看，山上树不少，但不成林，公社书记说了，要改造山林，全部种成杉树，因为国家需要杉木，人民需要杉木。我们坚决服从上级命令。

我们安营扎寨之后，已进入清山阶段。清山是一项艰巨的工作，但我们全体民兵包括女民兵不怕苦、不怕累。面对荆棘，举起砍刀，就像面对穷凶极恶的日本鬼子勇敢地砍下去；面对杂木，拉起"歪把子"，一锯一锯，锯它个五马分尸。

山上蛇很多。前天，一条胳膊一样粗的蛇差点缠住一个女民兵的脖子，我勇敢地冲上去，瞅准蛇头，一刀砍下，鲜血直射，当时没觉得，现在想起来真吓人……当晚，男民兵把蛇皮剥了，炊事员把肉煮了。山上伙食不行，勉强吃饱，而这一顿蛇肉饭真是好吃。

…………

哥，我向您保证，我一定带好这支队伍，江山代有才人出，谁说女子不如男，等您回来时，岳山一定会大变样。

祝好。

妹妹月英于冬夜

罗天兴若有所悟，思绪万千，读完信，他突然觉得妹妹再也不是当年那个顽皮的小姑娘了，她长大了。事实为证，第一轮会战结束后，罗月英被公社武装部任命为社背大队民兵营营长。1975年冬，罗天兴回乡探亲，罗月英还声情并茂地给他讲述参加大会战的过程。

"话说当时，我们接到公社通知后，打起背包，扛上锄头，带上柴刀，怀揣'红宝书'（《毛主席语录》）到洽水公社门前篮球场集合，然后分批登上粤林车队的解放牌卡车，行程100多公里，一路颠簸抵达蓝钟。下车后，我们背上行装，排着整齐的队伍，唱着'下定决心，不怕牺牲，排除万难，去争取胜利'的语录歌，在洽水公社民兵团旗帜引领下，像解放军野营拉练一样向岳山挺进。走进山头，展现在我们眼前的是红旗飘舞、口号震天、人山人海、热闹非凡的火红景象。参加大会战的党员干部、青年民兵，以团为片，以营为区，以连为点，自搭厂棚，自挖炉灶，睡在地铺，吃在工地，每天早出晚归，挥锄垦山，开挖撩壕，栽种树苗，挑水浇灌，轻伤不离岗位，任务不完成不下火线。值得高兴的是，在劳动竞赛中，我们社背大队民兵连多次获得流动红旗奖哩……"妹妹娓娓道来，充满喜悦和自豪。

罗月英还缠着哥哥给她讲一讲当年参军的经历。

"你当兵时，我都14岁啦，我那天也哭了，你都没看见。"罗月英调皮地说。

1968年，罗天兴离开洽水到县城集中当天，换上了崭新的军装。"上绿下蓝"是空军的服装，接兵部队也挂着北京空军的番号。离开县城时，解放中路人山人海、锣鼓喧天。

新兵乘坐解放牌汽车驶出县城，经广宁、过四会，到马房渡口，乘渡轮跨北江，乘车往广州。当晚，登上北进运兵专列。次日中午，专列在河南郑州市郊兵站停下。入夜，车厢咔嚓一声，又挂上车头，继而汽笛一声长鸣，车轮滚滚，哐当哐当奔驰于茫茫夜幕之中。

进入江苏徐州九里山营区，大家环视四周，一座座砖瓦结构的营房端端正正，一个个平坦宽敞的军训场有序分布，石块砌成的围墙边上，残留着战争时的碉堡遗迹，营区前军用飞机场上，整齐地停放着几架B4型教练机。

1968年5月17日，一道命令打破军营的宁静。罗天兴和战友们背起行装直奔徐州火车站，登上军列向南挺进。途中部队番号几度变换，"空字108""空字368"……抵达云南与越南老街一河相隔的河口口岸后又变成"云南13号信箱"——"谜团"解开，作为补充进中国后勤部队的新兵，罗天兴和战友将跨过红河奔赴援越抗美战场。

零点刚过，军号响起，战士们打起背包，头戴盔式帽，肩扛步骑枪，跑步到河口火车站集结。

"虽然没有'雄赳赳，气昂昂，跨过鸭绿江'的壮观，也展示着'明知山有虎，偏向虎山行'的无畏和威武。"罗天兴忆述。

淡淡的月光映照着出征将士坚毅又英姿勃发的面孔。

为正义而战。为祖国争光。战士们高昂雄壮的声浪在夜空中翻腾，在红河两岸激荡，令山河为之动容。

他们坐上越方调来的小火车，跨过"中越友谊大桥"，在越南边境小镇老街停了片刻，经"入境边检"后，向南行进。

罗天兴眺望窗外，黑魆魆一片，死寂死寂的，既无村庄，也无灯火。

拂晓时分，火车在越北安沛站停下来，大家背起行装走出车厢时不由得惊呆了。"火车站大楼断壁残垣、百孔千疮，高耸的水塔断成几截，横卧在铁轨边上，地面上弹坑累累，砖块瓦砾随处可见，临时用一些破旧木板围蔽起来的站台，污迹斑斑、泥浆遍地。"罗天兴看着头皮发麻，心紧张得怦怦直跳。安沛是越南西北部的重要城市和省府所在地，距河内40多公里，是美机轰炸的重点地区，如今城区已成一片焦土和废墟。

原来，1964年8月5日，美国以其军舰遭到越南北部海军攻击为借口，制造了所谓的"北部湾事件"，发动了"南打北炸"侵略越南的战争。1965年初，越南劳动党在请求中国提供军事援助的同时，恳求在安沛援建一个空军机场。中央军委总参谋部命令空军组建中国后勤部队三支队承担修建安沛机场任务。5月至10月间，我军人员分批抵达安沛。

机场和飞机洞库工程完工交付后，越南没有军用机场和空军训练基地的历史被改写了。

一年又七个月。

…………

"哥，你福大命大，上了战场又安然凯旋。"

罗天兴表情一时凝滞。他不禁想起回国前夕在烈士陵园向牺牲的战友告别的情景，大家全体肃立，任由悲壮的泪水随风飘洒。他们知道，他们的生，是战友们拿命换来的，必须格外珍惜，要在平凡的岗位上为党、为国家、为人民建功立业。

罗天兴的思绪仿佛又飘到岳山。他想，假如自己没有在军营里留队提干，当几年兵就退伍回乡，一定会成为岳山造林大会战队伍中的一员。

五、被"起用"的赤脚医生

清山，谈何容易。

的确，最省事的办法就是放一把火，在熊熊燃烧的烈焰面前，土木之物瞬间会被"摧枯拉朽"，任何难题也不复存在。但火能彻底地烧掉一个旧世界，也可能彻底地毁掉所有的世界。

人们边干边流汗，汗入眼，眼辣得慌，又流泪。芒刺扎伤手臂，又流血，但没人叫苦连天，没人畏缩不前，他们坚毅且执拗的青春，于冬阳的绚丽光影中飞舞，如同火热的革命豪情肆意燃烧。

高浪山头，凤岗公社桃花大队25岁的民兵营营长李寿华举起砍刀对准麻花一般粗的藤条奋力砍下去，只见白光一闪，咔嚓一声，藤条被劈成两截。遇到稍粗一点的枝干，他摆好架势，抡起斧头，"啪啪啪"，浑身有使不完的劲儿。

李寿华感觉到，公社民兵团刚开进岳山时，有部分民兵对大会战认识不足，认为是"丢下金碗帮人去做工"。他手下五六十人中，也有有这样情绪的民兵。他参加完团指挥所开展的社会主义路线教育回来后，给全营民兵做动员，效果不错，大家认识到

"修修补补办不了大林业,一家一户建不成社会主义",纷纷写决心书、请战书。战斗过程中,全团包括他们营的民兵还打破"一家一户""一社一队"的界限,利用节余出的时间支援兄弟公社民兵团垦地、修公路、清山运木头。

李寿华是医生,他是公社卫生院派过来的。为什么派他去?他1966年从卫校毕业,分配进了卫生院,后来因为某种原因离开了卫生院。

大会战期间,医务人员紧张,他又被"起用"。出发前,卫生院给了他一些纱布、消毒水、棉签、碘酒。用完后,因他属于"编外"人员,卫生院不再配给。他便跑回家,把卖小猪崽的钱全部买成药品带上了山。

"你个败家子!"老妈在背后骂他。

"处则为远志,出则为小草,名虽不同,基因一样。我是卫校毕业,在那个年代,也算高学历,后来'沦'为'赤脚医生',命运使然。但在岳山工地,只有我是'全能'的,一般医生只专一样或两样,外科、内科、中药、西医、缝针,全套我都可以。"半个世纪后,说起在岳山的时光,李寿华还是那样自豪。

民兵干活实在,一个劲往前冲,免不了受伤得病。吃药,李寿华有草药。工地在山头,海拔高,石头缝里长宝贝。没病干活,有病治病。上午他随民兵劳动,下午自己去采草药,"三叉虎"治感冒,"石仙桃"治退烧,民兵吃了很快见效。一次,他自己不小心从六七米高的山崖掉下来,摔了个遍体鳞伤,只能自己医自己。

有的伤口需要缝合,他将尼龙袋子铺到平坦的地方,让民兵坐着或躺着,消毒,清创,缝针,消炎,有章有法。

一天，民兵小范突然喊肚子疼，李寿华奔过去，在他腹部一摁，小范立时痛得在地上打滚。

"胃穿孔！"李寿华和几个民兵一起用尼龙袋兜着小范跑了两个小时山路，气喘吁吁进了设在古城大队部的县大会战指挥部。

县医院派驻的莫海年医生问李寿华："什么病？"

"胃穿孔。"

莫海年诊断后，黄世堂医生复诊，一致同意李寿华的诊断。

在工友陪护下，大会战指挥部紧急调用一辆皮卡车将小范送往五六十公里远的县医院，一个多小时后，医院急诊室亮起红灯。

张玉祥的妻子、县卫生局局长周艳秋得知消息，也赶到医院了解情况。

"幸亏送得及时，否则病人会有生命危险。"医生向周艳秋汇报小范的病情。

周艳秋叮嘱："要进一步观察，确保病人生命安全。"

若干年后，李寿华回忆："吃的饭硬，吃得快，人的胃都容易穿孔。小范休息一个月后要求再回工地，我不给他回，他的精神值得赞扬，但身体还不允许。会战结束，我再见小范时，他还感激地说'我是他的救命恩人'。"

六、"不求人"

这天上午，张玉祥又来到大会战指挥部调研。那段时间，他白天到工地巡查，晚上与指挥部同志一起研究下一步工作。

"他是北方人,在广东工作时间很长,是党的一位农村工作干部。他组织、指挥能力很强,也很注重调查研究。在岳山造林大会战中,几次下来调查研究,到工地与民兵交谈、了解情况,平易近人,亲切随和。"王振华忆述。

当晚,张玉祥与指挥部人员一起吃工作晚餐,见菜里有肉,眉头一皱问:"民兵虽不至于吃糠咽菜,但也吃不上肉,我们哪里来的肉?"

原来,刘奇有一支双管猎枪,头天晚上11点左右,他头戴照灯、肩背猎枪出去打猎。因大规模清山,猎物躲藏的空间缩小了,不少猎物就在夜间下到稻田或旱地觅食。刘奇很容易就打下了一头足有四五斤重的"四不像"猎物。

张玉祥面无表情:"刘局长,没想到你的枪法这么好,行伍出身?"

刘奇有些尴尬:"张书记,我们也是昨天听说您要来,晚上出去碰了碰运气。"

陆文笑道:"是啊,刘奇这支枪到岳山后是第一次使用。"

"看到这个动物的样子,我们也很奇怪,问了山民,说叫'四不像',它公母同体,自身就能繁殖后代,于是俗称它为'不求人'。"王振华见气氛有点尴尬,插了话。

"四不像"实则为麋鹿。麋鹿体形奇特,角像鹿,头像马,身体像驴,蹄似牛。

"'公母同体'?那不成了蜗牛了,不太可能。但'不求人'这个俗名好,咱们岳山大会战克服了很多困难,所有的困难都靠自己解决,这也是'不求人'嘛。"张玉祥笑道。

"对对,书记总结得好。"

"我也知道大家生活艰苦,陆文同志一个生蒜头就管一天,打一点猎物适当改善一下伙食,无可厚非。但是,一定要注意影响,要是被民兵看到、知道,不利于干群关系,甚至影响士气,这一点,大家还是要想清楚的。"

刘奇说:"我们以后一定注意。"

"'四不像'味道极佳,虽然不多,但大家吃得津津有味,心里美滋滋的。"若干年后,王振华记忆犹新、回味无穷。

饭后,张玉祥召集指挥部工作人员开会,一边听汇报一边在小本子上记录,有时插插话,讲一些意见。

王振华挨着他坐。

"张书记一边抽烟一边静听,他烟瘾不大,抽的是'大前门'。不觉到了晚上10点多,后勤人员给他打来一木桶热水,让他洗脸、泡脚。那天天气很冷,屋外有白皑皑的霜雪。他一边泡脚一边继续听指挥部工作人员汇报,没有一点架子。当晚,他就住在指挥部简易的招待房间,一直到11点钟左右才休息。"

说到打猎,深山老林的民兵确是偶尔也能捕获猎物。

坳仔公社高中毕业生、19岁的陈金棠到岳山后主要干后勤工作。他隔天到古城买一次米菜,来回得花近4个小时。一个人干不过来时,公社供销社副主任覃云林、医生梁志敏等也会齐齐上阵,又过山坳又涉水,要多艰苦有多艰苦。偶尔他会约上几个人去深山老林打猎。一天晚上7点多钟,月黑风高,公社武装部部长梁沛科带着陈金棠和覃云林等人上山,覃云林牵着自家养的两只猎狗,进山后,先放狗出去,几个人则守住几个"出口"。候了大半夜,终于发现一头野猪的踪迹。说时迟,那时快,猎狗忽地冲进丛林,把野猪撕扯出来。到底是武装部部长,梁沛科三步并作两步冲上去,举起枪托狠狠地砸向野猪头,当场将野猪砸个半死。为防止野猪缓过劲来,几个人用山藤紧紧扎住野猪的前后脚,从中间穿一根木头,梁沛科在前面带路,陈金棠和另一个人抬着,半个多小时后赶回了营地。

营地一下子像发现新大陆一般热闹起来,70多个民兵呼啦啦围了上来。

"哈,好大一头野猪。"

"有近百斤吧,可以好好解个馋了。"

大家点火的点火,烧水的烧水,杀猪的杀猪,烫毛的烫毛……没啥调料,就是一把盐。当晚,借着汽灯和烛光,大家围成一团,席地而坐,美餐一顿,除了骨头,连汤带肉一点没剩。

半个世纪后,陈金棠回想起当年那一幕时说:"真是过年都比不上呀。"

但遇到动物,也存在极大危险。大会战开始后不久,陆志超也到指挥部工作。一天,走完一个山头,正歇脚时,突觉气氛不对,一扭头,一条蟒蛇正扬着头吐着芯子……他连滚带爬逃下了山。

岳山造林期间,陆志超在山岭间奔走穿梭,走遍了大大小小山头。这天,为了工作便利,他去县水利局想借用经纬仪。

一见面,水利局领导就和他"打哈哈":"陆仔,全县就这一台,13多万'银'买的,借给你,搞坏怎么办?"

"叔叔,搞不坏,搞坏了我找我爸爸给你赔一台新的。"

在县城,"叔叔"一叫,啥问题都不存在了。

"真拿你没办法,这样,仪器在梁村公社,我打个招呼你去取吧。"

岳山离梁村30多公里,他骑单车去了梁村,管仪器的人已接到通知:"陆仔,你骑着单车怎么拿?这仪器可精密,不能磕不能碰。"

陆志超打开方方正正的铁盒子看了看,抱了抱,估摸有十多斤重。他盖上盖子问:"有布吗?给我包起来,再扎条绳子。"

包好,把绳子扎好,陆志超拖了拖:"结实吧?断了你可负责。"

"放心,断不了。可你怎么拿呢?"

陆志超早想好了,他提起仪器,套在脖子上,往胸前一挂,放正:"走啦!"

好家伙,一路上,他一手把车把,一手扶仪器,脚下使劲踩单车,一会儿上坡,一会儿下坡,渐渐地,他感觉胸前像坠着个千钧重物。路过蓝钟公社时,他实在骑不动了,就去找大哥陆志明。陆志明在蓝钟公社担任团委书记,除本职工作外,平日要协助县指挥部协调各公社的后勤保障,当天碰巧在办公室。

他看着跨门进来的弟弟大汗淋漓的样子问:"你怎么来了?你挎的那是什么?"

陆志超有气无力地说:"大哥,讨碗水喝,这是经纬仪,我借用的。"

陆志明赶紧把经纬仪从弟弟脖子上取下来,真重,再看弟弟的脖子,勒出了一道深沟,紫红紫红的。

"这么重的家伙,这么个拿法,真有你的。"

已近中午,陆志明知道弟弟在岳山辛苦,平时吃不上啥好的,索性收好经纬仪,锁上门,一起到街上的饭馆吃饭。

街上有两家饭馆,各具特色,他们选了一家进去。

"一盘红烧小母鸡,一盘清蒸鱼。"

陆志超一听哥哥点的菜,眉开眼笑:"小母鸡1块3,鱼9毛,哥,你真好。"

陆志明嘴上没说,心里却一阵酸楚。当年在县城读书时,父母工作忙,有时来不及做早餐,哥俩就到外面吃,一人两个小馒头,一小碗白粥,总共5分钱、2两粮票;肉包子偶尔吃,3分钱一个,但菜多肉少,弟弟想多吃两个,可没那么多钱。

没多久,服务员端着两盘菜过来,冒着浓郁的香气,哥俩就着米饭,狼吞虎咽,风卷残云,吃了个痛快。

这趟"公差"实在太累,陆志超回来后休息了两天才缓过劲。

陆志超哪里能想到,他对测绘工作的兴趣以及后来从事测绘工作的经历,让他对山川地形、山水流向的观察力比一般人强不少,他不但掌握了山川走势等规律性常识,还学会了看地图,后来他参军入伍,这个能耐竟派上了大用场。

第五章 山里的冬

一、从兴安岭回来

除了山区,怀集的冬天轻易是不下雪的,平原区民兵上岳山前几乎都没见过雪,不像生活在西北或兴安岭的人们,无论大人小孩对雪都司空见惯。但罗天兴见过,山东及微山湖的冬天雪有时漫天飞舞。陈荻戈更见过千里冰封、万里雪飘的美景。

1974年入冬后,34岁的陈荻戈调回怀集县林业局工作。

有人问他:"你这样的大学生,东北那边怎么就同意放你?"

陈荻戈摇了摇瘦瘠麻秆似的身子板:"老虎要回这旮旯,那旮旯不放能咋办?"一口地道的东北腔。

陈荻戈天生一副好性情,属于先天乐观派。1962年,他从怀集一中毕业后考入华南农学院林学系,全校300多人参加高考,仅4人"出类拔萃"。1963年,成立于1958年的湖南林学院迁至广州与华南农学院林学系合并,成立中南林学院,陈荻戈就此成了中南林学院的学生。1966年陈荻戈毕业等待分配,原本安排去云南金沙江林区会战指挥部,正踌躇满志之时,因特殊的政治形势,他被滞留学校。

"要说我是当学生的,却领了母校一年工资;说我是当老师的,却一天课没讲过。学生不认识我,老师不认识我,就校长认识我。"谈到当年这段经历,陈荻戈如是说。

这一留,就留了两年多,直到1968年9月,他被分配到黑龙江省牡丹江市。去之前,他甚至都不知道牡丹江,有人问他《林海雪原》知道不,杨子荣知道不?

"杨子荣巧设百鸡宴、智取威虎山、剿灭座山雕,这谁不知道?"他有些得意。

"就是那地方。"

他瞠目结舌,那地方冬天气温零下几十摄氏度,滴水成冰。

"对,撒泡尿马上结成冰溜子。"

去牡丹江真是一次漫长的旅行,先坐火车到北京,再转车经天津、唐山到山海关。山海关西北面,万里长城沿燕山山脉蜿蜒逶迤没有尽头,东南面是茫茫大海一望无际。出山海关后就是东北大地,他千辛万苦到了牡丹江,屁股还没坐热,又一路向下走,海林市,夹皮沟,四道河子、五道河子,越走越像杨子荣剿匪的路线。

"真是林海雪原,古木参天,雪没膝盖。"

"冬天没事干,小鸡炖蘑菇呗。"大家开玩笑。

"还小鸡炖蘑菇,熊瞎子冻得钻进树洞都不出来。"

1972年,陈荻戈回怀集结婚,婚假结束又回东北工作,家乡如一根红头绳牵着他的心。

"怀集就是林区,你学林业的怎么不早点调回来?"大家好奇地问。

陈荻戈叹了口气说:"调动工作比我当年考大学可难多啦。听说组织部门有一条规定,广东学生北上工作的,一个也不能调回来,为啥呢?编制问题。林业部院校毕业生,当时留在广东的仅5个人,我们两个班60人大部分都分去东北了。"

机遇出现在1973年,怀集"林业"与"森工"分家,林业局缺人才,冬天放假回来,陈荻戈带了几斤东北的黄芪去看望一位已退休的县领导,他是陈荻戈叔公的养子。

老领导问:"你搞林业的,怀集本身就是林区,怎么去黑龙江了?"

陈荻戈一五一十地说:"组织安排,没有办法。"

"想不想回来?"

"贼拉想,家属在怀集。"他真学了不少东北话。

老领导把陈荻戈的事跟他外甥、组织部门一位领导讲了,事情很快有了眉目。

这边要人,那边却舍不得放人。但陈荻戈已在基层兢兢业业工作了五六年,功劳苦劳俱有,家属又分居两地,长期下去真不是个事,也就同意了。

局长谭昌绵叫陈荻戈到办公室说:"小陈,你刚来,局里准备安排你到洽水公社搞农田基建,怎么样?"

"感谢局里关心,我应该多到基层熟悉情况。"

"洽水与蓝钟都是重点林区,有空你去岳山看看,现在是一期会战,一期造林规划是伍星牵的头,翻过年要搞二期,还有三期,你做好思想准备,二期由你来牵头完善。"

陈荻戈应道:"我一定尽快去岳山调研,先学习岳山的成功经验，然后在二期会战中加以应用。"

到洽水后不久，陈荻戈逮着机会上了岳山，一眼望去，全是热火朝天的劳动场面，民兵互相激励、鼓舞，不怕苦不怕累，革命的情怀让他感动。很久都没看到这样的场面了。一些枫树叶子红红的，银杏叶子黄黄的，山岭间色彩斑斓。阳光照在脸上热烘烘的。但太阳落山后凉意甚浓，晚上气温降到了零摄氏度以下，他心里纳闷，山里温差怎么这么大？晚上睡觉时，他和民兵挤在一起，可冻得一个劲哆嗦，根本睡不着。那冷和东北的冷不一样，东北外面冷、房里不冷，红红的炉膛旺得人汗流浃背。可这里厂棚不挡风，寒风彻骨。隐隐听到细碎的冰粒子的声音，下雪了？他索性起来，走出厂棚，门口上端挂着的汽灯在风里摆动，微弱的光线落在地上形成一道飘游的暗影。到开阔处，向远处张望，整个山岭苫了黑幕，一点灯火都没有。野狼或其他什么动物的嚎叫传来，让他顿生恐怖、惊悸。他只得返回床上，民兵一个抱一个，好似抱着一捆捆稻草。下半夜，风更大了，顺着间隙穿梭、游弋，呜呜地叫。他缩成一团，咬着牙，耐着性子，与严寒拼斗，等着曙光。

等到清晨，他抽了抽鼻子，还行，没感冒症状。抱团取暖的青年像突然焕发生机，一个个生龙活虎、不停说笑。

"你小子差点把我勒死。"

"你放了个巨大的屁，可谓惊天地，泣鬼神。"

"长这么大，抱过妹子没？"

"去你的，小时候抱过我妈，下乡后天天晚上抱书。"

"准备考大学？"

"肯定啊，迟早得恢复高考不是，考不上大学，考个中专也行,也是国家干部。"

……

若干年后马乃强回忆:"入冬之后,隔三五天来一次寒潮,结霜了,树上能掉下来冰凌。"

广东怎么会有冰呢?清屈大均有言,"粤无冰,其民罕知有南风合冰、东风解冻之说。""即或有微冰,辄以为雪。或有微雪,又以为冰。人至白首有冰雪不能辨者。"①

屈大均必是没在冬天上过岳山。

无论寒夜如何鬼祟、强势、"威仪",冬晨明快清澈,细看草丛间的霜花那么玲珑剔透,像一坨坨银子。树木清健峥嵘,竹子俏然挺拔,山雀顽皮地跳跃鸣唱。

新的一天又来了。

二、镰刀与斧头

《诗经》有云:"伐木丁丁,鸟鸣嘤嘤;出自幽谷,迁于乔木。"杜甫也有诗曰:"春山无伴独相求,伐木丁丁山更幽。"

丁丁(zhēng zhēng),丁丁,深谷透迤,溪流回旋,于文人骚客耳中,无异于天籁之音。

伐木的声音真那么好听吗?作家迟子建在《伐木小调》中写道:"由于锯是铁制的,而被伐的又都是水分充足的鲜树,所以弥散的伐木声清脆悠扬、悦耳动听……有舒缓的行板,也有急遽的快板,更有给人留下回味余地的休止符。"

---

① [清]屈大均著,李育中等注:《广东新语注》,广东人民出版社1991年版,第16页。

我在兴安岭见过伐木,但那时太小,不懂得聆听或欣赏,父母也不让孩子们靠伐木太近,怕出危险。

发明锯子前,伐木用砍刀和斧头,"丁丁"是砍刀、斧头与树木斫击的声音。

至二十世纪二三十年代,中国的伐木工人还靠最原始的工具,美国人霍梅尔写道:

在中国中部和南部山区仍有大片的森林,当一位农民需要一棵树做木料时,他就用斧子把树砍倒,用刀去掉树枝,当场把它锯成适宜的长度,而后将这些木料放在肩上扛走。[①]

迟子建看到的伐木工人使用的工具则是油锯和歪把子锯,她说电动油锯发出的声音很大,比拖拉机运行的声音还要响,人隔着一里地都可以听到。

电动锯和油锯不是一种锯子,那时东北用高把的苏式锯,属于动力油锯,用混合油燃料。

中华人民共和国成立后,怀集国有林由国营林场安排砍伐,集体林主要由集体安排劳力砍伐。砍伐的习惯是,春分后至秋末砍杉木,入秋后砍松木,杂木则不分季节,四时可伐。砍伐工具为大刀、斧头、手锯。一般留伐根一市尺以上,甚至三市尺,每株浪费木材5%左右。20世纪50年代后期,在国营林场或伐木场开始用油锯砍伐,集体林场有弯把锯,并开始强调降低伐根。70年代中后期办集体采育场时,林区公社一般都配有油锯1~4台,凤岗、洽水两社均有10台以上。油锯容易损坏,耗油又大,成本

---

① [美]鲁道夫·P.霍梅尔著,戴吾三译:《遗失在西方的中国史 中国手工业调查1921—1930》(下),广东人民出版社2021年版,第352页。

高,三两年便全部停止使用。①

岳山造林大会战的民兵,多数是用镰刀砍树,因没多少人家里有斧头、铁锯,更没油锯带来。

严润生回忆说:"有些硬质杂木是很难砍的,比如红黎、赤黎树,用大镰刀一下一下砍,手都磨出了疱、擦出了血,疼痛难忍。"

"用斧头和砍柴刀,也有手拉锯,没有油锯和电锯。"马乃强忆述。

李寿华则说:"有手刀,也有平板锯,我亲自用过的。"

王振华回忆道:"民兵用镰刀割大芒草,用砍刀砍较小的树,遇到较大的树木一般用油锯锯倒。"油锯作业时,呜呜呜响,声音较大,但很有节奏,它的噪声还能忍受。

藤条葛蔓,如丝如缕;荆棘蓬榛,错落密布。人若要进去,必得挥舞砍刀,奋力斩斫。北方农户,玉米熟了,玉米棒子掰下,玉米秆如何处理呢?一根根砍。南方农户家,甘蔗熟了如何收割呢?一根根砍。但面对生长得毫无章法的丛林,如何下手呢?

镰刀委实不算伐木的工具。西北农民收割小麦时用镰刀。我曾助大姨收麦子,在锋利的刀刃面前,空心的麦秆是荏弱的,即便如此,也要一手抓住一把麦秆,一手用力地拉扯镰刀柄,若吝惜力气,麦秆也很执拗。用镰刀砍细小的树没问题,但一镰刀一镰刀,树皮一片片开裂,树身一点点裸露,没一会儿,刀刃钝了,卷了,又没磨刀石,继续砍,不停砍,手一定起疱出血。

---

① 怀集县地方志办公室:《怀集县志》,广东人民出版社1993年版,第186页。

砍粗大的树用柴头刀,挥舞起来,咔嚓、咔嚓,过瘾。

更多的是用斧头,一斧头一斧头,使出吃奶的力气,利刃砍到树身上,若树身软,显现一道白生生的茬口;若树身硬,显现一条不深不浅的白印,无论软硬,都震得人虎口疼。若树身不粗,二十几下,连皮带筋使劲一推,"树倒猢狲散";若树身粗壮如汉子的腰,得围着圈儿砍,百斧下去,刃卷,"瓢"还硬;若心急欲推倒,纵是使出浑身力气,它也"我自傲然"。只有继续砍,待大树摇摇欲坠时,有经验的人能把握树的倒向,但不是所有的民兵都有砍树经验,它轰然倒向哪个方向有时决定人的性命。

梁村民兵团曾有颇有才艺的民兵创作了这首《今日岳山分外娇》,赞美当年岳山造林不畏困难、挥舞砍刀的民兵:

岳山巍巍路迢迢,

烟销云封半山腰。

野草杂木千道水,

开垦芒山一肩挑。

安营扎寨深山里,

山上山下红旗飘。

银锄挥舞千山动,

今日岳山分外娇。

砍伐如果用歪把子锯会省力很多,但这工具得讲窍门,不会使的人,锯子会被"吸"住,硬拉或推,"嘎嘣"一声,断成两截。也不能死心眼只顺着一个方向锯,当锯子被树身"淹"了时,热胀冷缩,就拽不动了。

用油锯当然更省力,但随着锯齿不断切入,高大的树干轻轻摇曳,这是丝毫不敢怠慢的时刻,除了提防眼前这棵树,还要注意旁边的树,那棵树可能更高、更大,每个人砍伐不同步,万一他的树砸着你,你的树砸着他,都很危险,一点也不能马虎。

油锯极少,很多亲历者没见过,更别说用过。

"诚然,当年怀集县经济不富裕,各公社民兵会聚岳山造林,除了携带镰刀、砍刀、锄头外,没有油锯。但用原始的工具砍伐大树时,刀口大,浪费严重,指挥部统一组织了一个使用油锯的砍伐小组砍伐松杉,小组七八个职工是从杨达伐木场抽调上来的,他们携带油锯到各工区(工段),将松杉锯下,制成规格材后就回了伐木场。"王振华陪新闻单位记者到处跑,自然见过油锯,但分散在各处的民兵没机会见到,若见到,"秀才"们一定能写出更动人的诗歌。

现场也没有像迟子建所描述的那样——"最后那声令人回肠荡气的'顺——山——倒——啦——'的呼喊,总是与树木的訇然倒地声融合在一起,浑厚圆满地作为伐木曲的结束。"

林昉从事林业工作期间,曾在白水伐区指导油锯工人伐木,在树倒之前他会大声喊:"倒树了!"意在让人提高警惕。

树木砍伐下来后,往外搬运也是一道难题。

关于搬运树木出山,美国人霍梅尔曾写道:

如果要搬运大一些的树木,就得靠许多的劳力用绳子和杠子,每根杠子要两个人用肩膀抬。没有其他的机械手段,也不使用畜力。①

---

① [美]鲁道夫·P.霍梅尔著,戴吾三译:《遗失在西方的中国史 中国手工业调查1921—1930》(下),广东人民出版社2021年版,第352页。

几十年之后，从岳山往外运送木头，依然用的是人力。

"凡是比较直的树干，都砍成或锯成2米长。凡是要打穴的地方，山头两边（埇坑边）都要修好人行道路。工人把所有的木材滚到路边后，小的木头，人力背到新修好的公路边堆放，大的木头用木头车运到公路边。森工站派人验收后，待新修公路通车即可运到怀城。森工站验收合格后付款，这笔钱作为各个公社指挥所的伙食补贴。"严润生回忆。

木头车也叫山车或杉车，可视为"满山跑"的改装版。

在此之前，温华与省林业资源调查中队的同志在怀集找到15米以上的长大杉木后，就一直在琢磨它们被砍下后如何运到路边的问题。待进入林区，看到伐木工人用"满山跑"后，茅塞顿开，原来这么简易的工具就能解决这么大的难题，真是小发明，大创造。

"满山跑"，是一个形象的比喻，顾名思义，能在山间轻松穿梭，在密林肆意漫步。没去过林区的人，起初一定不太相信，别说推着"满山跑"，就算一个好猎手在漫山遍野的丛林中穿梭和漫步，怕也不会有多轻松，除非是能上蹿下跳的猴子或山猫。

"满山跑"实则为独柄两轮车，有两个轱辘，那时没有橡胶轮，也没有铁轮，是木轮。圆圆的粗木材切片，切厚一点，中间掏孔，两轮之间以一条横轴相连，横轴中间探出一根长长的木柄，横轴两端各插一根小木桩，防止木材运送中滚落。基本构造就这样简单。但"满山跑"需要借助的不是地面道路，而是"天桥"。在半山腰搭桥，难度不小，只见一根根长木拔地而起，如箭镞林立，横向与纵向间，萦绕勾连，起固定作用，如同现在工地上的脚手架。架子上面，没有铺木板，而是一根根原木，木头

"满山跑"(方权裕 摄)

之间有缝隙,"路面"便不平整。五六根木材上车摞起,一端夹在两根木桩中,一端以藤蔓捆缚,工人一手把握木柄,一手搭在木材上推,虽是下坡状态,也很费力。除木材自身重力外,木轮在原木的夹缝中勉力而行,顺滑不足,摩擦有余。力气大的男人能自己搞定,力气小的女人则须两人协力。当然,总体上说,"满山跑"既可前进,也可后退,还可左右转弯,相对灵活。一般用一辆,遇到长大木材也可两辆甚或多辆同时使用。

"满山跑"一度是怀集林区主要的运输工具。你若亲眼见过好似一条条环山公路的"天桥",见过一辆辆"满山跑"在山腰穿行,不得不佩服伐木工人神奇的创造力。它因地制宜、就地取材,容易架、容易拆,让深山老林中的木材出山,应用到祖国的建设事业中。

又到午饭时间，天蒙蒙亮就上山劳作的民兵纷纷从山林里钻出来，向中间的一块地方聚集。大家有说有笑，打开行军壶里灌的泉水，美美地喝几口，很甜。

炊事班的人已将饭菜挑到工地，纱布掀开，米香四溢。打饭的师傅不偏不倚，手底下有"斤两"，每个人都"刚刚好"。民兵端着圆搪瓷盆相互分享母亲腌制的酸豆角、酸萝卜、酸芋荷。

马乃强伸长脖子瞅了瞅垫着纱布的大竹箩底儿："师傅，给块饭焦呗。"

"好的，大家分一分吧。"

分到锅巴的人高兴，没分到的撇撇嘴："你嘎嘣脆，我听着，下次你别吃了，我嘎嘣脆。"

吃完饭，马乃强卷了一支烟美美地吸起来，很多男青年都卷了一支烟。

"那时，男的一般都抽烟，我就是在那时学会的。"马乃强说。

一张张汗渍渍的面孔，一个个疲惫的身影，在烟雾的片刻缭绕中，得以短暂地释放与松懈。

三、《岳山战报》

为充实办公室人员力量，指挥部从县畜牧局抽调谢安祥过来。他小王振华两岁，是从梅州走出来的大学生。1964年从佛山兽医专科学校毕业后分配到怀集工作，不久和王振华夫妇一起参加高要、云浮农村"四清"运动，至1966年秋回来。

陆文嘱咐谢安祥："造林大会战能否顺利推进，民兵的士气非常重要，你的主要任务是盯紧生产进度，挖掘好人好事，收集文艺作品，编辑出版《岳山战报》。"

《岳山战报》，谢安祥觉得这个名字真好，一听就给人以奋进的力量。那是否定期出版？开本多大？每期发行量多少？

陆文表示，不必定期，开本按印刷条件，发行覆盖每个公社指挥所。

私下里，谢安祥和王振华交流。

"咋把我弄过来呢？专业不对口啊。"

"你学兽医劁猪劁鸡，我还是学物理的理工男呢。"

王振华从广东教育学院毕业，但学的不是中文也不是新闻，与现在干的工作确实"不对口"。谢安祥在县畜牧局干的是老本行，不过也没少做文字工作，写新闻稿、刻蜡纸、向县广播站、《怀集文艺》投稿，发表过不少作品。县里笔杆子少，但凡哪个单位有人冒尖儿，县委、县政府办公室领导都会注意到。开党代会、人代会时，会抽调他去搞材料，负责整理文稿、对稿（校对）等。

但他没编过报纸。

见谢安祥有一定的畏难情绪，王振华给他打气："《岳山战报》严格意义上不是一张报纸，流程没那么复杂，要求也没那么高。另外，我也给你当通讯员、作者，支持你的工作。"

听王振华这样一说，谢安祥的压力小了不少。的确，《岳山战报》虽有"报"字，但不是"新闻纸"，功能不是传播新闻，而是如陆文定位的鼓舞士气，是"宣传品"——若真是"新闻纸"，谢安祥加王振华两个人也办不了。

肇庆早期也有一份报纸叫《西江日报》，创办于1950年4月

1日，是当时西江地委机关报。当年6月停刊，不久复刊，并更名为《西江报》。1952年1月改名为《西江农民报》，同年12月，因西江专区与珠江专区合并统一出版《粤中农民报》，不久该报停刊。大会战时，肇庆地区的报纸是《肇庆报》。

谢安祥说："我看过资料，《西江报》是某位领导题书的报头，你觉得《岳山战报》是不是要请县领导题写报头？"

王振华摇摇头。《岳山战报》不是固定出版物，随大会战应运而生，大会战一结束，它的历史使命也就完结了。另外，它不是报纸，更侧重文艺宣传职能，请领导题写报头反而把事情搞复杂了。

两人关系熟，平时两家也常走动，知无不言，言无不尽。

谢安祥开始筹划。

指挥部只有一台老式蜡纸油印机，可印十六开大小的材料。纸张粗糙，无法双面印刷。每期一个单张，承载字数有限，大概发表一篇"各公社生产进度"和三四首诗歌。照此组稿、约稿，第一期应很快就能出版。

"振华，你准备写什么？"

王振华略一思忖："你来之前民兵们安营扎寨，我看场面非常震撼，写了一首《安营扎寨》。"

"好啊，《安营扎寨》，题目很吸引人，念给我听听。"

"峡谷芒地建草房，身在岳山望五洲。露宿风餐造大林，艰苦创业路宽广。大干快上苦中乐，心红志坚山河壮。"

谢安祥连声称赞，提了一个修改意见，"身在岳山望五洲"，"洲"字不押韵，能不能改动一下，比如"身在岳山望远方"？

王振华摇摇头，改动之后押韵、朗朗上口，但"洲"实为"州"，是水中的陆地，毛主席有诗词：四海翻腾云水怒，五洲震荡风雷激，"望五洲"，既是望怀集之洲，也是望岭南之洲，比如珠江三角洲。再往远里望，是望"九州"，望世界，意境不同。

"你一解释，我也觉得'洲'好，'方'虽押韵，却有韵无味。那就这么说定了，第一期发你的大作。"

"各公社生产进度"好办，每天都报来指挥部，截至一个时间节点，统计成表格即可。

"报头呢，谁来写？"谢安祥问王振华。

"你的字本来就不错，你写得了。"

"丑媳妇怕见公婆，我的字真行吗？"

王振华鼓励他："相信自己，你没问题的，不过也要好好练练，这件事看似简单，实则无比光荣，假以时日，《岳山战报》一定能载入史册，你也能流芳百世。"

谢安祥使劲点点头，仿佛有一个巨大的光荣的使命已落到他肩上。

第一期稿件到位后，谢安祥开始刻蜡纸。刻蜡纸费功夫，也见功夫。在后来人们告别"铅与火"，进入激光照排、胶版印刷，印刷技术突飞猛进时，刻蜡纸无疑是一项非常落后的技术。但在那时乃至自1884年油印技术发明以来，它都是人们日常工作、生活的重要帮手乃至革命的重要手段。

经过不断练习，谢安祥已练就在钢板上写字的本领和书写汉字的功力，刻汉字一般用宋体或仿宋体，偶尔也用手写体，一笔一画，轻重有度，匀称整齐。

过去时间太久。如今，谢安祥已记不太清楚具体细节，好像那块钢板长约30厘米、宽约15厘米（长宽比正好2∶1），厚约1厘米，重约2公斤，笔是木杆铁芯的。

第一期的字数说多不多，说少不少，有七八百字。大办公室白天人多嘴杂，晚上下班后也常开会、商议事情，不好刻蜡纸、印刷。吃过晚饭，谢安祥便提着钢板跑到二楼一间"阁楼"，关起门刻了起来。

"报眼"是"毛主席语录"，边栏是"各公社生产进度"。各公社资料员提供了具体数字。但办报要严谨，白纸黑字，代表的是指挥部的"意见"，玩笑不得。他抽空去了几次工地，现场查看生产进度，仔细核对数据。收集好人好事时，他一个厂棚一个厂棚走，一走好几个小时，有时回来已月朗星稀。

"各公社生产进度"栏，除了刻汉字还要绘制表格，表格里要填写数字，字体、字号均要有所区别。还要画横线、竖线，难度甚大。他盘算好稿件所占面积，留出标题位置，先画线，再写汉字与数字。这篇稿子足足刻了两个小时。刻毕，手指酸麻。桌上没有台灯，顶上吊着一盏40瓦的白炽灯，光线不暗，但灯泡在头顶上方，低头时脑袋刚好挡住光线，眼睛累得又酸又涩。腰似乎也僵硬了。他站起来略微活动一下，又坐下继续刻王振华的诗歌。诗歌容易，标题4个字，可以刻大一点。姓名居于标题正下方，可以刻小一点。正文工整对仗，字号可以再适当小一点。他用了手写体，仿佛作者写诗时的直抒胸臆，一气呵成。

整张蜡纸刻完已是后半夜。他松动一下手指，揉揉眼睛，拿起蜡纸举到灯光下检查，笔力均匀，排列整齐，标题与正文之间结构适当，另外留白和谐，没有"开天窗"。

王振华的诗歌再配上一幅插图就锦上添花了。可画家林丰俗不常驻指挥部，若在，根据诗歌来一幅素描，寥寥几笔，绘出"安营扎寨"的气势，图文并茂，效果一定不错。

他将蜡纸上边用图钉固定在木桌上，下边用木尺上的铁夹夹住，准备涂抹油墨时却犯了难，一个人没法干。正发愁时，王振华摸了上来，他知道谢安祥在阁楼上挑灯夜战。

"你来得真及时，我正犯难呢。"

"需要我做什么？"

"我用胶刷刷好一张，你就取出一张。"

不干型油墨已调制好，一股浓郁的墨香四溢开来。谢安祥用胶刷蘸墨，在墨盘里滚匀，在蜡纸上轻轻推过去，油墨均匀弥在蜡纸上。

王振华轻轻揭起，兴奋地喊："第一期《岳山战报》终于问世了！牛佬，大气！好看！明天发到现场，一定鼓舞人心！"

再看，报头"岳山战报"，既黑且粗，非行书，亦非宋体，形似"毛体"，意气风发，锋芒毕露，尤其"战"字，宛如铁马金戈，鏖战沙场。

报头下面一行楷体字：

怀集县采育场岳山林场指挥部、怀集县民兵师政治部编印

当晚，两人和武装部一位干事撸起袖子加油干，推墨，揭纸，晾报，不一会儿，房间各个角落都摆满《岳山战报》。100多张《岳山战报》印制结束已是凌晨，他们手上、身上甚至脸上都沾了不少油墨，黑乎乎一片，虽然辛苦，但快乐与成就写在脸上。

若干年后，谈起已至耄耋之年、在汕尾颐养天年的老朋友

谢安祥,王振华言:"他的笔名是'牧人',我总戏称他为'牛佬',他字写得好,又能歌善舞,是很活跃的人,颇受县领导欣赏和群众认可。"

首期《岳山战报》赢得指挥部领导高度赞扬!

陆文连声叫好,没想到这么快就鼓捣出来:"小谢人虽年轻,但在办报上,和民兵一样富有战斗力,有条件上,没有条件创造条件也要上。我相信《岳山战报》一定能激发众志成城的磅礴力量。"

练全也竖起大拇指:"我记得小谢是学畜牧兽医专业的,没想到办报还很内行。看来,年轻干部不但是一块砖,哪里需要哪里搬,还是一块钢,搬到哪里都能起作用。"

谢安祥不好意思地低下头。

陆文读了一遍《安营扎寨》说:"小王,你的观察很细致,起点也很高嘛。'峡谷芒地建草房,身在岳山望五洲',让人浮想联翩,你再接再厉,很快就炼山了,再好好写一篇。"

《岳山战报》随每日往返的资料员被带到各个公社。劳作之余,民兵争先恐后、一睹为快。很多"秀才"读完诗歌,心里跃跃欲试,休息之余在纸片上涂涂抹抹,抒发朴实、真切、革命的情感。很快,谢安祥那里稿件纷至沓来。

半个世纪后,谢安祥回忆,虽说不定期出版,但基本上一周一期,总计出版了十几期。

在那段时间,谢安祥也写与岳山相关的诗歌:

岳山胜过我的家

岳山胜过我的家,身居茅厦乐开花。

大石谷中起炉灶,深埇香飘岳山茶。

夕摘云彩朝采霞,遍地银光遍地灯。
山泉高奏造林曲,松涛巧织云锦沙。
艰难创业苦也甘,壮丽宏图我来画。
五尺银锄当大笔,画出林海大寨花。

《岳山战报》出版多期后,谢安祥发现优秀诗歌不少,细细阅读尚未发表的诗歌,也不乏好的作品,他"忽发奇想"——若把这些诗歌结成一个集子岂不是会取得更好的宣传效果?

他先和王振华商议,王振华觉得可行:"牛佬,我们的文学艺术都是为人民大众服务的,首先是为工农兵的,为工农兵而创作,为工农兵所利用的,你要是把这些本身就由工农兵创作的诗歌结集出版,一定能在万千民兵中引起轰动,这可是永载史册的创举,我支持你。"

他们一起把这个想法向陆文做了汇报。

"这是一个好点子,现在有多少首诗歌?"

"100多首。"

"可以再广泛征集一下,优中选优。专集的名字想好了吗?"

"我和振华还在思考,也想请教一下领导。"

陆文又是三支烟"连动":"报纸叫《岳山战报》,专集叫《岳山战歌》怎么样?"

练全连声说好:"'战报''战歌',既一脉相承,又合适恰当。"

这个名字非常好。

谢安祥一边征集新作品,一边编辑整理现有作品。

那一段时间，林丰俗恰巧住在指挥部，谢安祥把部分作品拿给他，他俩同一年大学毕业，也在一个地方参加"四清"运动，关系蛮熟。

"丰俗，《岳山战歌》想请你配图。"

林丰俗大致一翻，非常感兴趣，满口答应："是一首诗配一幅插图吗？"

"不一定，你恐怕也没时间画那么多。"

"岳山造林是伟大的创举，万千民兵是时代的英雄，我就是不吃不喝不睡觉，也要画出来。"

"你先了解作品和构思，为了印刷方便，流程是这样的，我刻好一张蜡版，就拿给你，你根据版面尺寸画。"

拿到蜡版后，林丰俗夜以继日，从一首首诗歌中寻觅创作灵感。

作品《赴岳山》，他用速写的表达方式，画出了指挥部以及指挥部上空随风飘扬的国旗。指挥部前聚集了不少人影，再远处还有人接踵而至，人群旁边是运载民兵的拖拉机、汽车，车辆上头也插着飘摇的旗帜。画出了诗歌所表达的"战歌嘹亮秋风爽，红旗招展出村庄。队队人马何处去？放眼远方岳峰望"的高远意境。

创作《岳山胜过我的家》插图时，他则"轻描淡写"，勾勒一棚，一灶，又一灶，灶上，热气氤氲，一位女炊事员提着一个冒着热气的水桶向外面张望……简洁的画面传递出一个信息：饭菜已经煮好了，民兵啥时候回来呀？

《妇女能顶半边天》以四个女民兵同扛一根粗壮的木头为画面主体。粗糙的树皮与民兵俊俏的脸庞形成鲜明对比，体现出诗歌所表现的"苦战精神大发扬,娘子军歌高声唱。团结战斗力量强,学习大寨铁姑娘"的巾帼不逊男儿的英雄气概。

《战天斗地乐无穷》则全景式展现岳山陡峭的山峰,山岭之上,一道道有序、盘旋而上的撩壕以及稀稀疏疏的树木,两面飘摇的旗帜,表现"战鼓隆隆心里红,驯服三岳学愚公。银锄飞舞山河壮,战天斗地乐无穷"的壮阔景象。

《岳山晨曲》则以"星星点点"缀出晨鸟飞翔、月牙高悬的岳山之晨,半山腰一群民兵在一面旗帜感召下正排队向山顶行进,表现了"迎来朝阳万道光"的纵深之感。

…………

除了特稿和配图,封面也至关重要。

林丰俗精心构思,以"浓墨重彩"之笔,以连绵的群峰为背景,描绘出山岭之间阡陌纵横、沟壑交错、人影参差、树影涵秋的宏大画面。而近处则杉木林立,体现出大会战的胜利果实。

"除封面外,54首作品,林丰俗为其中27首配了插图,插图配对诗歌,极贴切、逼真,生动地体现了造林指挥部和民兵造林、生活的场景,让人们在阅读诗歌的过程中更直观地感受岳山造林民兵战天斗地的气概。"若干年后,谢安祥忆述。

那时林丰俗不过35岁,名声不是很大,但已崭露头角。1972年,中央举办一次全国画展,林丰俗获得进入创作小组的名额。他一口气创作了《石谷新田》和《公社假日》两幅作品。"在这两件作品中,他真实地再现'眼之所见'表达'心之所感'。1973年,应意大利佛罗伦萨市市长请求,《公社假日》复制品赠予佛罗伦萨市。"①

对于这两幅作品,林丰俗曾言:"从创作《石谷新田》和《公社假日》开始,我有机会参与省级以上的美术创作活动。对当时的我而言,这便是最重要的意义。那是一个特殊的年代,每个文化活动都在拷问自己的良知;与此同时,也肯定了自己早已萌生的艺术理念。那时虽然幼稚,最多也便是明白什么叫作创作方向。另外,那时我也有些初生牛犊不怕虎的味儿,尝试点技法语言。关于这点,坦言之,这便与当年的创新思想有些关系了。"

他还说:"众所周知,在那个年代,生活思想都紧张。在紧张的生活中,我想将我酝酿多年的凤凰花画出来,这便是《公社假日》。我有颇长一段时间的山区(蓝钟)生活,在战天斗地的劳动中,我常常会关注并欣赏山中的景象,以诗化抒情的心境,忘记劳累,如春雨梨花之类,这便成了《石谷新田》(取材桥头、洽水)。题材的意思未必是作品的意义,意义也不等于意境。意境是心境,心境也是诗境;要有鲜活的艺术形象和技法。从那以后,我便不断研究和修正我的山水画创作思路。"

纵然熟络,但林丰俗能认真地为《岳山战歌》画如此多的插图,谢安祥依旧非常感动。插图与诗歌是绿叶与红花的关系,林丰俗为人处世宽厚、平实,才有甘为他人做嫁衣的无私奉献之举。

时过境迁。2019年3月19日,"自然与田园:林丰俗的绘画世界"作品展在广东美术馆开展,展出已故画家林丰俗一生不同时

---

① 陈剑晖、徐南铁、郭小东主编:《改革开放与广东文艺40年》,广东高等教育出版社2019年版,第561页。

期的艺术作品。广州美术学院教授李伟铭在展览序言中言：这是一个"迟到"的画展。因为林丰俗已离开这个世界差不多两年，在过去30多年中，他从未在类似空间举办过个人画展。李伟铭这样评价林丰俗："林（丰俗）在图式中摒弃了矫揉造作的'戏剧化'范式，让笔墨自由地接受感觉的调控，尝试以传统写意花鸟画中

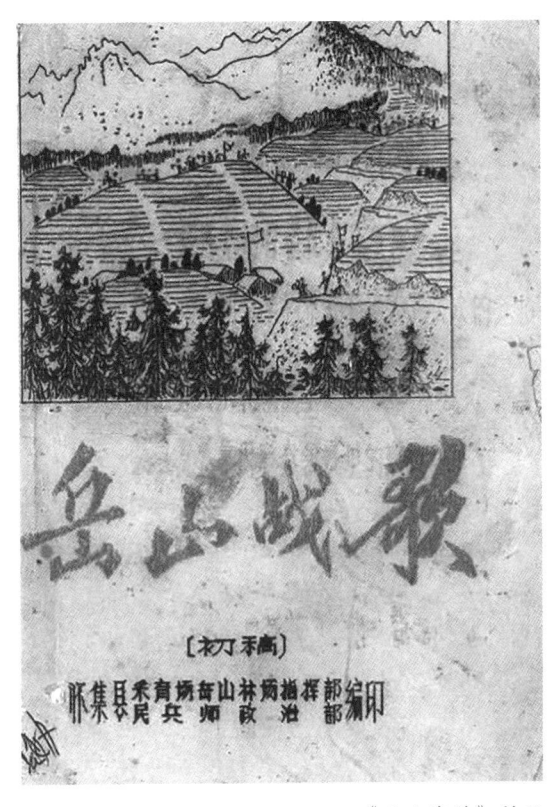

《岳山战歌》封面

的'没骨'画法揳入'写实'的时空框架。作为20世纪60年代美术学院培养出的艺术家，林丰俗一如既往地奉持艺术是一种内在的情感活动的信念。这种'偏执'的情怀确保他在亲近大自然的过程中享有一份宁静的心境，同时，也使他成功地对世俗的纠纷保持了高蹈远引的态度。"[1]

　　囿于简陋的印刷条件，谢安祥拿到林丰俗的画稿后并不能直接"照排"，而要用钢针一笔一笔"刻"出来，难度不小。

---

[1] 梁凤莲：《新时期广州文艺批评之路》，广东人民出版社2012年版，第203—204页。

"刻的过程中肯定存在一点差异,因为蜡纸有一定厚度,透明度也不够,我只能先把画稿置于蜡纸下面,对着'影子'轻轻描刻,勾勒出浅浅的印痕、线条,再把画稿抽掉临摹,临摹过程中不可能原汁原味地复制原作,但从印刷出来的效果看,不失本真,精气神犹在,林丰俗也满意。"谢安祥忆述。

"岳山战歌"几个字最终是谢安祥写的。

这回"套红"了。我看到的是《岳山战歌》电子扫描件,纸张发黄如史册般,书角基本没有磨损,中间有一个小小的"漏洞",是一页页拆开扫描的,纸面上有当时装订留下的几个小孔。

慢慢"翻阅",一页页仿佛经年往事、如歌如诉。我想,当年的那些人,那些作者,假如和我一样,在一个散淡的午后重温当年的岁月,是不是会陷入无限的感慨,甚至泪流满面?时间与空间的交响曲奏起的时候,半个世纪前的往事在他们眼里是不是清晰如昨?拂去岁月的尘埃,他们一定听到有人在擂着战鼓,有人在吹着号角,有人在汗流浃背,有人在负重前行,他们的声音曾经那样气壮山河,他们的精神曾经那样天地可鉴。

《岳山战歌》,是诗,又是歌,不信,你听——

一轮红日升起在东方,

大地洒满了金色的阳光。

万亩林海滚着绿色的波浪,

英雄的战歌在眉宇间回荡……

第六章 火凤凰

一、瞭望员

广大民兵奋战近半个月,将各山头的杂树、三三两两的杉树和松树基本清理干净。但山岭面积太大,不那么容易"斩草除根",灌木丛仍稀稀疏疏,有的地方芒草还齐腰,砍伐之后丢弃在现场的树枝、树皮及零零碎碎的木头也有不少。草丛中一些小动物如临世界末日惶惶然不知逃向何处。若时间宽裕,草木可再清理干净些。可气温越来越低,高大的山头满地霜华,民兵大都没有过冬的棉衣,冻得实在难熬,不少人感冒发烧,但大家小病不下火线。凤岗公社的张华民在缺医少药的情况下,挖了土黄连、土黄芩、三叉苦,熬了喝几碗后继续上阵干活。"这点病算什么?我不能拖进度,拖大家的后腿。"他说。

指挥部决定,进入炼山阶段。

"炼山"与"烧山"一字之差,意义不同。

"炼"者,《现代汉语词典》解释:用加热等办法使物质纯净或坚韧。而"烧"者,是使东西着火。相比,"炼"更含蓄。

但"炼",也要动火。在山岭放火,不可随意,不可说放就放,弄不好"城门失火,殃及池鱼"——岳山背靠崇山峻岭,有些山岭是自己的,有些山岭是兄弟省份的,共同构筑起一道道辽阔的绿色屏障。

岳山造林大会战期间,谭永盛一开始是当防火瞭望员。他之前干的是护林员。那时农民进山打柴火、放牛的比较多,牛特别喜欢吃苗儿,边吃边踩踏,对苗木伤害很大,务必预防。护林员有时分开行动,有时结伴而行,一起走一圈。谭永盛每天要走四五公里的山路。较远的地方他们跑不及,也跑不起,索性在山上搞个厂棚住下看护。那些更远、更高的地方,一般人上不去,苗木也就不会遭破坏,大家只要守住路口或进山的口子就行。

干瞭望员时,谭永盛要住在山顶。山顶有个瞭望台,名曰"秋风号"。若从另一个山头远远望去,瞭望台很小、很孤独,但那是怀集县看护森林防火最高的地方,海拔800米左右,站在塔上能望见"三岳",包括周边森林情况,如冷坑、马宁、中洲,金坑和岳山的东面山峦相连,一览无余。

建筑瞭望台时,用山里的石头一层层砌上去,方方正正,跟战争时期的碉堡似的,很结实。瞭望台有三层。首层面积32平方米,瞭望员在这里生火做饭。二层是一间"卧室",没床,打的是地铺,大家进门就睡觉;正面是墙,两侧墙上各开一扇窗,靠窗摆着一张桌子,上放一台对讲机和一架望远镜。瞭望台没通电,生活、工作都用马灯。上去三层是一个平台,是瞭望之所。

人住在台上,生活是一个难题,没通自来水,每天一大早,有时天刚蒙蒙亮,谭永盛就提着扁担、拎着水桶下山挑水。陡峭的台阶总共118级，来回236级。他一人挑一担，若三个瞭望员都在就同时下去挑，三人一天六桶水，烧水做饭、洗漱冲凉，省着点用刚好，了无"三个和尚没水吃"的窘境。为什么那么早下山挑水？主要是挑水的人多，去晚了怕被熟人看见，人家会议论，在林场工作、正式职工，咋还这么辛苦，怪丢人的。两三天下去买一次蔬菜，塔上没有冷藏条件，买多了会坏。十天半月买一次"副食"，新鲜肉买不起，买些腐竹、咸鱼、榄豉、海带等，这些东西腌制过，不易变质。山路崎岖，一路下坡，走六七公里到场部大门口登记，买东西回来也要登记，速去速回，场部没有他们的宿舍，只能住台上。

台上也没卫生间。旱厕在台后面不远处，用草棚遮着，一下雨等于免费"冲凉"。

台高，又夹于两山之间，遂形成一条天然风道，从早到晚，风使劲吼。

"呜呜呜，呜呜呜。"

多年后，61岁的谭永盛学风吹的声音给我听，像孩子似的，有点滑稽，我想笑，又心生敬意和同情。那声音我岂不知？因兴安岭的冬天，北风不分昼夜地呼啸、怒号，尤其半夜，似群狼乱嚎、天崩地坼。

上台第一晚，谭永盛不习惯风声，没睡着，之后每晚都不适应风声，都睡不着。有时恍恍惚惚，感觉窗子要被刮下来，台子在微微地摇。

第三层面积更小，仅两三平方米，周围有一圈半人高的铁护栏。站在那里，听风、看景，视野极好，手却要抓紧护栏，人会随风摇摆，甚至跟跟跄跄，实在危险。

夏天，他透过望远镜细细察看，山鸡、鹧鸪、雉鸡、斑鸠、白头翁、啄木鸟、鹰等，欢快地飞翔。秋天，漫山遍野绿得和谐，红得透彻，黄得妍丽。若诗人目睹此景一定能写出美妙的诗歌，但他不是诗人，是瞭望员，职责是观察周边是否出现火点，守护大山的平安。

"每年从9月1日开始到次年清明前，属于防火期，上面会随时检查，要24小时随时能听到我们的应答。"

每天早上，他用对讲机与县森林防火指挥部联系，汇报现场情况。没有探测仪器，靠目测和望远镜。

对讲机里传来指挥部人员的声音：

"02，02，今天怎么样？"

报告："01，01，今天晴，风大，风力5到6级，有雾。"

又一日，指挥部问："02，02，今天什么情况？"

报告："01，01，今天阴天，雾大，3级风，下雨。"

瞭望台的呼叫，总台是林业局，代号"01"，"秋风"代号"02"，"连麦"代号"03"，"洽水"代号"04"……

风代表空气流动速度，雾代表人的视线可能受阻，雨代表空气湿度，若不报或报得有误，一旦发生火情，瞭望员又没及时发现，属于工作失职。若雾大，瞭望员视线受阻，完全看不到，属于正常。山中有雨时发生火情，指挥部在组织救援力量和准备设备时会心中有数，有的放矢。

森林防火要看天下菜。

"发现过火情吗？"

"我做了几十年林业工作，自己的林场从没发生过，但周边有过火情。"

"一看到烟雾、发现火情,即便是邻居的,我们也要第一时间上报。不但要报,还要去防火、灭火,怕火烧到我们这边。"

那时县里没有成立专业森林扑火队。"第一梯队"是林业局。谭昌绵曾说:"林业局也是救火队!"局里紧急开会,成立应急指挥部,一张地图铺开,明确各自职责。局长任总指挥靠前指挥,各副局长分别带队,分管部门工作人员跟上,无论白天黑夜集结完毕立即出发,跟打仗一样。与此同时,火灾所在区域公社、村干部、中小学老师全部出动。消防队也上,他们是"第二梯队"。

"我们最怕半夜电话铃响,半夜来电话肯定有事,无须多问,穿好衣服带上手电筒直接上山。"县文联主席孔成标以前在永固镇当党委书记,常遇到这种情况。谭上洲半夜也上过山。

瞭望员也要出动帮忙。

但扑火谈何容易。蓝钟跟广西交界的山又高又陡,消防人员全副武装,带棍子、镰刀、手电筒、毛巾、火柴或打火机、水。爬到半山时有人体力不支,脸色惨白,吐得一塌糊涂。边吐边爬,不能掉队。到山上又冷又饿,只能忍着。

到达现场后,大家站在防火线内密切观察。与省交界的防火线宽20米,与市交界的防火线宽15米(后来防火林带内种了活木,属于阔叶林,叶子宽大,不易着火)。为避免"过火",防火线还可以再往前推,推过去几米几十米几百米或者一公里,相当于双重防火。

这是平时的防火措施,但发现火情以后还有应急措施,就是主动跑出去再弄一条应急防火线,一般都两米宽。

经严格判断,若对面火情可控就冲上去扑救;若不可控但烧不过来就严阵以待；若火势蔓延可能殃及这边，就冲上去砍草，镰刀此时就派上了大用场。之后火没烧过来就"阿弥陀佛"，若火势蔓延愈来愈近，看情形无法控制，距离一两百米时，要点火烧回去。

烧回去，是不是不厚道？

在火没办法控制的情况下，先得保护自己，从防火线这边烧过去是一种防火技术。

灭火过程中一旦遭遇危险，不能莽撞也不能蛮干，须"自救"，如用镰刀搞一个大"圈"，用火柴点着"炼"一圈，此时人站在圈里是安全的，有点像《西游记》里孙悟空用金箍棒给师父划拉的保护圈，妖怪一接触圈儿，圈儿先冒火，唐僧则安然无恙，除非唐僧私自出圈。

"以火攻火，以火救火"，亦智慧也。

也不能光站着，每个人都要挖个坑，趴下来，用蘸了水的毛巾敷在脸上，没水时蘸自己的尿，等着被救。

谭鹰对这个措置流程也非常熟悉，20多年前他是县林业局生态公益林管理中心主任，那时森林火险比较多。

2006年初，怀集县林业部门组建了县级森林消防大队和镇级消防中队，壮大了森林消防队伍，为每个消防队员配备了安全帽、扑火服、登山鞋、毛巾、水壶、手电筒等设备，购置了一批防（扑）火机具，组织消防队员加强扑救知识的学习和扑救训练，增强了扑救能力。还抓好生物防火林带建设，投入80多万元，完成林带造林127.3公里，全县形成了1340多公里的林火阻隔网络，增强了森林防火综合能力。

2006年9月1日，怀集县委、县政府召开会议，研究部署组建森林消防队伍工作，在县直各机关党委中组建了一支以民兵应急队员为主的40多人的森林消防预备队，未雨绸缪，抓好森林防火。

"有了森林消防大队以后，消防大队是第一梯队，搞不定就报省消防总队，再搞不定就报国家消防总队。"谭鹰说。

一般情况下，火烧不过来。

众志成城，群防群治，"兄弟"之间，相互关照，湘粤桂三省（区）林业部门每年都要聚在一起开会。

1957年9月，经林业部批准，成立了湘粤桂三省（区）交界地区护林防火联防指挥部。1962年11月，湘粤赣（闽）毗连地区护林防火联防委员会在江西成立。1984年9月，在广州召开的湘粤桂第19次、湘粤赣（闽）第14次会议上，审议通过了《湘粤桂、湘粤赣（闽）边界护林联防章程》。

怀集认真做好湘粤桂三省（区）边界护林联防值班，加强与联防区各单位的业务交流，强化边界地区森林防火工作，加强野外火源管理，实行炼山作业公示制度和农村农事用火"三集中"制度，有效预防了森林火灾的发生。风雨不动，谭永盛一个月连续值守二十五天半，剩下几天休息，整整两年。

二、山里山外红烂漫

炼山前，必得修好防火线。防火线质量检查是指挥部安全保卫组的工作，县林业局股长林兴威是安全保卫组成员，负责防火安全。张如方也是成员，他正是利用上山检查工作的时机陪林丰俗写生，顺便学习绘画艺术。

按照规定，防火线的宽度是3米。林兴威有一条标志好尺寸的竹竿用来丈量防火线是否符合标准。火患猛于虎，不可有丝毫懈怠与侥幸。他工作极度负责，检查防火线时，你说三米不行，要以他的丈量为准。

在一条防火线处，林兴威一段一段测量，比农民给自己丈量宅基地还认真，民兵看不过眼，揶揄道："林股长，不要这样认真吧，又不是切豆腐，能那么齐整、分毫不差？"

"豆腐是水做的，点不着，林子一旦着火，你就成红烧乳猪了。"

"红烧乳猪是啥？"

"听陈荻戈说过一嘴，东北那旮旯，有人把猪崽子烤了吃叫红烧乳猪。"

现场一片哄笑。

"这里不符合标准，差10厘米，立即返工。"

民兵撇撇嘴："好啦，你先量别的地儿，我们一会儿处理。"

"现在就弄，弄完了你们也早点下山吃饭。"

再次检查，符合标准，林兴威才肯离开。当年的同事评价，林兴威对工作很执着，忘我付出，无私奉献，用心干活，不怕吃苦，非常值得学习。

防火线检查全部合格后，也不能说炼就炼，要先去县林业局办"炼山证"，炼山证上注明了点火人、点火时间、点火范围、点火面积以及东南西北具体位置。点火人不是谁想当就能当，必须是经验丰富、责任心极强的人。点火时间根据县气象台预报，必须选一个无雨无风、不干不燥的天气。

真好比一场战役。

炼山那天，全体人员凌晨3点起床，先吃早餐，多喝水。总指挥分工，谁带队在这个山头，谁带队在那个山头，路线明确。然后全副武装，背挎镰刀、兜里塞毛巾。

"不要小看这块毛巾，遇到危险，它能救命，千万不能丢失。"

大家爬到山顶时，还不到4点，霏微晓寒，露珠凝冷，是点火的最佳时机，而出太阳后，露水没了，草干了，干柴烈火，火势凶猛，人受不了。

须自上而下点，不能自下而上点。

流程——高处易起风，就从最危险的山头慢慢烧，烧下来大概一半时，再圈起来往山底下烧，差不多没危险时，再从两边慢慢烧过去。一片一片地烧。若胡烧乱烧，火会像龙一样飞向天空。

总指挥通过对讲机发出号令："各组是否准备完毕？"

"报告，一组准备完毕。"

"报告，二组准备完毕。"

"报告，三组准备完毕。"

"火是无牙老虎"。人人表情肃穆，无一丝一毫的儿戏。大家知道炼山的危险，一旦发生"过火"就是大事。何为"过火"？就是把该烧的烧了，不该烧的也烧了，包括把自己的林子甚至更远距离的林子也烧个精光。防火线外一旦着火，没得补救，那速度不是人能够想象的，100亩、200亩的山林，几分钟就能烧到顶。

"有火就有三级风。"大山、大林、山冲很容易起风。明明无风，为什么火一起来就有风，像龙卷风，还发出很响的声音？一烧火，一面山都是火，风会钻到底下兴风作浪，像哪吒的风火轮在下面抬着。

炼山不逊于打仗。

总指挥发令："各就各位，准备点火！"

"一组点火！"左边山头点着了。

"二组点火！"右边山头点着了。

"三组点火！"中间火点着了。

星星之火，起初不大，冒着几缕青烟，不知情的人，远远地，还以为农家烟囱冒出的炊烟。几分钟工夫，火势开始蔓延。开始熊熊燃烧，风不知从何处突如其来，使劲扯着火，越卷越高，隔得老远都能听到像过去渔民在江上行船时的惊涛骇浪声，又似饥饿的狼群嗷嗷怪叫。人们惊恐地盯着面目狰狞的火焰大气都不敢出。很快平地又升起一股"龙卷风"，一条"赤龙"疯狂地扭动腰身，前后左右拼命挪移，人们的心一下提到嗓子眼，生怕这龙无端逃逸，窜出地上的防火线范围，窜向远处茂密的森林。不多时，半边天空通红通红，烟尘肆意蔓延，遮蔽了半边阴郁的天空，天上旋起一坨一坨黑色的"柳絮"，有的随风飘逝渐行渐远，有的如黑雪旋落——刚烧成的草木灰落到人头上身上脸上，皮肤有微灼之感。空气不再无色无味。人无处躲闪，令人窒息的空气吸进去，染黑嘴巴、鼻子、脸庞。女民兵雪白的脖颈也像刚从淤泥里拔出来，黑而无光。人们互相打量，浑身上下，只见眼球和牙齿白，但都不敢笑，也想不起来笑，有人甚至想哭，如悲天怆地那般哭。

"赤龙"拼尽所有的精气神，但最终没能挣脱人们为它量身定做的防火线,终于偃旗息鼓。整个过程中,任何人都不能走开,更不能跑得远远的,即便火光离人最近的时候只有十来米,热浪扑面,烘烤得人面红耳赤,也要坚决守住防火线。防火线就是阵地,因为火星子会落下来,火甚至会烧过来,要及时清除小火,坚决不能让火过线。

待上面没有危险了,再补火,从下面烧上去。此时,纵是有龙潜伏,也再无兴风作浪的能耐。

烧过后的灌木丛,匍匐着。树木横七竖八,倒的倒,躺的躺,卧的卧,阴阴地燃着,袅着烟。除非俯身察看,否则看不到明显的火焰。

人们长出一口气,鼓起掌来,掌声如涛。身上的草木灰感受到了这种力量,在清晨的第一缕朝阳中快乐地飞舞。

初战告捷,但不能一走了之,要再做细致的检查,坚硬的树头烧得像木炭,若没人管理还会起火,每组要留人清理余火,检查余烬。

——这就是炼山。从诗人的角度看极大阵仗;从炼山者、林业人员的角度看,极为悲壮。

炼山有先后,大概用了10天。

王振华看到炼山场景曾写了一首诗《炼山》:

晨露未干炼山忙,

巍峨岳山飞凤凰。

火红年代拼命干,

山里山外红烂漫。

"凤凰"为神鸟,现实中不可能出现,王振华所说的是红透半边天的诗化的意象。林丰俗后来给这首诗配了一幅画,另外,

《造林生活》（中国画·1974年作）/林丰俗

速写《造林生活》一幅，生动形象地再现了大火过后余火未灭的场景。

谢安祥与武装部的武兵也合作写了一首长诗《岳山战歌——献给民兵师》，读罢，仿佛又回到炼山现场：

狼牙月挂在岳峰上，

群星贴在群山间，

寂静的冬夜空旷旷，

炼山的战斗即将打响！

部队集合待命，

前面站着梁团长。

突然山冲的朔风转了向，

点火要转移到凌角岗；
老梁紧锁着剑眉，
怒视着险陡的荒岗！
年过40的梁团长，
50年代踏上抗美援朝的战场，
战斗的岁月，
把他百炼成钢，
58年他复原回到了故乡，
十几年如一日，
兢兢业业，
忠诚于党的武装。
············
老梁转身走到战士的身旁，
把火炬交给了小强。
小强上前接过火炬，
一股暖流涌进了心房。
这位来自广州的青年，
出生在一个海员工人的家庭，
从小就进"农讲所"去上课，
心田里播下了革命的火种。
············
小强迈开矫健的步伐，
顶着逆风，
登上了石峻岗，
投下了炼山的火种，

点燃了炼山的光芒。

…………

诗歌有夸张与想象的成分，但激情与诗情溢于言表。

黑乎乎的木炭，民兵试着不烫，才敢拿手去捡。抓在手里，手就黑黑的，热得出汗。用手擦脸，脸就黑黑的。山岭之间，那一张张脸哪里还有人样？都"墨墨黑"得像牛魔王。

日落西山，收工了，民兵背着木炭，拎着锄头，边走边唱：

日落西山红霞飞

战士打靶把营归，把营归

胸前红花映彩霞

愉快的歌声满天飞

mi sol la mi sol

la sol mi do re

愉快的歌声满天飞

…………

大家卸下木炭，交给厨房当烧柴，再去洗手，盆子里洗不干净，要去山沟沟洗，一双双黑手搅动溪水，小溪就黑黑的，像涓涓流淌的墨汁，他们的脊背也黑黑的，一排排黑脊背连在一起，像一道坚不可摧的盔甲。

也有个别民兵偷奸耍滑，嫌辛苦，没带木柴悄悄溜回来，以为人不知鬼不觉，孰料有人长着火眼金睛，第二天广播里点名批评：

张三、李四昨天下山时，空手而归，潇洒得很，希望今天少一点潇洒，多一点实干。众人拾柴火焰高，同志们加油！

受到批评的人羞红了脸，当晚背的木炭比别人多很多。

小小的问题上广播,小小的成绩也上广播,广播就像山岭之上站立的一位道德家,立场坚定、爱憎分明。

三、看电影

民兵工作之余也要放松。指挥部在古城安排电影放映,隔段时间放一部,有《红色娘子军》《红灯记》《上甘岭》《白毛女》《南征北战》等。

但其他公社指挥所离指挥部远,大家干了一天活,手脚酸痛,没力气也没心思看电影。甘洒公社指挥所离得近,虽说走路也要半个小时,但看电影是像过年一样高兴的事。大家吃完晚饭,男民兵洗头,把夹杂在头发里的树叶草根洗净,也没镜子可照,自我感觉意气风发。女民兵梳洗打扮,有蝴蝶结的扎蝴蝶结,有红头绳的扎红头绳,有雪花膏的抹雪花膏,没有漂亮的着装就换上干净的散发着肥皂香味的衣服。山区看电影本来也不容易,很多人来岳山前没看过几场电影。在指挥部看电影感觉又不一样,都是年轻人,还有不少女民兵,和女民兵一起看上一场电影是十分难得和惬意的事情。大家走在山路上,有说有笑。几公里的山路,平时走挺远,天天早出晚归、负重前行,难免是这个感觉。但此时觉得好快,没一会儿就到了。好家伙,有人更积极,赶来抢位置。有人更绝,为看得真切,爬到树上,像孙猴子似的张望。村里的小孩子比过年还高兴,东奔西跑,欢呼雀跃,一刻都不消停。

离放映时间还早,县电影站大机队(电影队)的车还没到,但场地很快就被围得水泄不通。

里头的人不时踮起脚看车到没到,树上的人装模作样,极目远眺,不时通风报信:"别急,还没影儿呢!"

在大家的翘首以盼中,外围响起汽车喇叭声,指挥部工作人员赶紧维持现场秩序,让挤在路口的人让开通道,让车进来。

一辆皮卡车打着车灯缓缓驶入,慢慢停下,车上下来几个人,从车后斗往下搬设备。

人们发出一片啧啧声,设备很大。有的公社也有电影放映队,但设备很小,是那种7.5毫米的放映机,只能放映窄胶片电影,是专门为偏远山村设计的便携式机型。受技术限制,导致光线弱、银幕小、画面模糊。县里就不同了,用的设备和罗天兴在部队用的属于同一种机型。

大家纷纷议论:"银幕挂哪儿呢?"

送电影到岳山(方权裕 摄)

"什么银幕?"

"你真傻还是假傻,看电影不用银幕,难不成往天上放,你仰脖子看天?"

"还文绉绉的,就说白布不就得了。"

"白布?银幕!银色的瀑布。"

"越说越高调,不如说水帘洞!"

…………

放映员四处看了看,掂量往哪里挂银幕最合适,最后目光落在大榕树上,大榕树只有一棵,但旁边还有小榕树,也不低,树与树间,刚好有几米的距离。

放映员冲大树上的人喊:"我一会儿把绳子甩给你,你帮我捆结实。"

"行,没问题!"树上的人还装模作样地敬了个礼。

小树上没人,只见放映员把拉绳系在腰里,噌噌噌几下猴子一样爬到树上,卡在树杈间,三两下麻利地把拉绳固定好。

银幕四角被四根拉绳固定,白色银幕一挂,现场顿时有了仪式感。

见大榕树上的人"卡"着没动,女民兵比比画画:"他还不下来,一会是看电影还是看他爬树?"

"那个地方清凉,听声音也不错。"

"听音儿也不用爬那么高吧,躲在山头上听也真切。"

"他是哪个公社的,那傻样,可能没看过电影。"

"嘻嘻,你咋对他这么感兴趣?"

"真坏,不跟你说了。"

女民兵有的带了零食。若在家里,妈妈可能给女儿炒豌豆或蚕豆，更好一点还有炒葵花子。可在岳山，这些都是奢侈的，顶多嘴里嚼一颗橄榄，不一个人嚼，大大方方分给姐妹。

电线已拉好了。为防止停电，电影站的人带了发电机备用。发电机、放映机都是大家伙。

设备调试完毕，放映前，陆文站在前面即兴又讲了讲大造林的目的、意义，时间不长。

放映员挥了挥手，喧哗的人群安静下来，眼珠子一动不动紧张地盯着银幕。唰，放映机一道白光打出，银幕亮如白昼，人群哗的一下，又复归平静。

每场电影播放前，都要宣传毛主席语录，党的路线、方针、政策。

一个洪亮的女音响彻山岭：

伟大领袖毛主席教导我们：……任何时候都不可忘记党的政策，不可忘记党的工作。

当晚放的是《红色娘子军》，这部电影成功再现了第二次国内革命战争时期，海南妇女在共产党领导下参加革命武装斗争的光辉业绩。

看娘子军，女民兵得意，昏暗的光线掩不住脸上的自豪与骄傲。尤其看到挺拔的椰子树下英姿飒爽的娘子军女战士正在训练，美丽的万泉河边姑娘们恢复了女儿的天性，彼此嬉笑打闹，而在硝烟弥漫的战场她们又拿起武器和敌人进行着殊死战斗的场景，一下子联想到自己正参加造林大会战，俨然就是电影里娘子军一员，目光更加坚定有力，一双双乌黑明亮的眸子似要穿透茫茫夜空，直射辽阔天际的星辰。这样的夜晚，以及在岳山奋战的无数个日日夜夜，这些浑身洋溢革命理想和人性光芒的青年人正在塑造着自己人生的传奇和华丽的篇章。

冬夜的寒冷逃遁得无影无踪。

电影结束,人群散场,各回各的驻地。山路上或游弋着零散的光,如萤火虫跳动,是手电筒发出的;或摇曳着火把,如流星划出一道道弧线。

甘洒公社其中的三个大队上屈、屈东、下屈是集中在一起的,一共有二十来个女民兵,邓柳婵、钱九妹等姐妹借着微弱的星月走在路上,没打手电筒,有说有笑。

"海南多好啊,有大海。"

"那地方一年四季都不穿棉衣吧,看电影里很热很热。"

"我将来一定要去看看娘子军战斗的地方。"

第七章 挖撩壕

一、乖乖听安排

1974年11月,肇庆地区山区工作会议在怀集召开,数百人分乘几十辆公交车来到岳山参观,队伍浩浩荡荡,让广大民兵备受鼓舞。怀集发展林业生产的经验得到表彰和推广。

到岳山林场参观的车队和人龙（方权裕 摄）

陆文常下工地，有时会叫上谢安祥。领导也没自行车，再说山地之间，就算有也没法骑。他们从指挥部出发，一路爬山越岭，近的地方走一个多小时，远的地方走几个小时，到目的地时若赶上吃午饭，就端着饭盒和民兵一起吃，到哪里都是米饭就咸菜。

午休时间，陆文说："小谢，闲着也是闲着，不如教大家唱唱歌。"

谢安祥有一副好嗓子，名声在外。

大会战以来指挥部赶制了几首歌曲，一首是《学大寨　学上海　战岳山》：

学大寨，学上海，战岳山，鼓足干劲争上游；不怕苦，不怕难，大干社会主义林业；大造林，造大林，造好林，管好林，用好林，任务不完成，决不罢休！任务不完成，决不罢休！

一首是《岳山乖乖听安排》：

路线为纲学大寨，民兵造林干劲大，奋战岳山两万亩，岳山乖乖听安排，岳山乖乖听安排。

歌词浅显易懂好记，曲调欢快活泼简单，一首是指挥部集体作词、谱曲，另一首是谢安祥作词、谱曲，时过境迁，谢安祥已不记得他作的是哪一首。

为便于民兵学唱，歌曲已印成宣传单发了下来。谢安祥把歌曲挂在厂棚门口，大家聚集过来，站定，谢安祥一句句教唱，高音时像叮咚的泉水从悬崖之上飞溅而下，中音时又非常宽厚雄伟，最迷人的是中低音区，嗓音时而深沉、时而畅达、时而明亮，仿佛山岭之间通行无碍的风。曲调欢快短促时，又唱得那么富有情趣，就像民兵背着挎包，提着锄头，握着镰刀，大步流星奔向自己的阵地，砍草伐木驱赶荒芜迎来光明，像农民兄弟一年四季耕耘播种收获，循环往复乐在其中。

　　谢安祥在歌曲之间熟练切换，歌声连缀起来时，仿佛裹挟着风雨、雷电、蝉声、鸟鸣等大自然一切的天籁之声，率性而芬芳。

　　大家唱着，听着，眼睛有些微微的湿，而阳光明媚的天突然落雨，雨丝洋洋洒洒，却没人躲避，陆文也始终和大家坚定地站在一起唱《学大寨　学上海　战岳山》。

　　歌声慷慨激昂，一时间大家俨然钢铁般的战士，眼里一切的阴霾一切的风雨一切的阻碍都不复存在。歌声响彻山谷云间，与山岭的震颤、大地的脉动交织在一起，汇聚成攻坚克难的力量，冲出山

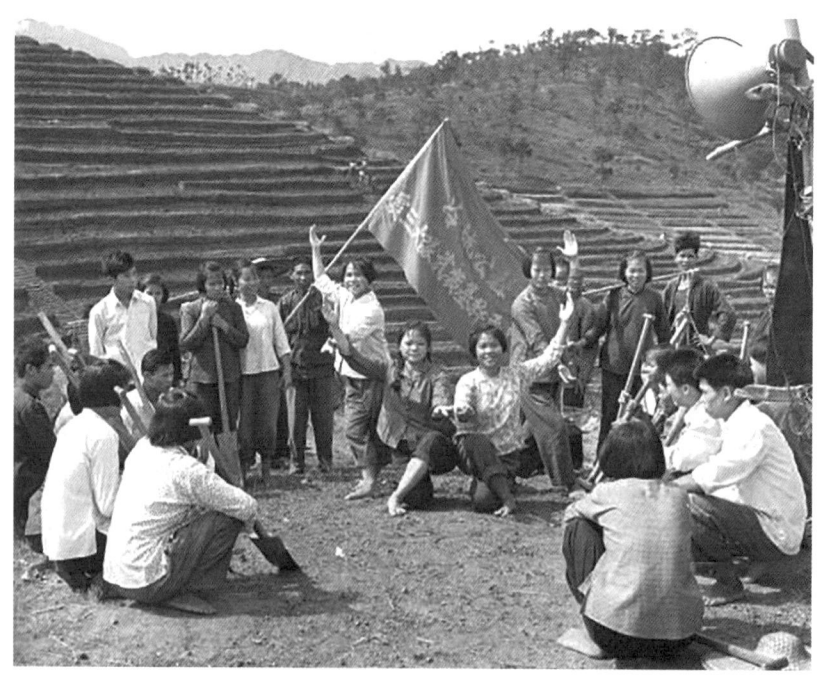

民兵利用休息时间开展唱歌娱乐活动（方权裕　摄）

谷,飞向高空,飞向遥远的北京,飞向万众瞩目的天安门……

半个世纪后,当时在场的民兵回想起那一幕,仍觉得那般美好,不由得再次哼唱起来。那歌仿佛支撑他们走过岁月、走过风雨、走过沧桑,走出了无私坦荡的一生。

紧张激烈地工作一天,回到驻地吃完饭,有民兵嚷嚷:"头发太长了,干活不自在,谁帮我剪发?"

有人接茬儿:"我先帮你剪,你再帮我剪。"

剪刀还算锋利,把头发剪短没问题,但大家的手艺一般,剪不出什么发型,甚至剪得参差不齐。

"你这手艺,长的长短的短,跟耗子啃的似的。"

"凑合得了,你的手艺也好不到哪里去。"

天冷时,手脚冻得有点僵硬,先要在热水里泡一下或烤烤火,暖了再剪。

"造林时期,民兵头发长了都是你帮我剪我帮你剪,互相帮忙,没办法出去剪。别说剪头发,就算父母生病都不能回去照顾。第一是不批准回家,第二是没有车,除了住在古城附近的,其他人出山坐车要几个小时,路途实在太远。也有特殊的,一些青年民兵达到结婚年龄是允许回家结婚的。"邓柳婵忆述。

为丰富民兵造林之余的生活,各指挥所不定期组织多种形式的文艺活动,包括印发革命歌曲、组织文艺汇演等。中洲公社民兵团利用业余时间大力开展文艺活动,培训了70多名文艺骨干,出版了墙报,各班自编自演节目37个。

晚上忙完,邓柳婵和钱九妹找了个没人的地方聊天。

"想家了没?"钱九妹问。

"怎么不想?我现在才知道父亲对我有多好。我上山前父亲把他身上穿的毛衣脱下来给我，我问父亲：'那你穿什么？'父亲说：'岳山那里低温阴雨，你先拿去穿。'他还说家里没那么冷。母亲也很关心我，让我带了两条裤子、三四件上衣，有两件单衣、一件线衣、一件毛衣，装在小挎包里。"说着，邓柳婵眼泪汪汪的。

钱九妹说："下雨是水，晴天是汗，我只有一双解放鞋穿，有几件衣服，一件稍微厚一点，一件线衣，一件外套。白天干活，鞋湿透了，晚上用火烘一烘，第二天穿的时候还湿乎乎的，真难受。"

"不过煎熬的日子快到头了，春节前就能回家啦。"

她们哪里会想到，很快到来的温泉大会战让她俩又战斗在一起。

二、环山走

炼山后开始撩壕。有的地方也写作嶚壕，包括《岳山战歌》中多次出现"嶚壕"。

"嶛"属古汉语，今不常见，打字也不容易打出，搁在几十年前我从事新闻工作时，排版时若排"嶛"字，需要打字员去拼字。"嶛"亦作"嵺"，高的意思。晋代左思《魏都赋》云："剑阁虽嶛，凭之者蹶。"这是一句名言，意思是：剑门关虽然高耸、险要，但仅倚仗这样的地势固守，还是要失败的。指的是，地势虽重要，但更重要的是将士们的心，正所谓"剑阁虽嶛，凭之者蹶，非所以根深蒂固也；洞庭虽浚，负之者北，非所以爱人治国也"。

1974年，时任怀集县委书记张玉祥挖撩壕的情景（方权裕 摄）

撩壕，就是在很高很高的地方挖坑，显然，这不是"专业术语"的表达方式。

李中涛言，撩壕，改长坡为短坡的一种坡地果园水土保持工程，为辽宁西南部锦西（今葫芦岛市）的果农创造，适用于10度以下、土层较厚的坡地。在坡面上按等高线挖沟，挖出的土向下坡堆放成壕（垄），故称撩壕。[①]

撩壕是一种带状整地方法，广东、福建一带称撩壕，湖北、安徽称抽槽。这种整地方法适用于丘陵地造林。[②]

[①] 中国农业百科全书总编辑委员会果树卷编辑委员会、中国农业百科全书编辑部编：《中国农业百科全书 果树卷》，农业出版社1993年版，第223页。
[②] 南京林产工业学院林学系编：《造林技术问答》，上海人民出版社1977年版，第123页。

1978年怀集县林科所发表了一篇论文《撩壕种杉　速生丰产——红壤丘陵地的种杉技术》，可全面了解此种科学种树工艺：

1966年，我们在红壤丘陵上采取"撩壕种杉"的新方法，只用六年时间，杉树就初步成材。

据1971年10月实测，采用大撩壕（规格宽两尺，深一尺半回表土）造林，杉木平均树高11.2米，平均胸径15.1厘米，每亩立木蓄积量14.3立方米。采用小撩壕（规格宽一尺半，深一尺回表土）造林，杉木平均树高8.1米，平均胸径11.4厘米，每亩立木蓄积量8.2立方米。而同地区采用传统带垦（规格宽两尺，深七寸，不换底土）造林，杉木平均树高6.4米，平均胸径9.2厘米，每亩蓄积量4.3立方米。从而证实，撩壕种杉对于加速杉木幼林生长，提早郁闭，成林成材有显著作用，也是我们在红壤改良利用上迈出的可喜的一步，还须继续探讨。

论文还从"撩壕整地对促进杉树生长的作用""撩壕整地杉木速生丰产原因"等方面阐述，结论是撩壕整地可有效提高土壤肥力，有效改善土壤物理性状。

据调查，穴垦整地的根系活动层只有17厘米，带垦的只有20厘米，而小撩壕则达40厘米，大撩壕更是整倍地增加，达60厘米。另外，也增加了土壤的透水性，下雨时能把水分存储起来，减少地表径流，减少表土养分的损失，晴天则能减少水分的蒸发。因此在遇到干旱季节时，也能保证杉木生长所需的水分。

1978年2月，广东省革命委员会为怀集县林科所在开展农业科学实验运动中取得的优异成绩颁发奖状，奖状很"好看"，上面还印有"世上无难事，只要肯登攀"烫金字。

这一年，全国科学大会也为怀集县林科所颁发奖状，奖状上

怀集县林科所成果获全国科学大会表彰

方正中是一枚庄严的国徽,表彰其"南方丘陵栽杉的研究"为我国科学技术工作做出重要贡献。

2024年夏,华南师范大学刘劲宇教授带领研究生专程来怀集,查阅岳山造林历史资料并实地调研后,刘劲宇、林文秀、廖倩莹撰写了《"岳山造林"实践中的群众组织动员机制》论文。

林科所成员深入林区调查研究,大搞科学试验。先后到九个林区公社,18个大队,踏遍300多个山头,走访60多个富有实践经验的老林农,召开了数十次调查会,记录长达10万字的调查材料,获得了大量的第一手技术资料和各地老林农造林的丰富实践经验。……经过几年观察分析,又得到新的启发,进行大撩壕垦地种杉试验和小撩壕种杉试验,经对比发现大撩壕整地种杉比带垦种杉生长速度快1倍,材积1.8倍,小撩壕整地种杉比带垦种杉材积多0.6倍。这样就研发出一条大撩壕种杉速生丰产的新路子来。

年节交替之间,大概从12月24日开始,整个冷高压有规律地向东南压来,入侵广东,参加岳山造林大会战的民兵感受到了冷空气的强度和风力,那冷尖酸刻薄,密集地灌往脖子,人冻得抖如筛状。

挖撩壕进入冲刺阶段时,天更冷,地更硬。

凌晨4时,各公社广播准时响起歌曲《北京的金山上》。

住得远的听不到广播,又没手表。炊事员和民兵组长各有一个"牛眼钟",就是闹钟。一只硕大的"牛眼",下面以一个金属圈固定,淡绿色外壳。

邓柳婵听着广播,乐颠颠跑着叫大家起床。她每天特别开心,夜间睡觉,听着溪水哗哗流淌之声,夜深人静的时候有鸟叫,甚至山猪山羊叫;早上听革命歌曲起床,白天又听小鸟声做工,在这样的环境干活不觉得累,也不用整天想家。

"起床咯,开饭咯,准备开工咯,工作时间快到咯!"

民兵一听到她的声音马上起床、刷牙、洗脸,有的没牙膏,撒点盐在牙刷上,也有不放盐用清水刷的。

不一会儿，大家拿饭盒来装饭，有的民兵端饭盒的手在抖，那是因胳膊酸痛而不由自主。男的女的都呈狼吞虎咽状，昨晚没吃饱，饿得慌。

刚吃完，天突然下起雨来，起初不大，继而雨流如注。民兵收起饭盒迅速冲向厂棚取雨衣。

邓柳婵看到，一个个民兵披着薄薄的"尼龙纸"雨衣，戴着竹斗笠，向山头进发，几只手电筒微光摇曳……心里一阵难受，眼里不知是雨水还是泪水。

遇雨冲击，"半竹沟渠"会被冲得稀里哗啦，要重新搭接。

盘海波忆述："挖撩壕工作艰苦，早出晚归，每天早上吃完早饭还没天亮，打着手电筒上到工地天才亮，披星戴月。"

恶劣天气阻挡不住民兵革命的斗志，大家唱着《撩壕垦地曲》干活：

水平撩壕环山走，

距离七尺一条沟。

沟深一尺宽尺半，

取上表土填满沟。

《撩壕垦地曲》相当于技术指导歌，参加过会战的都会唱，王振华、马乃强、严润生等都会，谢安祥教大家唱过。

"水平撩壕环山走"指的是一个个坑要沿山势水平挖过去，依山而行，一道一道，呈环形之状，相当于开出一条条环山之带。

我问谭鹰为什么要水平开。

"开带后，一是好看，整整齐齐的，将来树木长高后齐刷刷的，成气候。二是保水，水会流到带里面，带能存水，水不流失。树木通过根系吸收水分，生长就快。三是保肥，肥料会全部存在里面，保水、保肥，对杉木生长非常有利。"

我恍然大悟，不由得想起西北农村的梯田，一层层上去，隔两米一条带，整整齐齐，原来不只好看，还保水、保肥。

问题是，高山不是平地，从山脚开上去，陡的地方怎么办？

"纵是山势陡峭，也要挖到顶峰，不过到了高处要从山顶开下来。"

"距离七尺一条沟"，据严润生言，指上下两条沟相距7尺。还要放"水平"丈量，叫行距。左右相距5尺种一株杉树，叫株距。也有些树木或果树是种6尺×6尺，7尺×7尺不等。测距，有一种淡黄色的木制尺，每节20厘米，可5节连在一段，总长100厘米，使用十分方便。还有一种就是现在使用的钢圈尺，总长200厘米。

斜坡上如何测水平？据马乃强言，测水平和距离用的是A字尺，尖顶挂一个吊锤，对准横线中点，如此A字两边脚水平，两脚间可量距。

"沟深一尺宽尺半"，指的是坑不能随便挖，大小要均匀，规格是70厘米×50厘米×35厘米。为保证尺寸标准，民兵发明"三角尺"，一边70厘米，一边50厘米，一边35厘米，随挖随检查，十分方便。

"取上表土填满沟"，指挖出来的土不能随便丢，要堆在坑上方；坑挖好，把土再弄到坑里。刚挖好又填满坑岂非做无用功？没挖坑"坑"是"死"的，挖了坑"坑"是"活"的，土疏松，种树时把土挖开把苗插进去，再回土，既保水又保肥，根系容易生长。

"为什么不一次挖好坑直接把树苗插下去？"外行人问话。

谭鹰说，不是不行，但那样的坑既不保水也不保肥，雨水渗不下去，会绕着走。

何以保肥？肥在哪里？

"肥料就在表土中，经炼山后草木灰覆在表土上，表土回填等于施肥。"

谭鹰告诉我，其实古人已发现草木灰是植物生长非常好的肥料，虽然不知道为什么。经现代科学仪器化验，草木灰的成分极为复杂，植物体中的元素如磷、钾、钙、镁、硫、硅及硼、锰、铜、锌、钼等，草木灰中都有。但其中以钾、钙含量较多，磷次之。北魏农学家贾思勰编写的《齐民要术》也明确写道，种植蔓菁要"以灰为粪"。

"炼山后产生了大量的草木灰，那是成本低廉、养分齐全、肥效明显的无机农家肥，利用好这些肥料对杉树的生长极为有利。"

回到西北家乡后，我与农村的舅舅闲聊，特意说起岳山的草

挑肥上山（方权裕　摄）

木灰。他说，别说炼山之后的草木灰用来种树，那肯定差不了，就是咱们这里没炼过山，但燃烧麦秸秆后也会产生大量的草木灰，我们会收集起来待到春播季节往麦地中多撒一把，麦地的肥力就会增长；等秧苗长出来后再撒一把，秧苗就会长得更好。这是最便宜又最容易获得的肥料。包括清出来的炕洞、炉灶灰也会撒在粪坑里做混合肥，效果很好。

"每个营分配了修整林梯的工作，还有挖撩壕的任务。我负责挖撩壕。我人比较瘦小，和壮劳力一起工作，辛苦是必然的，但我不要任何特殊关照，照样劳动。"盘少强忆述。作为队伍里最年轻的一员，盘少强身上似乎有使不完的力气，干活不含糊，每天任务明确，按照林头规格、数量、种类完成挖撩壕。气候变化多端，他发烧病倒，听民兵说草药能退热，就挣扎着上山去挖，挖回来洗干净、碾碎放到开水里喝。他在"排骨床"上熬了几天，感觉身体机能恢复八成，又跑上山去干活。

虽经过炼山，但很多树根依旧顽固地扎在土里，民兵挖坑时，时时遭遇难啃的硬骨头，大家用锄头刨，但树根又粗又深太顽固，挖不动刨不出。

"比砍树还费力气。"

"怎么才能快起来？"

"听说有挖掘机，好大的家伙，千年老根也得乖乖的。"

"想得美，抓紧挖吧，进度不等人。"

特别费力，特别费时间，一个白天下来，能挖出几个树根已算不错，还是根系比较浅的树根。若生长年份长的杂树，根盘来盘去直入地下几十米，彻底挖出来不可能，也没必要，按照技术要求，留出坑的位置即可。

一些人在岳山重塑了自己。汶朗公社民兵团青年民兵王乃演以前是生产队有"名"的人,到岳山后,大家斗志昂扬,他常躲在一旁抽烟,不久还谎称爱人有病要请假回家。连长王定江多次找他谈心,和他一起学习《愚公移山》,带他一起劳动。他终于转变过来,两人扛的木头一人扛起来就走。有时突遇大雨又没带雨具,他浑身浇透也不退缩一步。挖撩壕时,他积极肯干,创先争优,从日进4丈到日进7.8丈。

"比学赶帮"热潮在各个公社掀起,蓝钟公社下竹民兵连铁姑娘二班伍月英等4人日进撩壕60.8丈,平均每人15.2丈。太平民兵连铁姑娘班卓银花等4人不甘落后,又创下日进撩壕69.5丈,平均每人约17.4丈的好成绩。

造林民兵在厂棚前开展宣传活动(方权裕 摄)

"700"高地400亩垦地战斗打响。桥头公社民兵团临时党支部要求奋战9天拿下高地，全团民兵积极响应，纷纷表示不拿下高地不下战场。从厂棚到高地要走1个小时，山高坡陡，"时间不够夜战补，人力不够干劲补"，用挎包装米、雨衣盛水，山头野炊，个个奋勇争先。部分民兵超过每日撩壕垦地8丈定额。女民兵陈四妹带病劳动日进10丈。徐子蒙年岁较大，但斗志不逊青年，日进9丈。

凤岗公社民兵团全团579人，原计划41天挖撩壕、种杉984亩，结果24天就完成任务。

罗月英写信告诉罗天兴排长徐好年的事迹，她不知道，其他公社也有很多表现优秀的退伍兵。中洲公社民兵团二连连长李度文患有胃病，曾因溃疡出血住过院，到岳山以来只能吃稀饭，未吃过一餐干饭，指挥所多次让他下山休息，他说："为革命不怕流血牺牲，不完成任务决不下战场。"他说到做到，冲锋在前，带领二连出色完成各项任务，三次获得流动红旗奖。连里把李度文的事迹编成三句半《赞好连长》，使全团战士受到很大的鼓舞和教育。青年民兵欧渭民原来有些不安心，看了《赞好连长》后思想觉悟有了显著提高。不久，他祖父病逝，团里安排他回去，但他表示要向李度文学习，家有父母、哥哥安排就行了，自己坚持在战斗岗位上。民兵团里一度深夜有人打扑克、吹牛皮，影响大家的睡眠。在榜样的激励下，这种现象消失了，工地到处是嘹亮的歌声，工效大大提高，从平均每人日进撩壕3丈多达到每人日进6丈以上。

洽水公社民兵团一度有不良思想蔓延，部分干部、民兵在家里时满足于修修补补办林业，刚到岳山时要求分任务、分定额，盘算早完成任务早回家。经宣传教育，大家提高了打总体战的思想觉悟，不但完成了自己的任务，还多次派人主动帮助供销社挑运货物，满足兄弟公社民兵团的需要。有一片被火烧过的残林地，原来没有分配任务，他们也主动去开垦。

马乃强忆述："我们每一天都是做到'两头黑'，天蒙蒙亮就出发，晚上回到营地天已全黑。在这个过程中大家都是你追我赶、不甘落后。连队和连队之间比拼，小队和小队之间也比拼，大家比'建壕'有多长，挖的树穴有多少个，修了多少条林道，沉浸在力争上游的热潮中。我们连队经常拿流动红旗、受到上级表扬，大家的士气越来越足、劲头越来越大。"

技术标准和技术规格统一，但不同的区域难度不同，可民兵们没有挑挑拣拣的思想，越难的地方越争先恐后抢着去。

再看，真是一场场山地"歼灭战"。山上山下、沟里沟外，南坡北岔，广大民兵不分男女老少，不分干部群众，撸起袖子，挥起臂膀，甩开汗珠子，有的搬石头，有的掏树桩，有的拔芒草，有的挖深坑。山地上，镰刀挥舞，在阳光下闪着寒光，锄头咚咚，沉闷有力地回响，战歌嘹亮，响彻山川大地，鸟雀鸣叫，欢快地在头顶飞翔。

不亲身经历，你想象不出让万亩山地在如此短的时间里呈现连绵起伏的"波浪之美"该有多难。撩壕整地一般在造林前一年夏秋进行，而冬季，万物伏藏，百草凋零，既是气候节律的变化，也如同身体机能的调节，此时该是"落潮"之时，但广大民兵吃大苦，耐大劳，出大力，流大汗，不惧风霜雨雪，挑战体能极限，书写了战天斗地乐无穷的大无畏精神。

洽水公社民兵团写的一首诗形象生动：

战鼓隆隆心里红，

"波浪之美"(方权裕 摄)

驯服三岳学愚公。

银锄飞舞山河壮,

战天斗地乐无穷。

工地上的人和事,生动的场面,刺激着马乃强的大脑,震荡着他的情绪。半夜,他索性爬起来借着微弱的手电筒光,在一张皱皱巴巴的信纸上用圆珠笔抒发心中情愫,鼓励战友不畏艰辛,继续奋战。

诗歌写好后,马乃强跑到指挥所,门口挂着"投稿箱",不带锁,他拉开门把稿件放了进去。

第二天下午,马乃强正在工地干活,架在山头树上的高音喇叭播放革命歌曲《大海航行靠舵手》后,女播音员清脆的声音传出:

下面播送向阳大队民兵连马乃强的诗歌《笑看岳山披绿绒》:

冲冲冲!

冲上巍巍岳山峰。

悬崖峭壁何所惧，民兵战士心更红。

阵阵战鼓响隆隆，千军万马如潮涌。

条条林道穿万岭，撩壕环山似彩虹。

齐心奋战三个月，笑看岳山披绿绒。

整个山岭回荡着广播员的声音，大家都朝马乃强竖大拇指，他感到特别激动。之后，广播里响起《北京的金山上》优美的旋律。不一会儿，又重播了马乃强的诗歌。诗歌连续循环播了两三天。

在向阳大队举行的"讲用会"上，负责人马书图表扬了马乃强。

"讲用会"（方权裕 摄）

"参加岳山造林大会战,培养了我忠诚担当、赤诚奉献的使命感,锻炼了不畏困难、艰苦奋斗的意志力,加强了团结协助的集体主义精神,对以后搞好各项工作有很大的帮助。"马乃强忆述。

王振华忆述:"我们根据县林科所的撩壕种杉速生丰产的经验,采取科学的方式开展撩壕备耕。一个个山头,从山脚到山顶,每隔七尺弄一条林带。一条林带,宽两尺,挖一尺半的壕坑,距离七尺,很规整的。挖的过程中,将山上的表土填在壕沟里作为种杉种树的基土。这个工作是很有科学性的,也花费了很长的时间。那时候天气很冷,风大,又是下霜天,白茫茫一片。在这样的天气环境下,青年民兵确实遭遇了很大的挑战,也得到了很好的锻炼。"

三、老区斗争史

诗洞公社民兵团一些民兵刚到岳山时,见天寒地冻、山高坡陡,认为没必要在这样的地方高标准挖撩壕造林。指挥所领导找到民兵植文廷,请他为大家讲一讲革命老区过去的斗争历史。

同志们:

大家都知道梁一柱,他是怀城人,生于1902年,1927年是中共怀集地方党组织负责人。1929年4月底,被国民党反动派杀害于梧州,时年27岁,为革命献出了宝贵的青春。他还是一位作家,对敌人疾恶如仇,他在寓言小说《鹰》里这样写道:单说那鹰的一副嘴脸,眼睛,翅膀和利爪;黄褐色而且黑白相间的花斑蛇一般的颈;嘴呢,又勾曲又锐利,铁一般地坚,两眼时常恶狠狠开合着,翅膀长大,飞起来怕有四五尺的张度,脚趾的勾爪,更其厉害不过。自然而明白地宣示:他的嘴根和爪端,常常渍染上许多新的血污——犯罪的痕迹是昭然的了。

植文廷声情并茂的演说深深吸引了大家，梁一柱是借凶狠的鹰比喻双手沾满人民鲜血的刽子手。

我还知道甘洒公社有一个叫钱兰的人，她曾是怀东游击队的女通信员，有一天凌晨3时，她在广宁大朗司令部接到"大批敌人要来袭击游击区"的情报后，把情报藏在发髻里，爬过几座大山，步行一整天，于次日凌晨3时把情报送到目的地。好险，4时许，大批敌人来袭，但我部队已做好战斗准备，狠狠打击了敌军。1947年，她的父亲钱周善在一次战斗中光荣牺牲了。1948年，她的丈夫高棣庭也为革命献出了宝贵的生命。一个个噩耗没有毁灭她的意志，她化悲痛为力量，更加顽强地投入战斗，不停地在连山、阳山、广宁、四会、高要、怀集等游击区传递信息，一直战斗到中华人民共和国成立。

而我，来自凤艳大队，我们村里的民兵和"群众"在极端困难的条件下，配合游击队坚持武装斗争，在一次反扫荡战斗中，国民党反动派包围了我们村子，反动派找不到游击队，恼羞成怒，对我的祖母下手，不但残酷杀害了她，还把我们家的房屋、粮食烧光，把东西抢光。他们走了以后，我们家只剩下一个被打烂的水缸，我爸我妈就用这半个水缸煮芋苗给我们充饥。

植文廷虽然压抑着巨大的愤怒和伤痛，但已是泣不成声。

1957年，广东省人民委员会相关部门批准怀集县诗洞区域的健智、健德、健体、八斗、凤植、凤艳、大碑和覃沙八个自然村为"红色游击区"，共783户33 292人。[1]

---

[1] 怀集县革命老区发展史编委会：《怀集县革命老区发展史》，广东人民出版社2021年版，第6页。

除了植文廷以亲身经历宣讲老区民兵的斗争故事外，指挥部还邀请了李健枝、罗锦华等人不定期在大会上讲述老区革命故事。

老区民兵的斗争故事，激励了有负面思想的民兵，他们紧攥拳头，发誓要战胜恶劣的环境。女民兵植月英，胃溃疡出血，仍坚持战斗。全团从每日撩壕垦地30亩增加到51亩，胜利完成任务。

汶朗公社民兵团开展革命传统教育时，不但发扬"南泥湾精神"，还三学《愚公移山》：学《愚公移山》，白云深处建茅房；再学《愚公移山》，劈青炼山去战斗；又学《愚公移山》，垦地撩壕高标准。民兵们说："中国人民死都不怕，还怕什么？这里比南泥湾、大寨、沙石峪还差得远呢。"19岁的青年民兵欧本贤抢先到最陡的险坡上造林，因石头松动，从5丈高处摔下来，头、手、脚都负了伤。他对前来抢救的同志们说："不要管我，一点小伤算不了什么。"说完又坚持登上险坡垦地。事后，经医生检查，他不但头部多处有伤，颈部也扭了，指挥所命令他休息3天，可他只躺了一会儿又跑去挖撩壕，正赶上陆志超前来检查撩壕生产进度，看到欧本贤带伤作业，撩壕挖得有模有样，符合标准，给予赞扬。

岗坪公社民兵团地灵民兵连，大部分是青年民兵，许多人第一次离开地处平原的家乡来到崇山峻岭中，部分人情绪波动。有的民兵想家思念父母，想方设法要早回家。临时团支部组织大家阅读《共产党宣言》，提高思想觉悟。他们唱道，"祖国处处好风光，岳山就是我的家，山高路远何所惧，志在高山为人民"，胜利完成垦地造林、修公路等各项任务。

为鼓舞士气，各公社还对民兵进行慰问。一天，下帅公社党委书记岑树权带着各大队书记、电影队和猪肉米酒来岳山慰问。当晚，工地开联欢会，这边放电影，那边斩猪肉、烧菜。每人分一大勺,与平日寡淡相比,饭菜真香。每人还分了一两酒,大家舍不得"一口闷",小口品咂。

岑树权端起酒杯,对着全体民兵说:

同志们:

咱们公社组织了60多名青年民兵上山种树,我知道也看到了,大家很辛苦,连照明都没有,晚上点火水灯(煤油灯)、小红灯(蜡烛)、松明,恐怕还没天上的星星亮。大家得了病,现场只能处理头疼感冒和简单的刀伤,大病、重病要跑到指挥部(古城)去看。大家一边清山一边修路一边运输,时间紧任务重。但是,大家没有耽误工作,经常能提前超额完成任务。我向大家致敬!

为了提高大家的工作积极性,公社也在极其困难的情况下,出台了有关规定,比如民兵连内,三年人数不变,统一报酬,每人每天10个工分,我估计你们也悄悄打听过别的公社的情况,咱们不能说最好,但一定不是最差。

民兵们以热烈的掌声回应。

同志们,岳山造林,功在当代,利在千秋,我们的后代,一定能看到大家的劳动成果,一定能享受到大家的劳动成果,让我们一起努力,为岳山换上崭新的面貌,为绿化祖国奉献我们最美丽的青春和汗水!

当晚,岑树权和民兵一起住在山上。翌日早,又带着慰问队伍翻山越岭回了公社。

各公社上山慰问前会通知民兵家属,看家里有没有什么东西需要带去,有条件的父母会包一些粽子带给子女,民兵吃到自家的粽子很开心幸福。民兵们吃的咸梅菜、萝卜干、酸菜等也是各公社大队、生产队各家各户贡献出来的,由前来慰问的人带给民兵。

岑树权也没想到,很多年后自己当上了县林业局副局长、局长,一干就是11年。

有一次他回忆:"县委书记黄响造林抓得很厉害,天天抓我下乡,经常让我陪他去最偏远的下帅乡,他说我的名字叫岑树权,树权树权,就得搞好我的树。"

我去过下帅,那里是壮族瑶族乡,山高路远。山路上,早晨,牛三三两两,慢慢吞吞,从家里出来,沿路下山;傍晚,又三三两两,慢慢吞吞,沿路上山。来去间10余里20余里,乃至更远,无人跟随、看护。

还有黑豆酒,我尝了尝。味儿厚,像白酒。一点甘,像红酒。有酱香,甚至有咖啡香。

这是大山里的人们于生产劳作中创造的。传至韦红兵,黑豆酒酿造技艺成为怀集县非物质文化遗产代表性项目。

韦红兵告诉我,黑豆酒这样酿造——12斤黑豆,经6次蒸煮,6次下料,6次发酵,6次取酒,在原生态地窖发酵5年,仅得1斤原浆原液。

还是用柴火。柴火冒烟、生灰。以前不讲究,现场烧,现在则"隔墙取火",砖墙隔绝烟和灰,进来的都是火。"原火"酿"原酒",山里的豆,山里的泉,山里的人,最是朴实。

小时候,外婆酿酒,韦红兵帮着烧火、清洗原料。16岁那年七夕节,外婆手把手教她酿了第一坛酒。女儿长到16岁时,她也教女儿酿了第一坛酒。代代传承。

风物,山清水秀;技艺,薪火相传。这样的地方,谁不喜欢呢?

后来，我一直在想，于大山，我们只是匆匆过客，路过、离开；而于我们，大山里的一缕烟火、一丝酒香，山里人的朴实与坚守，却可能成为我们对这片山乡永恒的记忆。

山里还有一座学校。真远，从县城到学校有50公里的路程。山路虽铺了柏油，但弯道多，车不敢开得太快。已是冬日，北方早就千里一色，可这里哪儿有冬的痕迹，依旧清风晓霞，青林翠竹。

我赶去给孩子们上了一节"文学讲座"，初三的班级。讲课的内容是"从《诗经》中体悟语言之美"。孩子们听得很认真，眼里含着光。旭日映窗，一眼望去，满教室清眸炯炯，少年朝气。

我讲到古代劳动人民的"号子"——诗歌；讲到我对这片山乡的新发现："贵儿戏""龙鱼舞""春牛舞"被列入省级非遗名录，有山皆青、水皆绿的生态环境，有单丛茶、百香果、鹰嘴桃等丰富的物产，还有刚刚路过看到的优哉游哉的牛……

我还特意讲到——

你们可能不知道，你们的爷爷，说不定就是当年岳山造林的英雄。

孩子们的眼睛一眨不眨。我相信，回到家里，他们一定会缠着爷爷问，若爷爷已不在世，缠着爸爸问：今天，一位老师说，50年前，我的爷爷可能是岳山造林大会战的英雄，真的吗？

第八章 记录

一、重头报道

岳山造林大会战期间,怀集县委报道组有五六个人,人称他们为"土记者",王振华负责农林方面的新闻报道,即便身在岳山,但本职工作还得干,上山以来他采写了几篇重头报道。

1974年11月20日《肇庆报》在第一版以《坚持社会主义方向 大力发展林业生产 蓝中公社党委解决发展林业的方向道路问题》为题发表了他采写的报道,署名为"本报通讯员"。

王振华忆述:"当年的社会、政治气氛是不能突出个人的,我们向中央、省和地区新闻单位投稿,一般都统一署名'怀集县委报道组',而《肇庆报》是自己地区的报纸,我们报道组人员是该报的通讯员,当然就署名为'本报通讯员'。"

文章是这样写的:

怀集县蓝中公社党委,坚持以党的基本路线为纲,联系实际,不断解决发展农、林业的方向、道路问题,促进了农、林业生产的发展。1971年以来,全社共上调给国家木材4.78万多立方米，林副产品总值170多万元。从1971年开始，他们摘掉了吃返销粮的帽子，几年来，共卖给国家粮食613万斤。

蓝中公社是个老林区。1966年前，造林绿化的速度很慢，农业生产也上得不快。1966年以来，蓝中公社党委的领导成员深入各队进行调查研究，发现在营林上"重砍轻造""只造不管"；在木材生产上，乱砍乱伐森林；在林副业生产上，实行"三高"（高工分、高补助、高奖励）、"三包"（包低产、包死产、包现金）等的现象比较普遍。他们采取回忆对比、现身说法、办学习班等多种形式，对干部、社员进行党的基本路线教育。广大干部、群众以大寨为榜样，坚持社会主义方向，使农、林业得到迅速发展。1972年全社上调给国家木材1.8万立方米，成为学大寨的先进公社。

蓝中公社成为学大寨的先进单位以后，有人认为发展农、林业的方向、道路问题解决得差不多了，因此有的队出现了就生产抓生产的错误倾向。公社党委总结了古城大队的经验教训来教育干部和群众。这个大队的一些干部为了提高分配，去年办起了9个锯板厂，与国家争资源，仅一年时间就砍掉木材640多立方米，而上调给国家的木材任务却完不成；由于劳动力都上山揾钱去了，农业生产也受到影响，造成减产减收。这个典型事例使全社干部、群众进一步认识到，不管任何时候，任何情况下，要始终把解决发展农、林业的方向、道路问题摆在首位。他们抓住主要矛盾，不断解决发展农、林业的方向、道路问题，促进了革命和生产的深入发展。今年全社造林1.2万亩，超额完成任务。到11月中旬，抚育幼林3.9万亩，比去年同期增加1倍多；上调木材1.2万立方米，比去年同期增长1倍多。粮食生产也获得了丰收，全社早稻总产比去年同期增长36.3%，总产和单产均超过历史最高水平。

时《肇庆报》发行量不小，在基层影响较大。而这期第一版只有两篇文章和一张新闻图片，若稿件无较大新闻价值、写得不及时，报社不会发表在第一版且给予较大版面。

王振华对《肇庆报》情有独钟，缘于《肇庆报》社长杨奇。杨奇是一位"红色报人"，如后来有人评价："他是红色报人的典范，穿行在新旧时代的边缘，用笔和纸点亮黎明前的黑夜；他是文化统战的信使，奔走于粤港两地，让新时代的声音冲破封锁；他更是新中国新闻事业的拓荒人，参与创办《南方日报》《羊城晚报》于百废待兴之时。创五家名报，开一代风流。"①

1972年起，杨奇先后任《肇庆报》社长、肇庆地委宣传部部长。

"当年他被下放到肇庆，任《肇庆报》负责人。"王振华忆述。

杨奇曾到怀集调研，王振华与他见过面，说过话。王振华对杨奇崇拜有加，又因杨奇曾任《羊城晚报》总编辑，他对《羊城晚报》也格外有好感。

这篇报道发表之时，杨奇已调任广东人民出版社社长。

大概一个月后的1974年12月17日，《南方日报》在第三版刊发《发展社会主义林业的一种好形式——怀集县建立公社、大队林业采育场的调查》，署名为"怀集县委报道组、本报驻肇庆地区记者组"，依然离不开王振华等人的付出。

文章说：

---

① 邓绍根：《广东传媒风云人物访谈录》，经济日报出版社2014年版，第1页。

今春以来，怀集县以公社或大队为单位，建立了14个公社林业采育场，14个大队林业采育场。这些采育场，劳动力统一调配，生产统一安排。既抓林业和木材生产，又抓松香等林副业产品生产，大大促进了林副业的发展。

蓝钟公社从1970年起，连续4年连片造林4万亩，年年完成木材上调任务。蓝钟公社加速林业生产发展的经验，使县委受到启发：既然林业生产可以采取这种组织形式，那么，木材生产和其他副业生产不是也可以这么办吗？他们参照其他地区的先进经验，办起了林业采育场。

办采育场是林区建设的一个新生事物，必然会遇到各种阻力和障碍。有些干部认为样样由采育场统起来"卡得太死"；有的副业人员认为采育场包揽所有副业，以后个人"没得捞了"；富队怕穷队"揩油水"，穷队则怕"人家说风凉话"。针对上述情况，各地在办场过程中，组织大家学习党的基本路线，解决发展林业的方向道路问题，使干部、群众不断提高社会主义觉悟。同时，认真贯彻有关的互利政策，扫除思想障碍，调动广大干部、群众办场的积极性。县委在办场过程中切实加强具体领导，成立采育场办公室，认真抓点，摸索经验，树立典型，总结推广，保证了办场工作顺利进行。

怀集县在办采育场过程中，坚持人民公社"三级所有，队为基础"的原则，根据党的政策，处理好办场中的一些具体问题。

…………

这篇报道是在《肇庆报》报道上的一次"升华"，高屋建瓴、视野全面，材料翔实、案例生动，既有总结、思考，又有观点、前瞻，是一篇优秀的"调查"之作。出现在省委机关报上，一方面是"省上"对怀集大力发展林业做法给予肯定,另一方面秉着"他山之石,可以攻玉",试着树个典型给全省看。

上述两篇稿件出现的"蓝中"与"蓝钟",实指一个地方。王振华在怀集工作20多年,曾多次看到在许多场合,包括蓝钟公社的干部群众都把"蓝钟"写成"蓝中",也许,蓝钟与蓝中在他们眼里是一回事。

两稿虽未直接提到"岳山",但可视为一种"铺垫"或"前奏"。

怀集县领导看到《南方日报》的报道都非常高兴,陆文从县里开会回来,特别向王振华等人转达了张玉祥对他们的表扬,说报纸在会上传阅,当时县委和县革委会领导李柯林、姬瑞伍、张承玉、谭镜、王镐、梁廷远、穆树茂、黄惠明等都在,大家都看了,非常鼓舞人心。

王振华内心油然而生一种自豪。

二、影与像

炼山、挖撩壕过程中,新闻单位派人前来采访,由王振华负责接待。

记者黄鸿图提着手摇摄像机来了,王振华陪他到梁村公社民兵负责的山头采访。

那时连照相机都很少见,更不用说摄像机。王振华特别留意到,黄鸿图拿的摄像机用的是国产"代代红"胶片。提起"代代红",很多人不熟悉,说到"乐凯"则如雷贯耳。乐凯厂1958年7月1日破土动工,1962年开始批量生产,当时还只生产黑白胶卷。

1976年试生产彩卷，1988年斥资8800万元引进日本富士主要设备，品牌有"太行""代代红""乐凯"等。

胶卷是照相用的，胶片是录像用的。当时的新闻单位、电影制片厂都用"代代红"。

黄鸿图不顾辛劳，为得到满意的画面爬到山的最高处俯拍全景，山风很大，吹得人摇摇摆摆。王振华站在一旁，担心黄鸿图出危险，可黄鸿图跟没事似的，王振华不由得暗暗佩服专业新闻人的敬业。

从山头下来，为真实再现挖撩壕场面，黄鸿图躺在地上仰拍民兵砍树根的镜头。

民兵害怕地说："大记者，这个树头很硬，我要用斧头砍，你躺在地上，我不敢砍。"

黄鸿图鼓励他："没事，你别对准我砍就行。"

民兵战战兢兢地说："万一失手，砍不着你，砍着机器，我也赔不起。"

王振华拍了拍民兵的肩膀："平时咋干就咋干，不要慌，不要看镜头，盯树根。"

这个民兵拍完，又拍另一个民兵。

黄鸿图拿起没有刀钩的刀掂量："你这是专砍猪骨、牛骨的刀，分量挺足，拿得动吗？"

民兵嘿嘿一笑："是挺重的，砍一天，腕子酸痛，都肿了。"

黄鸿图端起摄像机，近距离拍民兵红肿的手腕，又拍他砍树根的镜头。

随着当当的声音，木屑纷飞、尘土飞扬的画面悉数入镜。

整个上午，王振华都在陪黄鸿图取景，挖撩壕的各个场景"无一漏网"。

不觉已近中午，王振华带黄鸿图去做饭的工棚拍煮饭的炊事员，还一路跟拍炊事员用大竹箩装好饭菜挑往工地。

中饭的菜是咸酸菜烩猪肉，他们端着饭盆，席地而坐，与民兵一起吃饭。

"午饭很美味，很下饭，我们这可是第一次吃猪肉，沾记者同志的光了。"民兵说。

黄鸿图又笑道："我有这么大的面子？那我以后经常来工地。"

民兵欢声笑语一片。

黄鸿图返回肇庆后，迅速剪辑拍摄素材，配音，打字幕。很快，电视台播出了岳山大会战的新闻。这是大会战以来第一条电视新闻，在群众中引起不小反响。

与视频摄制的复杂性相比，照相对设备和技术的要求相对简单，但王振华没相机，谁来照相呢？县文化局干部方权裕（老方）专职负责拍摄工作，拍摄了不少现场照片留作历史资料，但他不是指挥部的工作人员，只是在造林的几个阶段如清山、炼山、挖撩壕、整地、种植树苗时下来拍照。

方权裕来时和王振华、张如方等交流过摄影技术，大家年龄相仿，相谈甚欢。

方权裕指着他带着的"禄莱福莱克斯"120双镜头反光式照相机说："这是县领导批示买的德国造。"

"多少钱？"

"1400多元。"

大家吃惊得张大嘴巴，没想到一台相机这么贵。

"其实，国产'海鸥'也不错，我也在用。我之前用过上海'方镜'照相机，它拍120胶片，就是底片方方正正那种。还用过海鸥4C型号，它最大的好处是里面有一个转换装置，既能拍120，又能拍135。"

"你拍完是自己冲洗吗？"

"那是当然，找照相馆冲洗贵，时间也长，自己冲洗、晾晒，很快的。"

"我经常去老方的暗房，学了不少知识，一图胜千言，几千字的新闻稿，读者要看完才知道内容，而照片一目了然，这是新闻摄影最大的优势。"

方权裕说："老王客气了，新闻摄影毕竟只是画面，承载的信息有限，文字和图像的结合才能更生动地记录这次大会战。"

大家头脑逐渐清晰，中华民族几千年来的历史文化主要依靠抽象的文字记载，历史典籍汗牛充栋、浩若星辰，这是我们宝贵的精神财富，而"小孔成像"、摄影术的发明、新闻摄影的问世，让人们了解历史和研究历史有了可视的形象资料。

王振华对方权裕很了解。他是广东惠东县客家人，中专毕业分配到县良种公司工作。老方与摄影结缘是调到县供销社工作后，一次到梁村整顿合作商店认识了一家照相馆的老板，老板待人特别好，见他喜欢摄影，便抽空教他摄影基础知识。老方真正从事摄影是1965年，那年他被抽调到县"学习毛主席著作办公室"工作，需要拍照，他向县电影管理站借了一台"上海牌"双镜头相机，拍摄回来试着在家里冲片，又借了照相馆的放大机放相。方权裕在新闻界"崭露头角"则是在1971年夏，他到多罗矿山拍摄学生和矿工劳动照片后,通过县委报道组发往南方日报社,8月14日,《南方日报》刊登了这张照片。

省报发稿,极大地激发了方权裕对摄影的热爱与痴迷,而县组织部门也慧眼识英雄,不久调他到县文化局负责全县的摄影宣传和报道。不久,广东省自1966年后第一次举办摄影展览,老方拍摄放排工人在绥江中与激流搏斗的照片《战激流》不但入选还被评为第一名,这下他不再是小荷才露尖尖角,而是不鸣则已,一鸣惊人。

《南方日报》和《广东画报》看中了方权裕的潜质,1974年初,两家单位举办了一期摄影学习班,为期3个月,特邀他参加。在县里的支持下,他脱产带薪学习。上课的老师都是资深摄影家、编辑,方权裕孜孜不倦、如鱼得水。

方权裕在摄影宣传和报道方面取得的突出成绩被县领导看在眼里,县领导指示有关部门购买了高级相机,设置了暗房,购买

《战激流》(方权裕 摄)

了放大机等暗房设备,供方权裕使用。

老方的暗房离王振华住的"教工之家"很近。"教工之家"南侧是县总工会的灯光球场,球场有个舞台,县文工团等常在此演戏,舞台一侧"犄角旮旯"就是老方的简易暗房。条件虽简陋,但应有尽有,红光灯泡、显影剂、定影剂、水桶、几个胶盘,还有一台放大机、一台相片裁剪机。王振华没事就钻进暗房给老方打下手。但他个子高,有时要低着头。头顶拉着几行铁丝,冲洗好的胶卷一条条挂在上面"风干"。没有烘干机,冲洗好的相片,也一张张挂在上面,滴滴答答流水。王振华学会了冲洗胶卷、放大相片技术。

下乡交通不便,文化局向邮电局借了一台摩托车供方权裕使用。一次,方权裕要去新岗林场,但路途太远,张玉祥得知情况让自己的司机开车送方权裕下去拍摄并接回来。坐在县领导的专车里,方权裕心里美滋滋的,更增添了干好工作、拍好照片的动力和信心。

领导支持,设备给力,方权裕在新闻摄影工作上如虎添翼,收获更大。

2005年,下帅乡党政办干部李作佥在一篇论及怀集"燕都"文化现象的文章中言:"摄影艺术在20世纪70年代也逐步兴起,方权裕摄影的《战激流》《春江碧波》等20幅作品曾参加省里展出,其中《坳仔竹器》曾载入《人民画报》。"

普通作者能在《人民画报》发表作品殊为不易,要知道,它是"中国国家画报"。初期的《人民画报》是中央主要新闻单位之一,承担着一定的新闻宣传任务,因此一些时事新闻也会报道。

方权裕的摄影作品发表在《人民画报》哪一年哪一期，由于年代久远、资料缺乏，未能查到。但怀集教师蔡士世、李金水在《艺术教材地方生活化——学校艺术教育的活灵魂》一文中写道："在一节美术课上，教师首先展示出一幅'坳仔竹器工艺摄影作品'（《人民画报》1976年第9期），指着图上那些精致的、灵巧的竹制家具介绍：'这是我们县坳仔镇的特产，是用茶竹制成的手工业器具，精美而耐用，在国内享有较高的知名度，连美国人也十分喜爱。'"[①]与李作俭所言对照，想必正是方权裕的作品。

在一个"一纸风行"的年代，在《人民日报》《光明日报》《中国画报》发表一块"豆腐块"即名扬天下，这不是夸大其词，是事实。即便今日，于上述几家报刊发表稿件，仍是无数人孜孜以求又难以企及的高峰。

半个世纪后的一天，谭上洲、梁日政、罗建和、钱俊到肇庆市区走访方权裕的遗孀严素桃，代表县里送上慰问品、慰问金，表示诚挚的问候，对方权裕致以崇高的敬意。谭上洲介绍了县里将要建立岳山造林历史材料陈列馆的情况，需要收集更多反映岳山造林的图片、实物。方权裕的儿子方华、方荣表示全力协助，并将父亲遗留下来的照片、出差证明等提供给工作小组参考。

这一幅《女民兵垦地挖撩壕》，方权裕把镜头对准六七名女民兵，女民兵的面庞看起来很年轻，活脱脱是中学生模样。她们的发型有着鲜明的时代特征，而为了便于工作，有的将刘海齐齐"盘"在头顶，有的索性梳个"大背头"。她们穿的是浅色上

[①] 何志刚主编：《教海探骊》（肇庆基础教育研究丛书），中央民族大学出版社2005年版，第209页。

女民兵垦地挖撩壕（方权裕 摄）

衣、深色裤子。她们正挥舞镰刀、锄头，披荆斩棘，钩拉拖拽。她们的眼神没有直视镜头，却"流露"出坚强刚毅和为国家奉献汗水与热血的自豪与骄傲。她们青春的笑容与背后已被"制服"的光秃秃的山岭形成强烈对比，让你丝毫感觉不到本属于那个时代知识青年的迷茫与不安。

与之对应的是《男民兵垦地挖撩壕》，方权裕将镜头焦点对准男民兵，男民兵一律留着颇显精神的短发，衣着以黑色灰色蓝色为主。中心人物穿白背心、深蓝裤子，正高高举起一把长柄锄头，锄头尖儿黑黑的，像一个弯弯的月牙儿。他肱肌发达，勇

男民兵垦地挖撩壕（方权裕 摄）

武有力，脚没于撩壕中，额头闪着亮晶晶的汗珠。入镜的民兵有11个，多数人"不为所动"，低头大干。后面一个民兵发现了方权裕，抬脸露出朴实的笑脸和白白的牙齿。他们面前芒草所剩无几，但株株如箭插在大地之上。他们背后山岭之间有的撩壕已如虎斑错落有致，有的地方冒着白色的烟雾，更远处则是广阔无边的森林。

在挖撩壕阶段，县委领导也来到工地。方权裕将镜头对准张玉祥。张玉祥留平头，穿白色长袖衬衣，袖口挽起，深色裤子。他手握铁锹站在撩壕中挖土。撩壕没了他的小腿，面庞被阳光晒得黧黑，浓眉大眼，眼窝深陷，表情凝重而坚毅。

一张张记录时代发展、呈现时代气象的照片，如吉光片羽，让人们俨然穿越半世纪的风风雨雨，置身于大会战革命的现场。这是光影里的新中国一隅，是25岁的新中国风貌，是权威的岳山造林注解，是半世纪前最美丽的芳华的完美呈现——向一切以文字和影像记录真实时代和时代真实的人致敬！正是他们，让后来者的魂牵梦萦、探赜索隐、钩深致远不那么无助、迂远、孤寂。

第九章 杉苗何处有

一、元旦的钟声

1975年元旦的钟声悄然而至。

"1975年元旦,我们没有放假休息,指挥部在古城召开战地会议研究种杉苗问题,确保在农历春节前全面完成造林任务。陆文、练全、钟文木等出席,指挥部工作人员及各公社民兵领队(各公社武装部负责人)参加。"王振华忆述。

战地会议于元旦上午9时开始。

练全环视四周,声音洪亮地开始了开场白:

同志们:

陆主任让我开个场,元旦新年,辞旧迎新,咱们没糖果没点心,连杯茶水也没有,但能够看出同志们都很激动,为什么?因为我们为之奋斗三个月的大会战终于迎来一个重要的阶段,那就是杉苗种植。我们每一位领导干部、共产党员、积极分子都要进一步提高认识、提高觉悟、带好队伍、发挥模范带头作用,和广大青年民兵一起积极投入大会战的决战中去,一战胜,再战胜,又战还胜。

…………

会场响起热烈的掌声。

接下来,陆文刺啦一声划着一根火柴,点着一根烟,说:

同志们:

大会战以来,我们可以说是战无不胜,但前面工作干得再好,树没种好、没种活等于白干,群众不但会嘲笑我们,县委、县革委会的威信也荡然无存,这是万万要不得的。炼山靠技术,挖沟靠技术,种树也要靠技术,不能胡干、蛮干、想怎么干就怎么干,一定要按照技术人员的指导去干。

现在考验我们的时候来了,希望大家不要浪费每一棵树苗,尽最大可能保证成活率,我们也要像毛主席那样——待到山花烂漫时,站到山头上笑一笑。

…………

大家回应以热烈的掌声。

钟文木的讲话则着力强调民兵队伍的组织纪律性:

同志们:

实践证明,民兵队伍在过去的革命战争和保卫祖国的斗争中发挥了重要作用,这一次在岳山造林大会战中也发挥了巨大的作用,在艰苦的条件下创造了一个又一个奇迹。但我也听到了一些反映、一些问题,个别人有懈怠思想,有畏难情绪,这是要不得的。功到自然成,功不到一溃千里。任务繁重,时间紧迫,天气多变,战机转瞬即逝,我们丝毫不能麻痹,要靠前指挥,深入一线,现场解决问题,推动工作开展,继续带领广大民兵,以更加严明的纪律,更加积极的态度,更加火热的干劲,把大会战坚持到底，把绿色的青春奋力书写在岳山上。

随后各公社武装部等部门负责人纷纷表态。

"那次会议开了两小时左右，会议结束吃完工作餐大家就都第一时间赶回山地开展工作。"王振华忆述。

指挥部的人谁都没想到，当天晚上竟然安排了放电影，大家一起度过了一个快乐的新年之夜。

1975年注定是不平凡的一年，国内和国际上都发生了不少大事。

这一年，怀集也发生了很多变化——下帅公社建成容纳1100多人的影剧院；水下电站1号机发电；大岗秀林电排站建成——这是怀集最早一家电排站；怀集成为第四个五年计划期间广东省属133个海河港口之一；省地质部门开展水文地质普查，怀集凤岗、中洲白竹、蓝钟双兴、城郊北岭山地热水可供开发利用；在城西13公里蓝钟河、冷坑河汇合点发现一座长方形竖穴土坑墓，年代为春秋晚期，为研究绥江流域先秦青铜文化提供了实物资料；群众捐资115.49万元办学，占当年基建总投资的28.75%……

于苗木上，省林业部门连续三年在春季取树冠上部枝条分别嫁接于2年生的砧木上，其中连南44株，乐昌126株，信宜23株，怀集119株。[1]

尤让大家喜悦的是，杉木生长最适宜的气候条件是温暖多雨，年平均气温16～19℃，而这一年肇庆地区最大降雨量是在怀集，降雨量达2430.2毫米。[2]王振华回忆，进入1975年后，天公作

---

[1] 阮梓材主编：《杉木遗传改良》，广东科技出版社2003年版，第63页。
[2] 广东省肇庆市地方志办公室编：《肇庆之最》，广东省地图出版社1995年版，第35页。

美，岳山一带连续下了几次中小雨。

真可谓天时地利人和。

但造林离不开树苗，苗在哪里呢？

"当年在岳山营造的是用材林，种植的杉苗有三四十厘米高，均由各公社供应，各公社林场办有苗圃园地，能保证造林所需。"王振华忆述。

严润生证实："树苗是本县各个公社的小林场育的，不足部分是到外县（广宁、四会、封开等）购买回来的。我记忆中7尺×5尺（撩壕）规格每亩种树苗174株，至于大会战总共种了多少株树苗我不知道，但估算，实际打穴种树的面积约在1.5万亩，约要树苗240万株。"

恍然如见：

芃芃黍苗，阴雨膏之。

移根岳山，满眼生机。

青青杉苗，始发新芽。

邀勒春风，郁郁离离。

二、采与育

苗非一朝一夕长成，必得未雨绸缪，早做规划。

"采育场"，有"采"有"育"，"育"，包含育苗与抚育。

王振华忆述，岳山大造林所用树苗全部是用杉树种子培育出来的苗，林农称之为"实生苗"。

用种子育苗要先采种子。杉木之种在树上，状如球果。长得结实且大粒的为好种子。欲得好种子有几种办法，或爬上树将结了种子的枝丫砍下来再摘取球果，但此法有如"杀鸡取卵"，对母树伤害极大。或者使劲摇树，像杏子熟了，孩子们调皮地爬到树上摘，大人则向上一蹿，拽下来果实累累的一枝，猛烈摇晃，黄黄的杏子纷纷落下，粗心的人让杏子直接掉到地上摔个果汁四溅，细致的人不但备了塑料布还让人在树下拽起四角，杏子纷纷扬扬落入"袋"中，既不易摔烂也干净卫生。"摇树法"采种，如摇杏子，对树有伤害但不很大。

上面都是"土办法"。比较科学的是在长长的竹竿上固定一个"采种钩"，钩下装一个张口的布袋子，看准球果，一钩，球果落入袋中，简单易行，不伤树枝。

采回的球果不能一撂了之，需要处理。球果不是种子，种子在球果里面藏着，像松树的松子一样，但比松子小得多，如芝麻粒大小。或将球果铺放于既通风又不漏雨的地方阴干，几日翻动一次，待鳞片自然开裂"迸"出种子。怀集雨多、潮湿，更得格外注意，若球果发霉长毛，种子会"胎死腹中"。或直接置于露天暴晒，就像知了，张嘴"热死啦""热死啦"，热到一定程度，种子乖乖脱落。

种子从江华得来。怀集毗邻连南，连南也从江华取种。"20世纪70年代，随着木材采伐量增加，成熟林少，林木种子量逐年减少，本县林木种子从乐昌，湖南的江华、临武、宜章等县调入，年调入量1.5吨至2吨。"

种子不能见水，也不能被水泡。水生万物，但泡过水的种子再"生"不出来。另，种子再好，没育好，也等于零。正如女人，十月怀胎，一朝分娩——"分"好才是真的好。

万物生生不息，莫不需要适宜的环境。逆境也能生，但危险与隐患重重，"生"一个，侥幸，若大量地"生"，仅凭运气过于"豁达"。

若要苗好好地生，随便找块地儿种下去不行，先得搭建"苗床"，颇似产妇要上产床生产。苗床不能选在阳光暴晒的地段，最适宜的地方是既有树木遮阴又有斑驳陆离的阳光照射——不热，又通风。老树林里空旷平整的地带最为适宜。还要有充足的水源，排水灌溉条件要好。

苗床所用的土不能"就地取材、因地制宜"。在外行眼里，土看起来都差不多，要么黑黑的，要么黄黄的，要么红红的，但育苗用土，实在有讲究。

谭鹰告诉我，育苗的土要到深山去采，深山的土也不是都能用，要去没人动过的地方，挖开表层取深处的土，只有那土才算"新土"，新土没什么病虫害。

要给苗床搭"基础"。"基础"就是土，不过那土不用过于精细，水田所用之土即可，一垄一垄搭建成一道道台子——不用太高，20~30厘米即可。还要修好排水沟。

若有需要，苗床之上要搭凉棚，采些枝条、藤蔓，这些东西山里多的是，目的还是遮阴。

一切就绪，把新土一层一层均匀地撒于垄上，要撒得厚一些，厚了就软，就像铺床一样，要一层层铺，不能床头一块，中间一块，床脚一块，不能起伏不平，人躺着疙里疙瘩不舒服。

为什么这样做？因为杉树的种子小，不小心会掉下去；即使掉不下去，一浇水，也会被冲走。只有细细密密的新土才能将"芝麻粒"包裹起来。

"然后,把种子这么均匀一撒。"谭鹰轻轻一挥手,很潇洒的一个动作。

下种之后,只要温度、湿度适宜,十几天后,种子就发芽了。

像有些地方的歌谣唱的:"杉树杉来杉树杉,杉树发芽又发叉。"

刚生出的杉苗嫩嫩的,绿绿的,娇弱得像呱呱落地的婴儿——可比婴儿小多了,只有一根竹牙签那么点大。

在此之前的1974年,柳州林科部门经研究得出结论:"杉树种子发芽率比较低,一百颗种子只有三十至四十颗能够发芽,最高的有七十颗发芽的就算不错了。"[1]岳山所用之苗想必也这样。而到了1992年谭鹰在岳山负责杉树育苗时,发芽率已达90%以上,苗木出圃率在95%以上。

苗发了芽,万里长征才迈出一小步。"在湖南,播种前后如遇下雨,杉树苗床发生幼芽腐烂是较多的。"[2]谭鹰亦言:"打好排水沟,不能积水,积水多了很容易烂根,得根腐病。"意思是没水不行,水多了也不行,要仔细检查苗床上面有没有水,沟里面有没有水;有些不平的地方可能会积水,要及时处理。

苗儿也不能任其生长,如婴儿要适当补充营养,到一定程度,要施肥。

"施薄薄的肥。"

薄薄的肥怎么个施法?

---

[1] 柳州地区贝江林业科学研究所编:《杉木栽培》,广西人民出版社1974年版,第20页。
[2] 吴友三等著:《怎样防治针叶树幼苗立枯病》,农业出版社1962年版,第3页。

蓝钟苗圃场（方权裕　摄）

挑只水桶，放一点点氮肥进去，搅匀，用瓢往苗上轻轻一洒，如粉痕轻点。随着时间的推移，肥可一点点增加。苗长到20厘米高时，要喷一次福尔马林，起消毒、防病、防虫之效。

稍管不好，幼苗还会"猝倒"，跟人"猝死"似的。此病又叫立枯病，主要为害松、杉类针叶树幼苗，发病率20%～50%不等，严重时80%的幼苗会死亡。发生立枯病的原因有侵染性和非侵染性两类，侵染性的病原主要有镰刀菌、丝核菌和腐霉菌。

另外，虫子是苗的死对头，不可不防。有的虫看起来弱不禁风，但吃起嫩芽来那嘴就像剪刀，一路吃过去。还有白蚁、蟋蟀等，都特别喜欢吃杉苗嫩芽。

大半年之后，差不多翌年清明前后，实生苗便可长到60厘米高，就可以出土了。

外行人不会"打一枪换一个地方"，这一批出土就续种第二批呗——绝对不行。谭鹰说，杉树树苗每年要换地方培育，不换就容易生病，主要是土壤问题。

看来，做任何事都有窍门，也有讲究，得尊重科学和自然规律。

那边在挖撩壕，这边在大规模育苗，数百万株嫩苗悄悄地生长，静静地等待"横空出世"。方权裕拍摄了一张《蓝钟苗圃场》的照片——只见那山脚，在青山翠岭掩映之下，一垄垄杉苗长得整整齐齐、苍翠欲滴。园丁们穿插其间，精心抚育，金子般的阳光照耀着山岭间的草木丛林，柔和地洒在杉苗上，一片勃勃生机景象。

第十章　种杉了

一、接苗上山

大寒前一周，雨又多了起来，淅淅沥沥的像松针般密集，漫山遍野笼罩着一团团雾气。天空愁云密布，一点光亮的口子都没开。

下雨给民兵劳作带来很大麻烦，一脚水一脚泥，脏倒不怕，民兵天天都是"土包子"。可有关节炎的人遭罪，气温下降，气压降低，空气潮湿，人的血管、肌肉收缩，对疼痛的耐受力降低。盘海波就是这样疼得不行。几个月来，住的茅棚既不遮风又不挡雨，雨天像水帘洞，又睡在潮湿的稻草上，他的腰椎得了严重的风湿，一度伸不直、弯不下。

他"咬牙切齿"地对盘少强说："我这恐怕会落下病根。"

盘少强关心地说："要不你请假休息几天。"

盘海波扶了扶戴的斗笠，摇摇头："轻伤不下火线，前些日子你发高烧那么严重都没有休息，我这不是还能动吗？"

盘海波站在山头，双手拄了一会儿锄头把，心里格外期待明亮的日光那种温煦的感觉，但雨始终如幽怨的女子，他不由得滋生一丝郁闷、怅惘、沮丧的情绪，又一想，雨虽不利自己的身体，却滋润土壤，利好种杉。他压抑的情绪缓解后，又举起锄头对该挖的撩壕进行收尾。

此刻，陆文正站在指挥部大门口思忖，心里想的是杉苗何时开运，县气象预报台反馈来最新消息，说最近一周都有雨，小雨或中雨，没大雨。真是老天眷顾。但他心头也有隐隐的担忧，种树一般都在清明前后的下雨天，物候如此，但时间不等人，现在面临在大寒前后种杉，虽也是低温和阴雨天，但杉苗成活率究竟能达多少？虽然在元旦上午的会议上大家已仔细议过这个问题，虽"反季节"，但只要天气合适，问题不大，可他还是有些担心。

他终于下了决心，让练全给各指挥所打电话，杉苗可以运过来了。

谭鹰不太了解当时长距离运输杉苗的情况，若在林场起苗、就地种植，是不考虑运输问题的，即采即种，一捆50株，挑上山就行，这样出土时不需要带土，蘸点黄泥水浆即可。

幸福公社林场离县城近，离岳山却有六七十公里远。杉苗出土后，先蘸上了黄泥浆，再被扎成一捆一捆，整整齐齐地码在一侧，一辆解放牌卡车缓缓驶来，停在林场门口，苗圃工人往车上搬运。两人上车厢，两人站地上。

林场场长在一旁指挥："大家趁着阴天抓紧装车，一定要轻拿轻放，不要伤害根系，这些苗都是要和我们经济核算的，出了问题不但钱拿不到，我们还背责任。"

上面工人应道："场长放心，给岳山的苗保证一棵都不伤，我们跟车，怎么搬上来怎么搬下去，完好无损地交给咱们公社的民兵。"

往常，杉苗装好得再淋淋水，阴雨天则省了这道工序。

发车前，场长又说："天气的情况说不准，杉苗卸车后要告诉他们，千万不要晾晒，避免干了树根，要及时搬运到山头，越快种植越好，当天种不完的，如果下雨就要找草苫子盖上，不下雨要在小水坑里浸着，一定要让根系吸水，这样叶子才能保鲜。"

"好嘞，场长放心吧，我们出发啦！"

…………

几天时间里，一辆辆卡车、一台台手扶拖拉机从各个公社小林场、大队或生产队办的小育苗场，满载绿油油的杉苗驶向岳山，一路上黄泥浆滴滴洒洒，与雨水混合在一起，又无声地融入泥土。

杉苗运送至造林地带离公路最近的地方，民兵得到号令，纷纷出发去接苗。

大家边等边聊天，天公作美，这会儿没雨。

盘少强一摸脑壳："你还有烟没？"

盘海波一拍裤兜："这地方买不到烟，我也憋坏了。"

盘少强四处踅摸，好不容易从公路边石头缝下面找到一个烟头，还好，半干不湿，用火柴点着抽了几口，长出一口气，算解了小瘾。一个公社一个团，每个公社分几个营，他们营是欧上、利民、麻地、蹄下、上良、黄桂等七八个大队集中起来的，所在山头离公社指挥所有1公里远，指挥所也在山里，附近没有商店。

"三个月大会战，你感觉怎么样？"

"很辛苦，总算盼到今天啦。"

"和种地比呢？"

"我高中毕业后插过秧、务过农，也很辛苦，不过，我觉得种树更有成就感。"

"怎么个成就感？"盘少强打破砂锅问到底。

"你看，稻子是一茬一茬的，年年种，年年一样，但杉木不一样，越长越高，越长越粗，跟人似的。古人说得好，一年之计，莫如树谷；十年之计，莫如树木；终身之计，莫如树人，看着树木长高，会像看着自己的孩子一天天长大那么幸福。"

"你学问真高。"

"高中学了一些知识吧。"

"你以后有什么打算？"

"我想当老师。"

"树完木，又去育人？"

"哈哈。"

"老师要考吧？"

"是啊，我准备好好复习，国家迟早会恢复高考，将来有机会考个大学，再不济也考个师范。"

功夫不负有心人。1977年全国恢复高考，复习一年后，盘海波考入怀集师范，毕业后先在洽水中学、凤岗龙门初中当老师，后来还担任过龙门小学校长。

上山以来，两人关系好得跟亲兄弟似的，盘少强感觉盘海波有"城府"，不像一般青年那么浅薄；盘海波感觉盘少强组织纪律性很强，服从安排，让修路就修路，让垦地就垦地，挖起撩壕来也很拼，从不吝力气，挖的撩壕个个规规矩矩，不大一寸，不小一分,什么时候检查都是刚刚好,是个责任感很强的人。

大家正翘首以盼时,一辆解放牌卡车远远地从公路那头驶过来,队伍一阵骚动。

"加强营"营长伍家深喊:"同志们,杉苗运到,大家不要乱,按大队民兵营建制有秩序地领取,一人背两捆。"

各大队民兵营营长纷纷招呼各自的队伍。利民大队营长刘义民冲盘海波、盘少强一挥手:"好啦,你们兄弟别聊啦,大家向我看齐。"

车开过来,停在路边,大家围上去一看,嚯,杉苗长得真好,翠绿翠绿的,像刚淋过水,好新鲜。

一捆100株,车上的人一捆一捆往下递,民兵排队一捆一捆地接,一人两捆上肩,头也不回,大步流星往山上走,一路黄泥浆洋洋洒洒,从民兵脖子、后背往下流,流出一张山川地图。到工地,先找平缓的地方放下杉苗,缓口气,擦把汗,再根据当天种植需要一捆捆拆开。盘海波抽起一株闻了闻,一股淡淡的杉木气息直入鼻翼,真好闻。农村出生的他对这种气味是非常熟悉和亲切的。

各公社情形都差不多,第一次运来的苗,全民下山拿,后面陆续来的,有人拿苗,有人种苗。

陈金棠在大坑山的主业是干后勤,和邓柳婵一样要到古城担米担菜,只是路程远得多,来回近四个小时,但也穿插上山挖撩壕、取苗,他一次背200株。他们工作的山头高,跑一趟四五十分钟,他大步流星,汗如雨下,似浑身都有使不完的力气。

大家见到杉苗无不喜笑颜开。方权裕抓拍的一张照片让我们看到了当时生动的景象。

照片上,打头的是一个青年女民兵,她一手轻轻抓着肩上的锄头,一手提着杉苗的"腰部",杉苗针叶朝上,根系朝下。照片是黑白的,看不出绿色,但从光影的亮度能"识别"杉苗的绿意与生机,一朵朵针叶散开如盛开的菊。女民兵脸上亮亮的,似是迎着一缕灿烂的朝阳,嘴巴微微咧着,盈漾着笑,眼神中清晰地传递出别样的自豪。在她的侧后方跟着一个看起来年纪较大的民兵,戴顶黑色遮阳帽,也扛着一把锄头、提着一捆杉苗,他那笑容,仿佛给儿子娶媳妇那样"夸张",眼睛不小,却被笑容挤成一根枝条,嘴巴咧得很大,露出白白的牙齿,甚至看得见一圈牙床。当你看到这样的笑容,这样的来自朴实的民兵发自内心深处的笑容,你怎会无动于衷?你会被感动。前头女民兵后方跟着

举着流动红旗上山种杉(方权裕 摄)

一个年纪比她大的女民兵,平戴一顶草帽,大脸盘,眉眼笑着,嘴巴笑着,鼻子也笑着,笑容弥漫开来像盛开的芙蓉。跟在最后的女民兵像个慈祥的大姐,她没提杉苗,而是左手扶锄把,右手半举一面旗帜,旗帜上"流动红旗"四个大字流光溢彩。她也戴顶草帽,帽檐朝上,露出黑黑的又"灰灰"的头发,不是真的灰,是尘土上的色。她笑得很含蓄,目视前方,似在憧憬什么。四个人一定不是一个家庭的成员,可你分明看到的是夫妻俩带着一大一小两个女儿走在通往光明和幸福的路上。

"当时,经县指挥部派人检验各公社所挖撩壕合乎规格要求后,有先有后进入种植杉苗阶段。各公社各自安排卡车或手扶拖拉机把一车车杉苗运输到各自承包的工段,一台手扶拖拉机能运几万株杉苗。杉苗运到各公社厂棚后,立即组织民兵肩扛手提搬运到工地种植。"王振华忆述。

二、谁持针叶当天柱

泥封村路认依稀,稳步移来又觉非。

细雨一蓑云一笠,溪南种树荷锄归。

这是清代诗人钟瑞廷的诗《雨中种树》。

雨中种树,想起来,是一件多么浪漫的事。于苗木而言,雨是它们生命的汁液,汁液源源不断,它们内心则迸发强烈的生机与活力;于民兵而言,道阻且长,行则必至,大功眼看告成,山岭将重现林海。

但种树也不简单,种得好才能活得好。

盘海波与盘少强一组。盘少强用锄头重又刨开撩壕内的"虚土",盘海波拿起一株树苗小心翼翼地放入坑里,他手扶杉苗,盘少强再把土慢慢归拢回去。回土完成,盘海波用脚沿杉苗四周轻轻踩实,再双手握住杉苗向上轻轻一抻,这样做称为"松根",是使杉苗根系不被压制、扭曲,利于杉苗成活。一棵树就算种好了。

直溜溜的苗好种,"弯苗"怎么办呢?

盘海波指导盘少强:"苗身是弯的不要紧,长着长着就直了,但种的时候要掌握方向,方向掌握不好它就不好好长,将来长高了往别的树干横插一杠子,大煞风景。"

盘少强问:"怎么把握方向?"

盘海波指着杉苗的蕊说:"你看,杉苗是雌雄异株的植物,雄球花是穗状,雌球花则胚珠单生,看准这个就行。上回县林业局的技术员杨云汉说了,杉蕊一定要朝向山的方向,不能朝山下,否则要拔出来重新种。"

同一时间,万亩山岭,各个工地,无不是热闹非凡的种杉景象。民兵四散分开,一锄头一锄头刨土。有民兵边刨边说:"我和老爸在老家种树不是这样操作的,都是现挖现种。"另一民兵说:"那土层湿了还好,若遇到干旱天,土干得像锅巴,刨起来太费力气。""谁说不是呢,一天种了几十棵树,我的手都磨出了血疱。""所以说种树也有学问,咱们用的是县林科所的先进经验,先挖壕沟,再种树——歌还会唱吗?""怎么不会——水平撩壕环山走,距离七尺一条沟。沟深一尺宽尺半,取上表土填满沟。""嗯,唱得不赖,你在老家挖土,那土是红的,你看这土黑黑的,草木灰好得很,咱是感觉不到,杉苗一定喜滋滋的,好比人吃饭有油水,你说它能不长吗?""不说啦,抓紧种,早种完早下山。"

这边锄头哼哧、哼哧地响,那边一担担树苗到货。种完的民兵争着去抱,没抢上的站在一旁讪讪地笑,伸长脖子看山下担苗的人影。

均是两人一组,一人用锄头挖穴,一个手持杉苗立根,互相配合,十分默契。

一个穴,一株苗;隔五六尺,又一个穴,又一株苗。两个民兵协力一天能种200多株。

一天上午,张玉祥也悄然出现在蓝钟公社民兵负责的山头。前天刚下过雨,山路又湿又滑,但泥泞没有阻碍他上山的步伐,他穿的解放鞋、蓝裤子腿上都沾满黄乎乎的泥点子。

张玉祥和谁也没打招呼,而是抓起一把铁锹,在撩壕中挖穴,挖了一个又挖一个,全然不顾两脚陷在湿泥中。太阳爬上山了,阳光普照,他穿着长袖衬衣,感觉有点热,放下铁锹,撸起袖子,然后继续加油干。

好一会,公社民兵中有一个年轻干部认出张玉祥,跑过来:"张书记,您怎么也来啦!"

张玉祥抬头说:"岳山造林,人人有责,我也得种上几棵,将来长高了,我再过来看看。"

"您挖的穴,真标准。"

"都得按标准来,杉苗现在看起来弱不禁风,但一二十年后,会成为参天大树,每一棵都会有一二十米高,二十多厘米粗,现在间距留不够,到时候它会闹情绪啊。"

年轻干部笑了:"张书记真会打比喻,我协助您种树。"他从旁处取来几株杉苗,两人一个扶苗,一个培土,之后,张玉祥沿杉苗一圈踩实，又蹲下身，双手握住杉苗轻轻向上一拽。

"您这够专业的，以前种过树吧？"

张玉祥哈哈笑道："毛主席发出'绿化祖国'伟大号召时，我在部队，部队也种树，不过种法不一样，咱们这种挖撩壕种杉苗，前头困难大，后面省事多。"

听说张书记到了工地，一些民兵纷纷围过来。一个女民兵调皮地问："张书记，公社说我们现在种的树，将来会给我们分钱，真的吗？"

"县革委会的决定还能有假？不过，大家可能不知道，走出这一步实在不容易。这一次造林，估计绝大多数都属于国有林地，属于集体林地的不足2000亩。以国有林地为主，大家为什么能分红呢？我们先行先试，办了采育场，实行县、公社、大队三级所有的林业经济体，用时髦的说法是县上牵头成立了一家经营林业公司，县、公社、大队都入了股，拿什么入的股呢？林地、人力、物力等，你们的力气就是股份。入股就有股份，有股份，将来杉苗成材有了收成，大家就会分红，这不是空口白话随便说说，指挥部是有一本台账的。另外，大家都说伙食不好，的确，你们出大力、流大汗，营养跟不上，很多人饿着肚子干活，我也很内疚，但是，公社也没收大家的钱和粮，现在买东西都要票证，真不容易，一方面国家拨了一点补贴款和购粮指标，但远远不够，买粮买菜的钱，大部分是大家清理杂木卖木头的钱，这样才维持了万名民兵上山造林的基本开支。"

张玉祥一解释，大家"茅塞顿开"。

另一女民兵说："我们在这里干活，吃大锅饭，家里还记工分，将来还有分红，这么算下来现在苦点累点值。"

张玉祥发自肺腑地说:"县委一班人都感到很欣慰,大家不但拥护决定,召之即来,还来之能战,战之能胜,现在进入种杉阶段。我还去过其他公社的工地,大家都在跟老天爷抢时机、赛速度,造林就要取得决定性成功,大家功不可没,'瀑布杉松常带雨,夕阳苍翠忽成岚',后人一定会感恩我们。"

民兵热烈地鼓掌。那掌声,已经植入泥土的杉苗仿佛感受到了,风摇着枝,枝摇着风,摇出一层层波纹碧皱。

多年后,陈金棠回忆,造林大会战是打破常规造林,是科学性、高技术造林,农历十二月二十日(1975年1月31日)前后撤退回乡。

"各公社责任区十天半月就基本完成了杉苗种植。公社先进行自检,之后指挥部派人下去验收,合格后,民兵有计划地撤退。下山时间没有统一规定,有的公社早些,有的迟几天。"王振华忆述。

此时再看万亩山岭,已有稀薄的绿意,那真是:

青年勇武。大寒植幼苗,接连春雨。岭上有意,任意朦胧,管他何种节气。

谁持针叶当天柱,转眼间、云山薄翠。似观音、轻点玉露,唤醒三岳杉溪。

三、他们留场了

几个月来,在300多名民兵的努力下,古城大队至岳山采育场造林地的八公里新开修公路全部完成,公路面全部铺上小石子和沙子。

一天上午，泰来公社武装部干部朱盆生来到工地，见严润生正搬石头，那石头本要砸碎铺路的，但太硬，砸不开，没用上，现在工程收尾，石头得搬走，免得影响交通。

"你以前在电站工作过？"

严润生停下来擦把汗："是的，领导。我是1973年冬季参加泰来公社电站大坝建设的，有70天的时间，主要的工作就是搬大石头。"

朱盆生笑着说："我可不是领导，我45岁啦，叫我老朱就行，那石头大还是这石头大？"

"那时是两个人一起搬，大石头估摸有160斤重，比这个大一点。"

"大坝建好就回家务农了？"

"是啊，农民只能务农，没啥别的出路。"

"这也说不准，年轻人只要干活踏实，任劳任怨，出路还是有的。"

严润生眼里冒出一道希冀的光芒，被朱盆生捕捉到了，他笑了笑又说："你对林业工作怎么看？"

严润生拍拍手上的灰尘，略一犹豫："我也说不好，但咱们这儿没啥别的资源，只有把树种好，抚育好，长成一片一片林子，生活才能越来越好。"

"是啊，杉苗种下了得有人管，管不好不行，跟生了娃娃一样，古语说得好啊，养不教，父之过，教不严，师之惰，不好好操心，有时候前功尽弃。"

严润生赞同地说："别说苗木，就是这个公路，原来只能走人，到处是坑，现在平整了路面，铺了沙石，你看，四五米宽，多带劲，但以后也要有人管护，不管也会坏掉的。"

严润生指着那个4米长宽的涵洞又说："确实不好修，打炮眼、炸石头、砌石拱墙，真难。"

"毛主席不是说了吗，决定战争胜利的因素是人，不是武器，我从你们身上充分看到了这一点。这段公路是进出岳山林场的瓶颈，你们突破了瓶颈，打开了瓶口。"

临走时，朱盆生对严润生说："完工后先别回家，到指挥所找我，我有事和你说。"

望着朱盆生远去的背影，严润生的心怦怦直跳，他使出全身力气把那块大石头搬离公路，又投入其他工作中。

完工后，严润生来到指挥所，朱盆生笑笑，递给他一张留场通知书，说经指挥所领导研究，同意留他下来作为岳山林业采育场职工，现在就去报到。

严润生不敢相信自己的耳朵，愣怔半天，拿着留场通知书的手抖个不停。

朱盆生拍拍他的肩说："踏实人干事，到哪里都踏实，我相信你能干好，干出一片天地。"

严润生忙不迭地说"谢谢"，然后背着行李一路小跑，实在跑不动了，就蹲在地上休息一会儿。他要去的地方是洽水公社指挥所。他纳闷为什么要去那里报到，后来才知那里正是现在保护区宿舍楼和饭堂的地方，当时被划为洽水公社造林地，指挥所就设在那里，洽水公社造林任务结束后被临时用作采育场筹备办公室。

他气喘吁吁地跑进办公室，里面坐着几个人，他糊里糊涂，不知谁是谁。这时，一位50岁左右、个头偏矮偏瘦却十分精干的人接过留场通知书,声音响亮地说:"小严啊,几公里远呢,跑过来的?"

严润生上气不接下气,使劲点头。

"我姓谢,谢永贵,这位是董金盛。"

董金盛年轻,大概30岁。

"这两位是莫炎常和李良华,是从县林业局抽调过来协助工作的干部,待这里的各项工作安排基本完善、人员思想稳定后,他俩就回原工作岗位。"

严润生不停地点头。

莫炎常热情地介绍:"小严,采育场下个月成立,老谢是场长,小董是副场长。"

严润生挺了挺腰板响亮地说:"谢场长、董副场长,严润生前来报到!"

谢永贵笑着说:"小严,你们指挥所领导对你评价很高,老朱也没少夸你,高中毕业,干活实在,待人诚恳,说得没错吧?"

严润生腼腆地低下头,脸烧烧的。

"来,坐下,我问你,愿意一辈子干林业不?"

严润生抬起头毫不犹豫地说:"谢场长,我愿意。"

"蛮坚定嘛,那你知道都要干啥?"

"杉苗种下要抚育,前三年辛苦,后面轻松;树苗要看护,不能让牛吃;林子大了要看护,防止有人偷偷砍伐;林木成材了要砍伐,不能浪费,不能乱砍滥伐。"

谢永贵不住地点头:"果然不错,小严啊,林木是我们的命根子,要像爱护自己的生命一样爱护它。还有一点,将来这里会成为茂密的森林，会成为莽莽绿海，防火更加重要。"

严润生拍着胸脯坚定地说："我记住了，谢场长，我保证，只要是我看护的林子，绝不让它发生火灾。"

董金盛拿过一张表格，看着严润生一丝不苟地填上姓名、年龄、出生年月日、文化程度、家庭地址等。

谢永贵站起身，严润生也站起身。谢永贵紧紧握住严润生的手，使劲摇了摇说："从今天起，你就是即将成立的采育场的正式职工了，岗位是护林员。记住，要干就干一辈子，要当事业干。"

严润生的眼圈突然红了——自己留场工作了，自己是林业职工了，真的吗？真的像做梦一样。

采育场筹设三个部门，有生产组、财务组、护林组。严润生被分配到护林组。

几天后，1975年2月5日，严润生坐上汽车，汽车奔驰在自己参加修筑的公路上，心里别提多么愉快和幸福了。

车辆开到工作人员所在公社驻地后，各人自行回家。泰西大队近，严润生很快到家，家里正做午饭。

严美文正在院里忙活，抬头一见儿子，兴奋地喊："润生回来啦！"

李兆连闻讯从厨房赶出来，上前拉住儿子的手，左看右看，上看下看，哽咽着说："比走的时候黑了，瘦了，个子好像高了一些。"

严美文拍了拍儿子的肩膀："嗯，精神得很，经过大会战的锻炼，精气神到底不一样！"

进屋坐下，严美文用期待的目光看着儿子，严润生知道父亲的心思，离家时父亲说过的话他记得清清楚楚。

"爸、妈，告诉你们一个好消息，我留场工作了。"

严美文眉毛蹙了一下，得令一样站起来："你说什么？"

"我留场工作了，是正式林业职工了。"

严美文眼圈唰地红了，嘴皮子狠狠地抖动几下："你这孩子，怎么不早说，我们就盼这个喜讯哪！"

李兆连抓住儿子的手问："真的吗？拿工资的那种？工资多少？"

"是的。妈，我听说前三个月一个月工资12元，大米45斤。"

严美文擦了一把眼泪嘱咐李兆连："老婆，赶紧做饭，把咸鱼都蒸上，把鸡蛋都炒上，把那瓶米酒也拿出来，我们要好好庆祝一下。"

严家子女多，大哥在县林化厂工作，二哥、三哥务农，都结了婚且已分灶吃饭，严润生下面还有一个弟弟两个妹妹。无形之中，严润生成为这个家庭新的希望和支撑。

一家人欢欢喜喜吃饭。

严美文说："我儿争气，干出了名堂，虽然工作单位离家比较远，但有国家固定工作，真是光耀门楣啊。"

李兆连说："90里路可真远，家里也没单车，以后怎么回家啊？"

严美文瞪了她一眼："年轻人，不怕辛苦，不怕困难，不怕路远。一定要安心在采育场干，干到老，将来有条件了，买辆单车。"

"大会战后，从各公社挑选的造林施工和技术人员35人，作为林场职工,组建了岳山林业采育场。留场的职工大多数为高中毕业,有着丰富的造林施工技术和经验。特别是对开展撩壕营造速生丰产林新技术,引种新品种,防治林木病虫害的研究、试验、推广有新的突破。后来,这批职工成为林场的顶梁柱,也是林业科技的骨干。"多年后,谭鹰如是说。

其实是预留场100多人,考察期三个月。

考察期满后,谢永贵宣布正式留场名单,留下来的、没有留下来的都各有感慨,现场哭成一片……几个月来,大家已建立良好的友谊,分别时,握手、拥抱,眼泪成行,但天下没有不散的筵席,只能互道一声珍重。

留场人员的工资是每月25元,有岑盆生、谭永桂、莫育进、严润生、梁友权、李寿华、陈克昌、钱石静、梁东友、梁兴进、陈金棠、周红光、邓钦元、赵安吉、孔凡南、程创、黄枝文、莫夭弟、梁相然、黄月华等。

陈金棠留在了护林组。拿到留场通知书次日,他坐车回乡。一到家,陈金棠留场工作的消息一传开,村里一下子轰动了。他父母和他的四个姐妹都高兴至极,父亲陈新槐、母亲温玉英还把消息告诉了他幼年时托给隔壁队(中心生产队)抚养他的老太太,老太太激动得颤颤巍巍拄着拐杖来看他。

若干年后陈金棠回忆说:"参加大会战的民兵有上万人,只留下30多人。大会战改变了我的命运,改变了我的人生。"

有些表现优秀的虽没留场,但也安排了工作。上岳山时被嬉笑"白毛女"的谭少凤才19岁,造林完成后与一批优秀青年民兵被安排到县氮肥厂工作,"洗脚上田"成了"公家人"。

第十一章 1975年

一、新年到了

临近春节时，怀集县城有了过年的气氛。县委、县政府大门口上贴上了"欢度春节"四个大字，字是机关里的"秀才"用粗毛笔写的魏碑字；怀城大桥两侧竖起彩旗；主要街道榕树"胡须"上也挂上了很多小小的红灯笼，每个人脸上都洋溢着过年的喜悦。

这一年，怀集很多人家的春节，因孩子"留场"这件喜事，气氛比往年更浓郁和欢乐。

春节后，岳山林业采育场正式成立，谢永贵为首任场长，董金盛为副场长，大家欢聚一堂，举行了第一次职工大会。

大会上，作为首任场长，谢永贵发表了热情又朴实的讲话。

同志们：

时间过得真快，就在几个月前，在座的各位和万名青年民兵还在一起劈青、炼山、整地、挖撩壕、种树，也有不少同志去修路。我这里有一组数据：据不完全统计，民兵共投工51万个，在272个山头上挖撩壕、垦地、造杉林1.5万亩。其中：开挖撩壕4600公里，修建林区公路6公里，修建林道23公里，开修防火线53公里，搬动土石方208万立方米，平均每个民兵完成土石方200多个，为全县大造林、造大林、造好林打造出新榜样。说实在的，没有最辛苦，只有更辛苦，但是，大家的汗水没有白流，辛苦没有白费，岳山林业采育场的成立让这一事业得以延续，让大家又有了发挥聪明才智、干事创业的平台。这要感谢毛主席"绿化祖国"的号召，感谢县委领导对我们的关怀，感谢上万名虽然没有坐在这里但奉献了青春和汗水的民兵。

　　但是我要强调，入了门，并不一定成"公家人"，大家都有试用期。但大家不要灰心和失望，即便将来留不下，也应该感到莫大的骄傲和自豪。大家想一想，这么重要的事业，县委交给我们，那么多兄弟姐妹把信任和希望交给我们，我们要是看不好、管不好，是我们无能，是我们操心不够，是我们玩忽职守，是我们在犯罪。

　　我们的名字是"采育场"，定位是经营型采育场，但是，有采有育，没有育何来采？所以，我们接下来最重要的工作就是苗木抚育，一株株杉苗的成长既是采育场得以存在的基础，也是我们每一个人赖以生存的基础，大家要充分认识到这200多万株杉苗就是我们的饭碗。它们越长越高，我们的饭碗就越来越牢靠；它们越长越粗，我们的饭碗就从铁饭碗变成银饭碗甚至金饭碗。你们都是有文化、有理想的青年人，好好想想，20年后，当这漫山遍野都长着参天杉树会是什么样的情景，有多大的价值。

　　同志们，凡希望之所在，必要我们精心呵护。大家都很年轻，很多人还没成家，可能暂时无法体会老牛舐犊之爱，但我们一定要记住,只要大家在岳山一天,就要像父母爱护我们一样,就要像我们爱护自己的生命一样爱护这些杉苗,不让它们有一丝一毫的损伤。能不能做到?

"能!"现场爆发出坚定雄壮的喊声。

会后,大家怀着激动与兴奋的心情,迅速各归各位,投入到忙碌的工作中。

多年后,回忆起这段经历,谭鹰言,1975年成立采育场时经营方针是"以林为主,林粮结合,多种经营,综合利用"。在这一方针指导下,采育场职工贯彻"造护并举",除积极造林外,必须加强对现有林地抚育管理。

护林,按照地形地貌,划分为两个片,即东片、西片,每片安排3~4名护林员日日巡山护林。

岑盆生来自大岗公社地厚大队,和来自冷坑公社的谭永桂都是大个子,一个1.76米,一个1.78米,属于采育场的"标杆"。谭永桂尤其长得膀大腰圆。他俩一起背着半自动步枪护林,带着专门配置的十余发"兽弹"。但巡山也会出现意外。一次,突然撞见一条蛇,好大,蛇头高昂,蛇舌闪闪。当兵复员的谭永桂当机立断举枪瞄准蛇头一扣扳机,"突突突",六七发子弹扫出去,正中蛇头。岑盆生担心不死,又补打3枪。两人端着枪,躬着腰,小心翼翼地拨开草丛,走到近前,好家伙,蛇头已被打得稀巴烂,但蛇身还在卷动、垂死挣扎。

两人扛着60多斤的蛇往回走,蛇身尚未僵硬,软乎乎的。

见谭永桂战战兢兢,岑盆生道:"都打死了怕什么?"

"不会再活过来吧?"

"你在战场上打死敌人,还能活过来咬你?"

两人回到场部,立即又掀起过年一般的气氛,有人剥蛇皮,蛇皮是个好东西,后来交给供销社收购站卖了100多块钱;肉煮烂,调料一放,芳香扑鼻。

时至今日,护林员每天的工作依然不变。早上8时许,岳山林场护林员刘强兴、欧始多、莫论祥等人都会沿着既定路线进行巡查。"护林防火常记,青山绿水长存"等字样在山上显得格外醒目。2024年9月17日是中秋节。"95后"小伙张彬彬和工作日一样,起了个大早,开始巡山。作为广东怀集三岳省级自然保护区岳山保护站站长,他已经习惯了这样的生活。"在浩瀚林海中穿行,清风扑面,心旷神怡。"

当年的采育场内,处处呈现一派忙碌景象,有人负责对造林地进行幼林抚育,沿用传统做法,持续对幼林进行除草、松土、灌溉,保证幼树健康生长。有人负责对马尾松林进行补植补造。还有人负责采集当地松杉种子自行育苗。

很快,县指挥部下发下半年进行温泉大会战的通知,那意味着将来需要更多的苗,采育场更得抓紧时间育苗。县林业局人事股副股长李良华到现场"督办",从事育苗的20多人领回用纸袋装的黄黄的"芝麻",根据技术人员的指引"下"到土里,上覆薄薄一层稻草,十几天后,嫩叶生了出来。

李良华对育苗情况每周评比一次,看谁的苗长得好,长得高。

"你这苗,草除得不太干净,要注意。"

"记得及时施肥,别人的苗一周长几厘米,你这苗才长1厘米左右。"

出土时,谭永桂、梁兴进、岑盆生三人的苗育得最好,长得最高，齐刷刷的，株株60多厘米。

三人护林之余育苗，干得还比别人好，心里满满的骄傲。

1975年2月20日，怀集县委、怀集县革命委员会在烈士公园搭了个高高的讲台，召开表彰和动员大会，对上一年"早造来个大翻身，晚造来个大突破，林业来个大革命"中涌现出来的先进单位和先进工作者予以表彰和物质奖励。

会前，县委计划给每个先进单位（大队）奖励一台拖拉机，先进单位（生产队）奖励一头耕牛。会议筹备组几个人奔赴海南，好不容易才将牛"拉"了回来。

拖拉机，可不是"手扶"的，是带方向盘的中型拖拉机，能耕田，也能搞运输，有近10台，雄赳赳气昂昂地摆在那里，既鼓

长势喜人的幼苗（方权裕 摄）

舞人心，又让人眼热。

会议现场，大家看到拴在讲台前大树下的几十头水牛，兴奋异常。

大会召开，文炮田开宗明义：

"县委这次给先进单位（生产队）各奖励一头耕牛……有人认为县委太小气，奖励一头水牛崽……可是，大家要晓得，它们是大有发展前途的，它们会长大，它们还会生崽，崽还会生崽，前途无量！"

参会者哄堂大笑……

采育场还出台各种规章制度把"造、封、限、改、防"一起抓，制定封山护林育林的措施，广泛开展爱山护林的宣传教育。

严润生最终没有去当护林员，他和孔凡南被安排锵板。锵是方言，就是锯。那时候，锯杉木板多用手锯。把木板架空，一人在上一人在下，手控大锯。孔凡南大严润生10岁，在上面推，严润生年纪小，在下面拉。随着拉锯，木屑纷飞，严润生没有口罩或眼镜可戴，木屑时不时飞到脸上，只能小心躲避，实在不行干脆眯眼。风大的时候，孔凡南在上面摇摇欲坠，严润生在下面活活受罪，就要停工休息一下。

锵好的板用处多矣，厚点的做床板，薄点的做文件柜、餐柜、衣柜，也用于公路边护林防火宣传牌制作。

万事开头难，创业何其艰。

采育场没有生活用水，采育场离县城又远，远水解不了近渴，县自来水公司表示爱莫能助，邻近乡镇也无法伸出援手提供自来水，办公和生活用水只能自己解决。大家在采育场后面山谷中建了一座蓄水池，山水流入可积蓄，老天下雨也可积蓄，引水到场部，饮水、煮饭、洗菜、冲凉，勉强够用。但雨后水源浑浊，又无净化装置，常造成引水困难。尤其秋冬之季，老天不下雨时，水源有枯竭之险。

也没有通电，照明只能用煤油灯。不久后购买了一台小型水轮机发电用于照明。直至1976年一座小型水电站兴建后才解决了场部用电问题。

更没有职工宿舍，大家便在山脚下搭茅草棚，床是一排一排木头拼起来的大通铺，男的在一侧，女的在一侧，中间分开些距离，和会战时的条件差不多，但大家虽苦犹荣，坚信条件总会慢慢好起来。

多年后，严润生满脸幸福地说："第一年每月工资25元，出勤26天，每月能给家里10元。"

采育场成立不久，买了一部手扶拖拉机，总务五天赶一次集，到蓝钟圩买菜买米和林场、场员生产生活用品。人员岗位分配、工作计划、任务等都逐一制订，采育场慢慢步入正轨。

二、影响力

通过"内引外联"，1975年，岳山造林大会战的影响迅速向广东乃至全国扩散，各路媒体纷纷报道。

1975年1月10日，省电台新闻联播播出《怀集县近年来林业生产取得显著成绩》。

1月31日，省电台农村节目播报《岳山万名民兵奋战90天造林2万亩》。

2月24日，《广东通讯》刊发《怀集县抓紧时机大搞造林群众运动》。

2月26日,《南方日报》发表《万首诗歌万把剑》。

《广东画报》1975年第3期刊载怀集县报道组撰文、方权裕等摄影的《生机勃勃,郁郁葱葱(蓝钟公社)》系列10幅作品。

"重头"文章当数1975年2月19日《南方日报》刊发的《坚持党的基本路线大干社会主义林业 怀集县超额完成今年造林任务》,署名为"本报通讯员"。

中共怀集县委带领广大干部、群众,在深入开展党的基本路线教育中,采取社队联合作战、集中连片造林的方法,大干社会主义林业,超额完成今年的造林任务。

怀集县近几年来林业生产取得较大成绩。为进一步发展林业生产,县委经过深入调查研究制订了全县林业发展规划,发动群众对林业生产实行一系列的改革:改变过去的冬垦地春造林为秋垦地冬造林;改零星分散造林为集中连片造林;改全垦、带垦造林为撩壕、带垦造林,以提高造林质量。

为了促进林业大上快上,怀集县进一步调动广大干部、群众大干社会主义林业的积极性。去年秋收前,全县18个山区社、场,便集中了大部分劳动力上山,抓紧时机炼山垦地,完成了1975年造林的大部分林地的准备工作。永固公社党委原来觉得集中连片造林矛盾多,撩壕造林花工大,担心群众思想不通,因此,当其他公社干得热气腾腾的时候,这个公社却迟迟没有行动,农民对此很有意见,指出公社党委思想保守,不想大干。这一批评,对公社党委触动很大。他们认真听取群众的意见,请农民代表帮助公社党委整风。通过整风,党委成员振奋了革命精神,立即带领1000多民兵上山,冒着寒风冷雨,大搞林业生产。

怀集县委在组织林业生产中，注意尽快绿化边远荒山。他们在采取社、队联合连片集中造林的同时，还组织1万名民兵开赴岳山山脉，按高标准绿化这里的2万亩荒山。民兵们不畏艰苦，搭起茅棚住在荒山野岭上，顶寒风，冒冷雨，坚持战斗，胜利完成炼山、垦地和造林任务。

"岳山"终于在省委机关报"显山露水"。

相关的报道还有很多，而除了报道，各级会议也"如约而至"：

1975年2月，怀集县四级干部暨1974年农业学大寨先进代表大会召开，县委副书记张承玉做报告。

3月1日，广东省林业采育场现场会在怀集召开，会议还安排与会代表参观蓝钟公社采育场。不久，省林业局编写《林业经验选编——采育场专辑》（下简称《专辑》），开篇为《中共广东省委领导同志对采育场的批示》。

《专辑》前三篇都是"怀集经验"：中共怀集县委《办好社队采育场　促进林业大发展》及蓝钟公社、洽水公社党委的报告。

《办好社队采育场　促进林业大发展》报告有这样一段文字：

……秋后，发扬了继续革命精神，想新的，干大的，集中全县1万青年民兵，由县委书记、县革委会主任张玉祥亲任指挥，在边远的蓝钟岳山安营扎寨，奋战3个月……民兵豪迈地说："万人大军战岳山，岳山乖乖听安排，条条撩壕环山走，巍巍群岳换新装。"规模之大，质量之高，速度之快，都是过去所没有的。

蓝钟、洽水两个公社的材料重点则在办采育场的经验介绍。其中，蓝钟公社材料中有这么一段话：

……要办好采育场，只要加强对场员政治思想教育，认真处理好上述几个具体问题（采育场的任务和经营项目，组织机构，山权、林权问题，收益分配和场员报酬），就能够较好地坚持现阶段人民公社"三级所有，队为基础"的基本政策，发挥人民公社"一大二公"的优越性，较好地解决林区的方向、道路问题，充分调动广大干部社员的社会主义积极性，促进农林业大干快上。广大干部社员高兴地说："办起采育场，前进明方向，生产大发展，收入有保障，林业迈大步，山区大变样。"

洽水公社则着重说了办采育场的过程和办好后的好处：

县委推广蓝钟公社办采育场的经验后，我们公社过了两个多月才把采育场办起来，为什么呢？是因为在公社党委和各级领导班子中有激烈的争论。大多数人认为，采育场是农业学大寨运动中所出现的新生事物，应当积极支持和推广。但少数人存在"两怕一观望"（怕经营项目多，困难大，管不到底；怕抓了采育场，影响农业饿肚子；等待观望一两年再订方案）的思想，说办采育场是"多条牛毛多只虱""自找麻烦"。因为下不了决心，所以就不敢行动。

……采育场办起来后，我们吸取了过去的教训，冲破了小生产者经济的束缚，以公社为单位搞造林大会战，有计划地连片集中进行大造林，造大林，逐步地为实现"两个过渡"创造条件。去年我们在一河两岸分五个片集中造林7500多亩。群众说："连片造林好，气魄大，社会主义就是这么干出来的。"

是的，即便今日，当你读完上面这些实实在在的文字，你的眼前一定会再次浮现民兵不畏艰苦、住在茅棚里的样子，浮现他们顶寒风、冒冷雨、下大苦、受大累却毫无畏惧、永不退缩的光辉形象，你会感叹他们在胜利完成炼山、垦地、造林任务的同时，也为他们自己书写了最美丽的青春篇章，树立了不被岁月和风雨侵蚀的人生丰碑。

1975年4月，根据县委的指示，县教育局在春耕农忙假组织130多名教师上岳山举办理论学习班，在10天里短短的学习、劳动，抢修公路1270米、铺石174方、填泥69方、搭苗圃棚30亩、除草45亩、捋木桩40担、捋杂竹140担。"汗水冲走旧思想，火线办班心更亮"，成绩喜人。

9月，在县林业采育场工作会议上，县委、县政府领导出席并发表了重要讲话，在肯定所取得的成绩的同时，也对未来的发展指明了方向和规划。

10月5日至11日，广东省革命委员会在怀集召开全省林业工作会议。会议总结交流和大力推广林区社队大办采育场、建设社会主义大林业的经验，传达贯彻全国森林防火现场会议精神。

参加林业工作会议人员到岳山林场参观（方权裕 摄）

怀集县委在会议上作了如下经验推广的报告：

我们是个林区县，有26个公社、农林场，总面积523万亩，其中宜林山地362万亩，耕地46万亩。1974年春，在党的基本路线教育运动的推动下，我们通过总结林区深入学大寨群众运动的经验，在全县18个重点林区先后办起了公社林业采育场。更好地贯彻执行毛主席的革命路线，多快好省地发展社会主义林业生产。

……………

撩壕种杉、速生丰产是我县广大群众在农业学大寨运动中闯出来的一条科学造林新路子。采用撩壕整地的方法进行造林，是达到集中连片、林木速生丰产的一项基本建设，是多快好省地建设林业基地的有效措施。它对于坚决响应毛主席关于"绿化祖国"的伟大号召，贯彻社会主义建设总路线，大办社会主义林业，迅速改变我国少林、短材、缺材的情况，适应战备、工农业生产建设和人民生活需要等方面，都有着重大的政治意义和经济意义。

中华人民共和国成立以来，我县种杉逐步从插条苗改为实生苗，从穴垦改带垦、全垦，成活率大大提高。但是，有个别地方特别是丘陵地区，仍存在"年年造林不见林"的情况，除了幼林管理和保护工作差的原因外，整地方式也有很大的关系。带垦或全垦整地，林地容易受冲刷，保水困难，造林后经7天阳光照射，林地上土壤含水量就下降到10%以下，杉苗便停止生长，如果造林后遇到干旱天气，即使能及时抚育管理，成活率最高也只能达到80%。而撩壕整地，经15天阳光照射，林地上土壤含水率仍保持在13%以上，保证了苗木的正常生长。据调查，全县撩壕造林成活率均达95%以上，保存率也达90%以上，比带垦、全垦有了很大提高。

撩壕种杉通过改革整地方式，在土、肥、水上下功夫，用人力为杉树创造良好的生长条件。因此，与带垦、全垦种杉比较，撩壕种杉的生长期每年延长两个多月，幼龄期高、粗生长增加，而且林分均匀，木材通直，尖削度小，大大提高了工艺价值。

…………

"水平撩壕环山走"，沟内回表土，沟面向内倾斜，外侧高出15厘米，可以减少水土流失。怀城公社利凤大队1974年于汶堆埇地方进行全垦造林，下了一场暴雨，山洪连苗带土直冲下山，淤没了山下2亩水田，另外2亩禾苗也被黄泥水冲刷，造成失收。去冬今春，这个大队在这条埇里进行撩壕造林，虽然连遭暴雨，但是没有发生黄泥水冲刷的情况。同时，撩壕整地加速了幼林郁闭，对于防止水土流失、涵养水源，保障农田稳产高产具有重大的现实意义。

减少总投工量。撩壕整地每亩要15个工，但整地时草籽、草根全部埋入沟内，两沟之间又覆盖了黄土，以后杂草很少，一般抚育3年每亩共需3个工；带垦整地每亩只要8个工，但整地时遗留草根较多，按除净杂草、带状松土培根的标准抚育，每亩要5个工，3年共需15个工。所以总的来说，撩壕种杉可以节约劳力与成本。

10月，中央农林部林业局工作组对怀集县办采育场情况进行调查研究之后认为，采育场的建立有利于统筹解决农林矛盾，促进农业生产发展，巩固壮大集体经济……

这个肯定材料，农林部印发给各省参加在北京召开的国营林场座谈会的代表后，兄弟省特别是南方11省的代表反响很强烈，要求农林部在广东开会,进一步学习交流。

11月11日,《南方日报》发表本报评论员文章《办好林业采育场　加速林区学大寨步伐》。

文章有如下描述:

最近在怀集县举行的全省林业工作会议,交流和推广林业采育场的经验,要求全省林区在党的坚强领导下,大办林业采育场。这对于促进林区的农业学大寨运动,加速林区建设大寨县的进程,对于加速发展林业生产和促进林区经济的全面发展具有重要的意义。

林业采育场,是林区深入开展农业学大寨运动中产生和发展起来的。它是在坚持现阶段人民公社"三级所有,队为基础"制度的前提下,充分发挥人民公社"一大二公"优越性的产物。现有的林业采育场,大多数是在公社党委统一领导下,实行公社、大队、生产队三级联营的,一部分是由大队和生产队联营的。这样做,既不改变现阶段人民公社在所有制方面的政策,又能妥善解决单纯由生产队经营林业带来的一些局限性。林区山地辽阔,林业生产周期长,而生产队人力、财力等资源都比较少,难于解决长远投资和眼前收入的矛盾,难于按照现代化大林业的要求,集中连片大造林,造大林,逐步实现林业机械化。办起采育场,就可以按照社会主义大林业的要求来经营山林,就可以做到采育结合,青山常在,永续利用,使森林资源越采越多、越产越好。去年12月省革委会推广怀集县一些公社办采育场的经验以后,全省许多地方陆续办起的一批采育场,创造了许多办场的好经验。大量的事实证明,广大社员群众热烈要求办采育场,积极办好采育场。在全省范围大办采育场的基本条件成熟了。

思想上、政治上的路线正确与否是决定一切的。我们提倡大办林业采育场,符合毛主席的革命路线,符合林区人民走大寨道路的迫切要求。办林业采育场,主要的特点就是对全公社或全大队的林、副业劳动力实行统一管理、统一经营山地、统一开发林业资源、统一管理资金。这样做有许多好处,其中最根本的好处就是,它有利于充分调动林区人民中蕴藏着的极大的社会主义积极性,有利于克服林区的林副业单干、乱砍滥伐、只砍伐不造林等倾向。一句话,它有利于解决林区的方向、道路问题,多快好省地发展社会主义林业。

办不办采育场,怎样办采育场,是个路线问题,绝不是单纯的生产问题。办场的时候,要发动干部和群众,以大寨为榜样,坚持党的基本路线,联系当地的斗争实际,向基层干部和群众,进行耐心细致的思想政治工作,使他们深刻地认识到,只有办好采育场,才能更好地办好社会主义大林业。

采育场办起来以后,仍然存在斗争。例如在林业生产上是服从国家计划还是利润挂帅,是以"营林为基础"还是光砍不种或少种,是发扬艰苦奋斗、自力更生精神还是搞歪门邪道,等等。只有坚持不懈地抓好两条道路斗争,才能巩固和发展采育场。

"政策和策略是党的生命,各级领导务必充分注意,万万不可粗心大意。"采育场是人民公社三级联营(或大队生产队两级联营),集中领导,统一经营林业的生产单位和管理机构,也是集体林区的主要社队企业。要坚定不移地坚持现阶段人民公社"三级所有,队为基础"的制度,不能改变所有制。原来的山权不变,原来的林权也不变,谁造谁有。允许社员利用工余时间经营正当的家庭副业、自留山、自留地、自留树。这是党的既定政策，必须坚决执行。采育场要贯彻"各尽所能、按劳分配"的原则。场员要劳动在场，回队分配，其报酬应和参加农业生产的劳力基本上平衡。

路线是根本，领导是关键。林区各级领导，特别是县、社党委要从建设大寨县，发展壮大人民公社集体经济，切实加强对大办采育场的领导。要有一个强有力的领导班子去负责这项工作。要不断总结办场经验，及时解决存在问题。这样，我们一定能够引导林区人民大办采育场，加速学大寨的步伐！

这篇文章，提及省委准备批准大办采育场，形势空前大好，给林业人以信心和决心，并迅速掀起了大办林业采育场的高潮。

三、文炮田下乡

1975年，清明时节，文炮田坐着一辆吉普下了乡。古城农民正在种花生，林杰雄正和农民一起劳动。

文炮田下了车，喊："老杰，过来，抽支烟。"

林杰雄跑过去，文炮田递给他一支烟。

林杰雄接过烟，开玩笑说："您怎么还抽'百雀'？"

"老杰，没办法，工资36块，不抽这个抽什么？"

那时，高级的烟是"丰收"，一盒两毛八，最便宜的是"经济"，一盒9分钱。

林杰雄陪文炮田沿小农场转了一圈。

"生产队农场规模看起来不大，但也养了几百只鸡鸭鹅，蔬菜也种了不少，基本自给有余，还种了很多果树。"

文炮田频频点头："是啊，全县有6000多个小农场，如果个个都像你们这样,农民的日子一定会越来越好。"

随后,他们和县委两个干部坐在一截横木上聊天。

文炮田让干部从车上拿下来一瓶高粱酒。

"阿杰,当生产队队长辛苦,当年若不是我拉你,你也不会干,我们喝两杯。"

"这高粱酒可珍贵,我还没喝过。"

米酒、木薯酒1毛多1斤,高粱酒基本见不着。

回县城前,文炮田说:"你很积极,再积极一点,带着乡亲们好好干,有事就到县城找我。"

望着文炮田的背影,林杰雄若有所思,他想起当年文炮田找他聊天的情景。他后来才听说,文炮田新官上任后,在公社党委扩大会议上,根据基层干部和群众的建议,提出以革命精神改造蓝钟面貌,集中连片造林,加快林业建设步伐的初步设想。对于这个设想,有人支持,也有人反对,认为山权属生产队所有,公社历来都是各队分散造林,集中连片造林恐怕群众不愿干。

那次会议上针对"连片造林"与"零星分散造林"的话题,与会人员激烈争论,个个脸红脖子粗。

其实会前,文炮田对自己的想法可能会引起大家的讨论有一定的思想准备,但没想到是"针尖对麦芒"的局面。他也意识到任何创新,开头都不会一帆风顺,但有争论也是好事,追根溯源,是公社党委一班人有没有雄心壮志带领干部群众大办社会主义林业。

为了缓和气氛,解决矛盾,文炮田将此议题"留置",建议党委全体成员迈开双脚走出去,听听群众是怎么想的,看看群众是怎么干的,从群众的实践中寻找正确答案。对他的提议,大家表示认同。

那天，文炮田和林杰雄分别后又去了金光大队，找到了70多岁的老农赖锦仁。赖锦仁拿出一个旧杉木桶一边敲打一边问：

"文书记，你看这木桶我用了多少年了？"

文炮田不假思索地回答："有几年了吧？"

赖锦仁呵呵笑了："不瞒你说，十多年了。"

文炮田半信半疑："十多年还这么结实？"

"这是用我们蓝钟的优质杉做的，可惜啊，这样的好杉越来越少了。"

短暂的沉默后，赖锦仁说："我们蓝钟山多，林也不少，中华人民共和国成立后，山权回到我们手里，这要感谢毛主席和共产党，但是，有些人身在林区不爱林，重砍轻种，种了不管。你看看，许多山头变成了荒草岭，一想到这里我心里就难过。文书记年轻、有魄力，你就领着大家伙干吧，一定要把毛主席交给我们的山管好，林造好，多产木材，为社会主义多做贡献。"

与此同时，公社党委一位副书记来到东方大队绿窑林场，他看到的是另一番景象：一大片中材林苍翠挺拔。他了解后得知，过去由生产队分散造林，东一小片西一小片，难以抚育管理，成活率很低，年年造林不成林。六年前，佛仔片6个生产队在自愿互利的基础上，连续三年采取联合作战、突击营造、专业管理的办法，造林面积大、速度快，集中连片成活率高，造林成林。这个变化给这位党委副书记很深的感受，而他正是在会上对文炮田的提议表示质疑的人。

那段时间，公社党委领导成员带领干部走遍了全社8个大队，召开了30多个座谈会。广大农民表达了坚决响应公社党委决议，大办社会主义林业，迅速改变蓝钟面貌的强烈愿望。

实践出真知，调研方有发言权。当文炮田再次组织党委扩大会议讨论这一议题时，大家纷纷表示，相对群众敢想敢干的革命精神和强烈愿望，我们头脑中的确存在因循守旧思想，归根结底，不是群众不愿干，而是我们不想不敢带头干。

党委成员集体表示，一定要振奋革命精神，站在群众前头，带领群众前进，把社会主义林业办好。

为制订全社第一个林业5年规划，公社党委全体领导成员和大队党支部书记、农民代表翻山过岭，走遍了200多个山头，其中文炮田就带领调查组跑了70多个山头，是走山越岭最多者。

想到这里，林杰雄心潮起伏。

第十二章 会战再起

一、百战归来再出发

金秋时节,怀集再次擂响"温泉造林大会战"战鼓,各公社上万名青年民兵又聚集蓝钟公社太平、双兴、上竹三个大队周边的桂冲、显冲、大石等山场,分片营造高标准杉树和马尾松。

规划在前,犹如战斗前的侦察。

岳山造林大会战一结束,谭昌绵对陈荻戈说:"小陈,现在要搞二期造林大会战,你是专业出身,来林业局工作也有一段时间了,此次就由你牵头做规划吧。"

陈荻戈痛快地答应:"请局长放心,我有什么不明白的多向伍星请教。"

"是啊,伍星是老资历,有任何问题,你就去问他,他一定会帮你。"

不久,陆志超、黄志坚等知青也加入规划队,还有县林业局的技术员许本立及几个广州林校毕业的中专生。

陆志超大大咧咧地说:"陈队长,这回就跟你干,好好向你学习。"

黄志坚也说:"陈队长大学出身,又在东北林区干过,经验丰富,可得好好带带我们。"

陆志超和黄志坚很熟,他读高中时比黄志坚低一届,都是"下放"到林科所的知识青年。

陈荻戈摇了摇身子板:"有你们相助,我们一定能把温泉造林大会战规划做好。还有你陆仔的大名,何人不知,何人不晓,咱们万一遇到迈不过去的坎,你得发挥能量。"

"哈哈,没问题。"

1975年5月,大家上了山。但雨跟断了线的珠子似的下不停,无法作业。下到山脚,经过一个大型苗圃,陈荻戈看到好多杉苗都泡在水里,心里急,这样下去杉苗会烂根的。

回到蓝钟公社招待所,陈荻戈到门房想给林业局打电话汇报一下情况,让他们迅速采取一些补救措施,但足足站了两个小时,电话愣是没接通,分机说电话资源紧张接不进去。

陆志超看到这种情况说:"我来!"

"马上给我接县林业局。"他没讲白话,改说普通话,分机一听二话不说,迅速接通县总机,再转接通县林业局。

天气稍好些,一大早,大家吃完早餐,带上砍刀等工具上山,调查林地的立地条件。

这片属于蓝钟公社范围的林区,位于北回归线北侧,东与岳山林业采育场交界,南与双兴、太平、上竹村山场交界,西与广西步头永和村山场交界,北与广西步头保和村山场交界。

在山岭之中穿梭时,陈荻戈不停地为大家解说:"这里海拔不算高,因此垂直分布不十分明显,但不同的海拔高度有不同的林木分布。海拔200米左右的沟谷中,可以看到格木、黄桐、燕尾山槟榔、秋枫等热带种属;海拔300米的地方,沿山谷、河边主要分布的是小叶青冈、吊皮锥等,在山谷两侧山坡则为扁斗青冈、厚壳桂、山钩樟群落;海拔500米左右的地方则为褐毛四照花;海拔600~700米的地方为壳采果、马蹄荷、木莲等乔木的分布;海拔700~800米的地方,厚皮香、椆木等树种占优势;900米左右地方则为乌饭树出现的范围区。"

"陈队长,您这大学可没白上,把老师的肚子掏空啦。"

"在学校里学了点皮毛,关键还得靠实践,咱们这里的树种、植被和东北完全不一样。"

不时见到各种动物,鸟类大家已司空见惯,狐狸、果狸、芒鼠、松鼠、穿山甲等,偶然"昙花一现",也不惊奇。但野猪要防,这家伙急了会咬人。蛇没人不怕,大都有剧毒,每人手里都拿着一根木棍边走边戳,甚至挥起来击打。

"这个季节野果不多,再过几个月,山竹子、杨梅、野黄皮、枇杷都熟了,那时候上山可有口福。"黄志坚说得大家直咽口水。

经过一处幽静的山谷时,陈荻戈笑着问大家:"唐代大诗人白居易写过一首《大林寺桃花》,谁会背?"

知识青年小姚自告奋勇背起来:

人间四月芳菲尽,山寺桃花始盛开。

长恨春归无觅处,不知转入此中来。

"背得好,我们这里没桃花,但有杜鹃花、凤仙花、木芙蓉,还有一种花你们看到没?"陈荻戈指着悬崖峭壁上突兀地生长着的一枝嫩黄的花。

"那是蕙兰。宋代黄庭坚在《书幽芳亭》中说:'一干一华而香有余者兰,一干五七华而香不足者蕙。蕙虽不若兰,其视椒椴则远矣。'意思是说,兰似君子,蕙似士,士大夫。"陈荻戈自问自答道。

大家无不叹服陈荻戈的博学多才。

许本立接过话头说:"早在春秋时代,孔夫子就曾说过,'芝兰生于深林,不以无人而不芳;君子修道立德,不以穷困而改节'。"他也是县林业局屈指可数的大学生之一,前期参加了岳山大造林的规划工作。

陆志超接话:"陈队长的意思,怕不是让我们了解什么是兰花,是让我们迎难而上,一丝不苟地做好自己的本职工作吧。"

陈荻戈哈哈一笑,摇了摇身子板:"陆仔果然聪明。"

怀集县委领导班子和造林指挥部成员(方权裕 摄)

困难重重。规划队队员翻过一个又一个山头，一路披荆斩棘，没有测量设备，还是靠目测、脚踩，根据肉眼和经验判断土壤酸碱度、厚度，规划将来种什么树木。

最高处的石头山海拔有1000多米，极为陡峭。大家抓紧藤蔓，蹬紧石头缝，使出吃奶的力气往上爬。

…………

在陈荻戈的指导下，大家编制出《怀集县林业采育场温泉造林规划方案》，经县林业采育场温泉造林指挥部批准，9月4日由怀集县革委会印发。

规划方案中对采育场温泉造林的指导思想、任务和要求、时间安排等都有详尽的表述。

又一场会战即将打响。

二、我的心多么激动

1975年9月初的一天，石川坑林场场长钱足宣找到汤丽萍说："经过与林业局政工股研究，决定派你参加温泉造林大会战。"

"真的是我吗？"汤丽萍一愣，不太相信自己的耳朵，追问了一句。

"这能有假？"一旁的政工股股长梁敬棣瞪了她一眼。

一旁的副场长蔡若林也强调："咱们林场就一个名额，钱场长给了你。"

她心里乐开了花，两条小辫子一甩："谢谢场长，我去！"

去年的岳山大会战名声在外，无人不知，能参加二期会战她感到特别骄傲。

9月7日一早,从怀集一中毕业上山下乡到石川坑林场的汤丽萍,收拾好简单的行李,由林场出发走了两个小时,先到坳仔(地名),再坐客车到县城。父母突然见到宝贝女儿格外高兴,得知女儿要参加二期会战,汤耀垣叮嘱:"组织上选你,可千万不要辜负组织的信任。"

在怀城镇工商所工作的母亲李美珍疼爱女儿:"那地方艰苦,你可要注意身体。"

汤耀垣在县林化厂当干部,林化厂是怀集最大的国营厂,生产的松香远销国内外。汤耀垣让李美珍找出一块松香和一瓶松节油,让女儿走的时候带上。松香研末外用治疗痈疮肿毒、疥癣、瘙痒、风湿痹,山上湿热,蚊虫多,有备无患。

弟弟、妹妹不明就里,闹着要跟姐姐去,汤丽萍逗他俩:"山上有老虎,吃人呢。"

晚上,屋子里亮起橘黄的电灯,一家人围坐在一起吃饭。窗外月光好亮,风儿呀,静静地吹进来,拂着汤丽萍乌黑的发丝。

当晚,她在日记中写下了这样一句话:

我是一粒革命的良种,党把我撒在哪里,我就在哪里生根、开花,结出丰满的硕果。

次日上午,汤丽萍和其他知识青年一起坐车来到温泉会战指挥部。汤丽萍没想到会在这里遇到汤小妹,她俩是高中同届不同班同学,还是亲戚。汤小妹刚满18岁,是姐;汤丽萍不满18岁,两人前后脚出生。

汤小妹是被另一个林场派到这里的。

当晚,汤丽萍压抑不住内心的激动与兴奋又记下如下日记:

上午,我满怀革命豪情,意气风发、斗志昂扬地奔赴新的战斗岗位，走向火热的战场——温泉造林大会战指挥部，我是多么自豪啊！

汽车到了指挥部，我们受到干部、战友的热烈欢迎、盛情的款待。我的心是多么激动啊！我暗暗下决心，要在这次大会战中刻苦学习、努力工作，不辜负党和祖国人民的关怀培养，不辜负首长、战友们的殷切期望，以优异成绩向领导、同志们汇报。

当晚，汤氏姐妹俩住在双兴大队第四生产队队长家。

几天后，她们大概了解了村里的情况。人家不算多，几十户村民沿着山脚星星渔火一样分布，当傍晚的炊烟萦萦袅袅的时候，村子上头像缭绕着米白的山雾，慢慢飘游簇拥渐渐向山上弥散。山上树真多，有的很粗，竹子也很多很高。山腰还长了一些灌木。但有的地方只长了一些芒草。有时能听见密林中小动物的声音，很少见到它们的面目。它们有自己的世界。

山里人家住得不局促，但条件一般。姐妹俩住阁楼。阁楼也是用杉木搭起来的，人踩着木梯子咯吱咯吱上去，低低头，就钻进去了。阁楼没窗户，但不憋气，木头缝漏风。有门，象征性的，闩上能起一些遮掩作用，可歹人一脚就能踹开，好在乡村淳朴，从无不速之客。阁楼以前是储物间，放谷子的，谷子味儿在姐妹俩的鼻翼间悠来悠去，她们都十分熟悉。

阁楼里没有床，就是睡地板，地板也是木头的，倒还平。自然，不是光木板，上面铺了草席的。此外，就什么都没有了，一圈儿都是光秃秃的。

晚上也很热。若山里有风，风顺着木头缝儿缓缓地冒进一点来，哪怕每道缝儿只有一丝丝，也舒服多了。很多时候，山静得真像山，知了快热死了，猫头鹰又一声野笑，刚刚入眠的心随着胳膊腿和身体使劲抖动一下,好似被猫头鹰摁住的老鼠奋力挣扎。醒来就再难入眠。蚊子一直嗡嗡嗡的,山里蚊子个头大,叮人狠,"啪",拍中,手心里一摊血,闻着腥花花的。汤丽萍取出松香,又往木板上撒了一些。

难熬,睡不着,又看不到天上的星星。

"姐,你说顶上开着是不是就能看星星了?"

"妹,开着下雨咋办?咱俩先灌个水饱,再躺着洗澡?"

"咯咯咯。"

晚上上厕所也麻烦。山村都是旱厕。摸黑下楼出院子,谁家的狗听到动静汪汪几声,增添了无形的恐惧。要么结伴儿去,要么忍着。

汤丽萍热情、勤快,脸上整天挂着笑。她很快发现村里有一户人家,老两口都70多岁了,膝下无儿无女,重活干不动,但天天要吃水,挑水又在100多米外的水井。老太太挑着两个木头桶颤巍巍过去,好不容易从井里打上水,倒进木桶里,再挑起来晃晃悠悠往回走,一路洒洒溅溅,未及院子,水仅剩一半。

汤丽萍主动承担了挑水的工作,早上起来挑两桶,不是两满桶,满了挑不动,大半桶吧,省着用,够一天的。

9月22日,她的日记有这么一段话:

从本月12号起,我坚持每天早上为大婆、大爹担水,他们十分感动,多次感谢我。虽然自己辛苦一点,但为人民做了应该做的工作,心里感到愉快。当一辈子革命"牛",拉一辈子革命"车"。

老太太打心里喜欢她们,给她们做早餐,煮木薯或者番薯,煮白粥。汤丽萍最喜欢吃木薯,一次能吃两段。

她们早8时上班,从村里走出去十几分钟就到指挥部。

9月16日,她在日记中写道:

我在指挥部分配到政工组负责宣传工作。能有这么好的机会向作者与同志学习,心里很欢畅。这也是锻炼提高自己的理论水平与创作水平的好机会。我要珍惜这宝贵的时间,刻苦钻研创作基本知识,努力提高自己的创作水平,主动工作、勤奋学习,并要深入民兵中去了解情况,及时表扬好人好事,做到多写、多听、多讲、多读,为温泉大会战贡献自己的智慧和力量。还要积极参加生产劳动,改造自己的世界观,为绿化祖国贡献自己的一切。

从县指挥部过去100多米,有一个2米方圆的坑,里面咕嘟嘟冒着热水,是温泉,水温48℃,水滑滑的,含着矿物质。这是大自然的恩赐,千百年来,周围的村民充分享受温泉水:在黄昏时分,村民一担担、一桶桶将温泉水挑回,用作洗澡水;每天总见一群群村妇在流着温泉水的小溪畔洗菜、洗衣服。天气湿热,汤丽萍脚上长了湿疹,下午下班后她会去泡一会儿温泉,泡多久随心情。她不敢泡到天黑,天黑后周围一点光亮都没有,荒山野岭,怪瘆人的。

近五十年后的2024年中秋,我来到"温泉造林大会战指挥部"旧址,眼前是一座很大的石头房子,绿芜墙绕,青苔满阶,如一位饱经沧桑的老者,从不刻意诉说如歌的往事,而只静静地观望、默默地注视世事变迁。它的旁边,开着一家正儿八经的农家温泉,入得其中,水池热气氤氲,清澈见底,冒着一股"温泉"味儿,不由得想起"春寒赐浴华清池,温泉水滑洗凝脂"的古诗。汤丽萍当年泡温泉的地方,就在这附近。

严润生没料到会突然被调岗。那天，他刚和孔凡南锯开一块木板就被谢永贵叫到办公室，一起去的还有谭永桂、岑盆生、莫育进。

谢永贵开门见山地说："县指挥部要在咱们采育场抽调4个人参加温泉会战，你们政治思想觉悟高，工作努力积极肯干，身体健康，场里研究后决定派你们去。"

大家都愣住了，不知道说啥好。

"我知道你们是有思想负担的，在采育场工作还不足一年时间，所学到的东西、经验、胆量都是有限的，但形势不等人，就像杉苗，我们天天都希望它们尽快成长。"

严润生心说，那也不能揠苗助长不是？

谢永贵给大家鼓劲："养兵千日，用兵一时，你们都是好兵，到火热的实践中锻炼，一定能圆满完成任务，得胜归来！"

见领导已经决定，毫无通融的可能，严润生只得勉强代表大家表态，感谢场领导对他们的信任，他们此次去身份虽然不同，不再是普通的民兵而是林业工人，但一定会继续以民兵的标准要求自己，圆满完成指挥部交给的任务，不丢采育场的脸。

"但自己能否胜任重新安排的工作任务，心里真没底；去了究竟做什么工作也不明确，慌得很。"严润生忆述。

温泉大会战的号角，年前已经吹响。在四级干部暨农业学大寨先进代表大会上，县人民武装部在《主动当好党委参谋　发挥民兵战斗作用》的报告中说：

根据怀集山区特点，充分发挥民兵在大干农、林业中的战斗作用……坚决贯彻执行县委提出秋前"万名民兵再战岳山"的战斗口号，从思想上、组织上和行动上做好战斗准备，县委一声令下，我们立即上山，为大造林、造大林、造好林做出新的成绩。

到指挥部报到后，领导告诉严润生他们："由于工作需要抽调你们作为县指挥部的成员，享有与其他成员一样的权利和权力，每人管理、协调一个公社指挥所的各项工作，主要工作职责是向公社指挥所及时传达县指挥部的所有会议精神；要求他们指挥所明确自己的造林任务（含面积、界线范围）和高质量标准，具体完成时间；指导、督促指挥所按时、按质量完成造林备耕工作；指导、督促他们提高安全生产意识，落实安全生产措施，防止安全生产事故发生，防止火灾事故（含炼山）发生；要求他们积极并及时向全体民兵传达贯彻指挥部的会议精神和上级的有关政策文件精神。"

严润生负责蓝钟公社（指挥所）的各项指导工作，对接人是蓝钟公社武装部部长陆国栋。

三、决战狮子岭

1975年9月8日，白露，秋高气爽。按照县委的统一部署，1488名民兵一大早分别乘坐解放牌大卡车从四面八方向"二岳"进军。车头上，民兵高举红旗，车身上悬挂"胸怀朝阳干革命，绿化祖国为人民"的醒目标语。

在这山上山下千军万马、山里山外百里战歌的雄壮气势中，陆国栋乘坐的卡车走在最前头，他35岁，近1.7米个头，宽身板，坐在副驾驶位，朝阳映照在他黑里透红的脸庞上，眼睛格外明亮，剑眉不住抖动。

他对民兵驾驶员说:"去年的战鼓声还在耳边,今年的战鼓又擂响啦!"

驾驶员说:"越干越有劲,蓝钟一定能再打一个漂亮仗。"

陆国栋,蓝钟人,上过朝鲜战场,立过战功,转业回到家乡在公社武装部工作。

"二岳"地形陆国栋早已全盘掌握,接到任务后即带人进山逐个查看30多座山梁。

到"二岳"山脚下,下了车,他召集大家过来,指着雄伟的山形问:"你们看它像什么?"

一个人冒出一句:"我怎么觉得它像一头狮子。"

"好眼力,这座山的土名就叫狮子岭。那是狮头,那是狮鼻,那是狮嘴,那是狮尾。"

"可不是吗,活脱脱一头雄狮,昂首俯卧在群峰之中。"

陆国栋问大家:"指挥所就设在山脚,这地方土名叫咁琼塘,怎么样?"

"这里四面环山,是风口子哩。"一个知青说。

陆国栋笑道:"风大好扬旗,我们就在风口子闹一回狮子!"

"对,闹狮子!"

指挥所设在山脚下,便于和各个山头联系。还有一个好处,此处是出水山口,有水源。

陆国栋的家在太平大队岗根村,离这里很近。

8个自然大队分成8个造林小组,首先安营扎寨。参加过一期会战的民兵已轻车熟路,砍木头、割芒草、搭厂棚。男的一间,女的一间,中间隔开两三米距离。还是用竹子、板子搭"排骨床",一律大通铺。再建伙房垒灶台。为了吃饭、学习方便,去山谷中找一些石头挑面儿平的垒砌成一个个石桌子。

厂棚门口贴上了"艰苦奋斗创新业,战天斗地炼红心"的红色标语。

下午,严润生自带行李和日常用品步行到蓝钟指挥所向陆国栋报到。

晚上,指挥所门前燃起一堆堆篝火,举行动员誓师大会,陆国栋望着广大民兵慷慨激昂地说:

同志们:

去年,我们在那头开战;今年,我们在这里誓师,没有迈不过去的山。这山脚下就是我们的大本营,这山头就是我们要攻克的难关。谁是英雄谁是好汉,谁是孬种谁是懒汉,闹完狮子再看。

陆国栋斩钉截铁的声音和被篝火映红的坚毅、刚强的脸庞感染着所有的民兵,大家跟着陆国栋齐声呐喊:

奋战100天,拿下狮子山!

奋战100天,高奏凯歌还!

严润生目睹此景,感慨万千,仿佛又回到了一期会战的难忘岁月。

蓝钟公社此次造林面积约1000亩。

战斗打响,民兵们逢山开路、挥刀轮斧、披荆斩棘。

一周后,陆国栋接到通知去广州参加广东省第三次民兵代表会议,会议从9月17日开始,历时7天。会上,广东省革委会、省军区授予67个单位、67名同志为民兵工作先进单位、民兵积极分子称号,蓝钟公社采育场民兵营获得"民兵工作先进单位"

称号。

会议结束当天,全体民兵代表发出以下《倡议书》:

工业战线的民兵要进一步贯彻执行毛主席、党中央的一系列重要指示,自力更生,奋发图强,大搞技术革新、技术革命,挖掘潜力,努力提高劳动生产率,提高产品质量。争取把工业生产搞上去。农业战线的民兵,要发扬"愚公移山,改造中国"的革命精神,大搞农田基本建设,大搞科学种田,努力改变生产条件,促进农业大干快上。各条战线的民兵都要胸怀革命全局,做好本职工作,为把国民经济搞上去贡献力量。

陆国栋载誉归来,到县指挥部汇报情况后步行回到指挥所,民兵纷纷拥上去了解会议盛况和所见所闻。

陆国栋说:"盛况空前,高手云集,我感觉很有压力,但我们能获奖是大家真刀真枪干出来的,丝毫不比其他集体逊色,让我们团结起来争取更大的胜利。"

劈青、炼山之后,迅速进入撩壕垦地阶段,大家都知道这才是整个战斗中最难啃的骨头。

陆国栋身先士卒,撸起衣袖,挥着粗壮的胳膊,举起几斤重的锄头,使劲向地上刨去。但地被冻硬了,一锄头下去跟给老头儿挠痒痒似的。他不信邪,有多大劲使多大劲,一锄头接一锄头,地面终于妥协了。

冻土被刨开后,越往下土越松软。

"没有挖不开的洞,没有刨不开的坑!"

正当大家沉浸在胜利的情绪中时,严润生来到现场,远远一看,连连摇头,一路紧跑:"陆部长,刨歪了,水平撩壕环山走,这像'之'字形,要重新刨。"

陆国栋定睛一看，还真是，歪歪扭扭，不成样子。

但山势陡峭，怎么办呢？严润生想了想出了个主意："你当过兵，拿过枪，'三点一线'射击，敌人肯定跑不掉。"

"你的意思是，这山坡面积太大，近处看不出，远处一目了然——那就在远处打桩，三个桩一条线。"

"陆部长英明。"严润生开玩笑。

难题接踵而至。"狮子舌"仿佛从狮子岭上探下来的一道山梁，异常陡险，也正是陈荻戈带队攀缘的海拔800米的地方。

大家望着山梁发怵。

"要不就算了吧，太陡了，上面就不弄了。"

"这点困难怕什么？我们当时在朝鲜战场比这陡的山也爬过。"

山梁几乎呈40°斜角，老陆腰缠缆绳，两手抓藤蔓，两脚用力蹬，上到一半，人却在半空打起转转，大家惊得哇的一声。

到底是老陆，临危不惧，胆大心细，用脚钩住一棵树的树干，稳住身体后继续攀爬，终于成功登了上去。

大家欢呼声一片。

上到山梁，放眼四望，均为灌木丛，地块不小，老陆喊："我放缆绳下去，大家带上工具一个个爬上来，我们今天就在狮子嘴里拔牙。"

二十几个民兵跟猴子爬树似的上去与老陆会合，见人到齐，老陆说道："毛主席曾以松树入诗，'暮色苍茫看劲松，乱云飞渡仍从容'，指的是松树挺拔于山巅，从容不迫，笑迎未来，这不正是我们共产党人高贵品质的展现吗？今天我们在这里挖撩壕，种杉树，将来树长高了，人们在山下一眼就能望到这里，是多么好的风景，多么给人以信心和力量。"

有人提议给这个地方起个名，陆国栋思忖片刻，说："地名不能乱起，但绿化祖国是我们的使命，把芒草山变成金银山是我们的责任，也是我们的使命，我们在这里种的杉，就叫'理想杉'吧。"

"好，理想杉！"

除去灌木丛后，大家傻眼了，满地是石头，大小不一，没个下锄的地方，有人问："这种地方种杉能行吗？"

老陆指了指一块大石头："我们给它挪个地儿，探探底。"一个民兵上去，使出九牛二虎之力，但石头稳若泰山。大家一起用力，石头总算松动，挪开后，大家一看，下面是红红的泥土。

陆国栋说："大寨人能在虎头上种出高产粮，我们就不能在狮子头上种出理想杉？石头多，肯定困难大，但是下面的土壤也好，湿度大，杉苗种下就能成活。来，大家干起来。"说着，用力搬起另一块石头，向"舌根"方向慢慢走去。

女民兵小阮望着老陆肃然起敬，她也弯腰抱起一块石头，正要迈步，可石头太沉，眼看要滑落，这可不得了，这么陡的坡，石头若滚下去伤人怎么办？

她急忙大叫："不好！"

老陆正转折回来，见势不妙，来不及喊叫，一个箭步冲上去接即将脱落的石头，可谈何容易，刚接一半，石头从两人手中滑落，咔的一声，砸到陆国栋的脚趾上。小阮惊叫一声，老陆眉头一皱，又倏忽放松，用力将石头搬起，大步朝狮子舌根走去……

老陆虽"若无其事"，但小阮不放心，追上去盘问，老陆笑笑，蹬蹬腿："你看这不是好好的？没事。"可额头流淌的豆大的汗珠证明他没说实话。大家闻讯赶来，老陆"此地无银三百两"，笑着说："谢谢大家关心，山上有草药，谁去找几株？"说着坐在石头上，脱下解放鞋，他没穿袜子，脚指头一"亮相"，哎哟，"血肉模糊"。副指挥老李一定要他下山找医生包扎。

"砸破点皮，能不流血吗？放心，脚指头总共也没几滴血，你看——"老陆扭了扭脚拇指，活动倒还自如。

民兵把毛耳草、山辣椒采回。老陆嚼烂后敷在脚趾上，包扎好，笑着对大家说："星子要出了，快干吧！"

可接下来几天，老天好似专门与民兵作对，连续严寒3日后竟下了雪雨。高山被冰雪覆盖，指挥所附近树木的枝干也被冰挂坠折，这样的雪有的民兵闻所未闻、见所未见。但狮子舌还有几十米距离的撩壕没挖，陆国栋担心施工进度，忧心忡忡，万一拖了指挥部的后腿可怎么办？心里嘀咕，此次恐怕要向老天爷告饶了。

但第二天凌晨4时多，天还没亮，民兵们雷打不动起床，吃完早饭，扛着红旗，齐齐向山头进发，真是"坚且耐风霜，雪雨催不碎"，反而，纷纷然而落的雨雪，似在为这支不畏艰险、一往无前的队伍伴奏演唱。

只见狮子岭上，处处银锄挥舞，处处铁臂同摇，处处铿锵有力，一个个青年民兵，与雨雪较劲，与自然抗争，弯腰战天斗地，昂首笑傲风雨。

奋战一天，到黄昏时，大家终于挖完最上面一层撩壕，民兵把红旗往上面一插，猎猎生风，煞是好看。

"毛主席万岁！"

"民兵万岁！"

欢呼声在山头经久不息。

一年多后，黄森涛、许本立、张奇杰还写了一篇故事收录在《红旗如画　学大寨的故事》一书中，书中主人公是老陆，助手是老黎，还有民兵小阮等人，记叙了老陆和民兵群体的光辉形象，也讲述了"不为人知"的故事：

正当老陆和大家干得一片欢腾的时候，山下又闹起一场风波。太平大队的一些人见民兵造林大会战胜利前进，便躲在阴暗角落里煽阴风点鬼火，说什么"共产党共了山区人的场，大会战是大刮'共产'风，太平几千亩山地，不造不种也够吃几代"。还说什么老陆"从小喝的温泉水，如今卖了狮子山，领着外来人挖祖宗骨，分祖传山了"。一贯好吃懒做、偷鸡摸狗的陆钱也伙同两个人趁民兵大战狮子山的空儿，推着"鸡公车"把会战民兵砍下的木头，一车车地偷下山。这样一来对大家的思想影响很大，都担心丢失了木材，影响交售任务，提出放下垦地突击运木。老陆意识到，这次林业大会战是林业战线上的一件新事物，肯定有人要跳出来反对和破坏。他对老黎说："老伙计，奋战狮子山是一场改天换地的战斗，一定要教育民兵，提高认识，攻坚克难。"下午，由老黎主持召开了全团民兵大会，老陆却赶下山去，向县造林指挥部汇报情况。汇报后，他回到太平大队要找陆钱算账，正遇上陆钱从供销店提着瓶酒走出来。老陆截住他。陆钱一看，吃了一惊，想闪闪不及，想躲躲不开，只好停了步，顺手掏出"大前门"香烟，递上一根，笑道："兄弟，这么晚下山，有事吗？"

老陆拨开他递过来的烟，严肃地问："你偷了多少木？"

"哪儿的话啊，兄弟？我卖的全是自己上山砍的木啊。"

"你什么时候砍的？"

"那还是——你们民兵没上山的时候。"

"可你卖的全是新砍的生木！"

陆钱还想抵赖，这时社员群众收工路经这里，都围了上来，纷纷指责陆钱等人上山偷木搞私捞。陆钱闪在一边，像泡过水的粉丝儿，头也不敢抬。

"你被钱迷了心窍，偷木材，挖社会主义的墙脚。你要老老实实把偷的木材一根不剩地退回来，向大家承认错误，痛改前非，不然，就要新账老账一起算了。"

"那些木我已经卖了。"

"卖了就退收购单！"老陆寸步不让。

陆钱只好答应明天退回单据，便灰溜溜地走了。

大家渐渐地散去了，老陆又去找太平大队党支部书记，把这几天的风波说了一遍。

老陆从支书家出来时，天色全黑了，于是他就回到家里，匆匆忙忙吃完晚饭，又连夜赶回山里。①

作为"故事"，必有虚构甚至夸张的成分，但一定离不开生活的"底子"和人物的原型。

辛苦没有白费，狮子岭上1000亩因地制宜推广小撩壕造林取得成功。后来，陈荻戈带队实地检查，地块全部合格。他大笔一挥，签发了"合格证"，指挥部遂将其树为"样板"给各公社做示范。

---

① 黄森涛、许本立、张奇杰：《奋战狮子山》，载《红旗如画 学大寨的故事》，广东人民出版社1977年版，第88—94页。

"理想杉"的名头也逐渐叫开了。

蓝钟名声在外，引得兄弟单位纷纷前来取经。广州增城山区群众总结出"山顶种松，山腰种杉"的经验。1975年，首批在小楼镇的黄村、沙岗、二龙、正隆、罗坑、竹坑一带实施连片种杉600多公顷，县政府鼓励各地连片种杉，组织各村干部到蓝钟等公社参观，学习种杉经验。始兴县举办社、队采育场学习班，参加学习的有公社管林业的副社长和林业干部、林业站长，学习期间，组织全体学员赴蓝钟等公社参观"取经"。

2022年的一天，已96岁的陆国栋向《西江日报》记者回忆起50年前"岳山造林大会战"时的情景说："我记得当时下了一场雪，天好冻，但大家造林的热情一点都没减。夜里下雪，白天照样干。"

是啊，作为蓝钟公社武装部部长，当年他带领民兵安营扎寨、垦土炼山、挖撩壕造林的壮举，已成为自己半世纪来教育后代时最自豪的"教材"，只是，他再没能回去看看，他和战友们当年种下的"理想杉"，早已长成30多米高的参天巨木，于风霜雨雪中傲然挺立，仿佛在向世人诉说一代青年为理想和信念拼搏奋斗的不屈意志和如今人与自然和谐共生的美丽图画。

第十三章 紧急会议

一、安全，安全

任职新岗位一段时间以来，严润生越来越感到压力很大，他所担任的角色和第一期会战截然不同，协助指挥所督查民兵的各项工作，实在责任重大，尤其是安全生产工作，更不敢有丝毫麻痹大意。

陆国栋看到他有一定的思想负担，安慰他把工作做到位，把心操到位，万一出了事，那也是老天注定。

严润生对管辖内的和分内的工作都亲力亲为，不敢马虎。他经常去实地检查，再三强调安全生产，但是，百密一疏，事故还是在兄弟公社发生了。

那天，在温泉造林大会战桂埇片区，洽水公社罗岗大队共青团员、女民兵罗雪香与另外一个女民兵扛着砍伐的木头下山，木头真重，两人累得气喘吁吁，好不容易扛到堆放场，堆放场码满了木头，她们想把木材码高一点，低处留给别人。

两人喘口气，准备一齐用力，一鼓作气推上去。

"准备好了吗？"

"准备好了！"

"一二三！"

但木头实在太重了，她们使出浑身力气，结果体力不支，这头搭上去，那头倾下来。

罗雪香大叫一声："我顶不住了！"

话音刚落，木头重重地砸下来，正中她的头，又滚过她的脖子，她一声惨叫，软塌塌地倒在血泊中。

另一位女民兵吓得浑身瘫软，有气无力地喊："快来人，救命啊！"

附近的男民兵闻讯飞奔而来，见情况严重，赶紧通知指挥所，指挥所紧急联系指挥部派车，将伤者送往县人民医院。

但罗雪香因伤势严重，流血过多，经抢救无效死亡，生命永远定格在17周岁。

次日早，指挥部紧急召集各指挥所主要负责人和"特派员"80多人到现场开会，既为悼念会，同时也是安全生产警醒会。大家都知道为什么开会，会场一片肃穆。

之后，洽水公社在罗岗洲晒谷场也为罗雪香举行了悼念会，有公社领导干部、党员、团员青年、村干部、村民等100多人参加。

严润生后来忆述："那是几个月来，是我最深有感触、对我教训最深刻的事情，也使我在以后的人生和工作中都是既把安全工作挂在嘴边，也把安全工作排在首位。"

岑盆生也想起在岳山林业采育场发生的一次事故。那年4月的一天，大家正在对幼苗进行抚育，他和来自诗洞公社的留场同事植秀宁在山下除草；另一组人员在山上除草，不料，山上的人不小心锄动了一块石头，石头直接滚落下来。

山上的人歇斯底里地喊："小心石头！"

岑盆生、李寿华等人看到了，老天，那么大一块石头，沿山坡左摇右摆，一路滚落，遂赶紧躲避的同时大声喊："小心石头！"

话音未落，石头已滚到跟前，植秀宁正低头除草，石头正中他的头部，他一个跟头栽进下面的山埇。

"快来人啊！快来人啊！石头伤人了！"

岑盆生、李寿华下到山埇一看，惨不忍睹。

那块石头有30多厘米大。

岑盆生背着植秀宁走了两公里的路，来到指挥所驻地。指挥所立即联系指挥部派车将伤者转送县人民医院，上级要求尽力抢救，并计划联系安排军用直升机送往广州，但医生看过伤势，摇了摇头，伤势过重，不能移动。

岑盆生在医院里整整守护了两天两夜……事后，岑盆生和县林业局的人将植秀宁的遗体送往诗洞，由林业局处理善后工作。

很长一段时间，大家都陷于悲伤的情绪之中。

二、一个党员一面旗

又是一场没有硝烟的战场，又是一场战天斗地的艰苦斗争。

温泉大会战，中洲公社向阳大队80多人又一次战斗在山岭间，还是马书图带队，经过连续三个多月的艰苦奋战，累计种植杉树300余亩。

回忆起当年的岁月，汤丽萍说："会战时间短，很多人都是从各个单位抽调的，所以我认识的人不多。印象最深刻的是画家林丰俗老师，他给我们画了一幅速写画，是我同汤小妹印刷《战地快报》时的情景：一人负责拿蜡纸扫墨筒，一人负责拿纸张。"工作之余，姐妹俩下到溪边，洗把脸，双手掬着喝几口清澈的溪水。潺潺流淌的溪水、尽情欢唱的鸟儿、芳香四溢的野花，感觉生活十分美好。

"1975年造林期间，我们每天起早摸黑，在山上挥锄抢铲开荒，把野草杂树枯枝统统劈除铲净，顺着地势把山坡开辟成梯地，按规格挖坑种地。那时好大的雪，好大的寒气，冻裂了我们的手足，但挡不住我们一颗颗火热的心。"半世纪之后，65岁的冯超会讲述造林大会战的峥嵘岁月仍是满怀自豪。

几个月后，经上万民兵拼搏奉献，温泉大会战胜利结束。此次造林，树穴规格70厘米×40厘米×30厘米，株行距2米×2米，每亩167株；造马尾松开穴整地30厘米×30厘米×25厘米，株行距1.67米×1.67米，每亩240株。共计造林2万亩。

至此，两个"战区"连成一片，总造林面积达3.5万亩。

1976年5月28日，广东省农村工作会议在怀集召开，肯定了怀集县兴办林业采育场所取得的成果，并在全省推广怀集林业发展模式。全省各山区的地委领导、县委书记到岳山林场参观学习。

时任广东省委书记王首道出席会议，并到岳山林场现场调研后表示，怀集的林业和过去不同了，有了很大的变化……省委认为怀集的经验是好经验，而且有两年的实践，证明效果是好的。

省委副书记张根生说："今天我们看了一片一片、几万亩的林地……小撩壕质量较好。"

时任广东省委书记王首道（前左三）、副书记张根生（前左二）等到岳山林场现场调研（方权裕 摄）

共青团广东省委书记梁秀珍说："我是管共青团方面的工作……广大青年是一支重要的骨干力量，青年同志在农村占的比例不小。来到怀集县，看了几个地方，听了介绍，青年民兵发挥了重要的骨干作用。"

一个党员就是一面旗帜，一个青年就是一个先锋，他们是最平凡的微光，亦是最伟大的闪耀，他们汇聚成磅礴的红色的浪潮，无往不胜。

两次大会战，党员干部身先士卒、廉洁自律，与群众同吃、同住、同劳动。在他们的影响和带动下，270余名家里出现各种实际困难或遭受自然灾害的同志，230余名患有不同程度伤病的同志，29名参加会战前后家中有亲人离世的同志，30多名想借机回撤的民兵，都发出"任务不完成，誓不下岳山"的誓言。涌现出13个民兵团、105个民兵营先进单位。

据统计，两次大会战，共有3534名民兵（其中女民兵占1/3）被列为入党积极分子，有45名民兵"火线"入党，有451名民兵加入共青团，向党、团组织输送了新鲜血液……

会战结束后，包括冯超会在内，总共有29名骨干被最终留下，组建了温泉林业采育场，谢永桂任场长，董金盛、陈克照任副场长。同时，董金盛任岳山林业采育场场长，黄枝文任副场长。黄枝文属于与严润生同一批留场青年中成长比较快的，他们俩同年出生，同是高中毕业，同一批参加一期会战。

温泉林业采育场建场初期，办公室临时设置在双兴大队汤水生产队，办公条件非常简陋。1976年5月，由政府出资建设了一栋平房，面积437平方米，部分用于办公，基本解决问题。

不久，严润生等回到岳山林业采育场。此时，上级主管部门同意出资建设一栋楼房，面积500平方米，部分用于办公，大家都积极投入到楼房的建设之中。

没想到，刚工作了几个月，严润生他们几个又被抽调到金坑造林大会战的规划组。紧接着，金坑造林大会战开始，领导安排他们继续参加位于头岳东邻连绵山地的第三次造林大会战。

真可谓：青山遮不住，雾霭溪泉绕。谁说少年小，不失凌云志。三期会战路，骏马似风飘。炼山挖撩壕，山岭呈新貌。

1976年7月，文炮田接任县委书记、县革委会主任。

是年冬，文炮田坐镇指挥组织全县教师约4000人进行支援，决战湖朗水库建设。库区坐落在马宁公社辖区，距县城26公里。工程于1972年10月1日破土动工，历经5个春秋，开通了总干渠及西干渠。从1977年起，工程逐年扩大效益，达到设计标准，并与古城水引水工程联合调度，使全灌区2.3万亩耕地得到灌溉，1.6万亩达到旱涝保收标准。

三、带全团走出密林

1977年，陆志超参军入伍，服役于"塔山英雄团"。

这个团组建于1940年，诞生在抗日烽火中。1948年冬，我东北野战军为攻取锦州，封闭东北国民党南逃之门，四纵队在兄弟部队配合下，奉命坚守塔山一线阵地，与敌人激烈战斗六天六夜，打退几十次疯狂进攻，毙敌7000多人，俘敌500多人，而我阵地寸土未失。在这次阻击战中，扼守塔山主要阵地的三十四团打得非常出色，有的连队伤亡大半，仍以一当十坚持战斗。子弹、手雷弹打光后，用石块还击，直至进行肉搏。战后，东北野战军总部授予三十四团"塔山英雄团"光荣称号。

1979年2月上旬，陆志超所在连队入驻广西百色那坡县平孟公社一个村。

广州军区副司令员江燮元少将（1955年授衔）给班以上指挥员和战斗员讲课，开场白掷地有声：

"同志们，老百姓把他们的儿子交给我们，我们要对他们负责，不能让他们做无谓的牺牲，正确处理各种情况才能减少和避免无谓的牺牲。"

他讲课深入浅出——战场上将会遇到各种意想不到的情况，遇到什么情况该如何应对……

陆志超是副班长，听得认真，记得仔细。江燮元1932年参加中国工农红军，久经沙场，屡立战功。1948年的"塔山阻击战"正是他率领部队坚守阵地六昼夜。听这样的首长讲课，陆志超如饮醇醪、如食甘饴。

陆志超在一连二排五班。班里共9人，班长周国平，老兵章明府、谢文建、童发水、李润生，新兵李洪文、盛伯康、彭良生。

1979年2月17日，中国人民解放军遵照中央军委命令，以来自广州军区、昆明军区、武汉军区、成都军区的9个陆军军为主力，发起对越自卫还击、保卫边疆作战。

3月5日，我部队边清剿边回撤，每天都与越军遭遇，经历艰难险阻。

深山老林，峰峦重叠，羊肠小道上尽是枯藤灌木，非常不幸，全团迷路。

团里指定一连二排排长潘志军带战士做尖兵尽快找到"出口"。潘志军具有军事地形学特长，他叫来陆志超共同商议："这种地形，和你家乡岳山相比如何？"

陆志超道："都是山地，但这林子密不透风，要找到出口，得看太阳和月亮，可连日阴雨绵绵，骄阳隐匿，皓月退藏，我也有点发蒙。现在唯一的办法就是找到水源，山水的流向可以给我们指明方向。"

潘志军派几名战士去找水源，不大一会，战士回来报告，找到两处山水，一处水流大，一处水流小。

陆志超道："排长，咱们去现场看看。"

就这样,潘志军和陆志超通过山水流向,为全团找到了回来的路。

3月14日,一连终于回到广西靖西县龙邦公社。

一路,他们唱着连歌,歌声嘹亮:"铁一般的连队,铁一样的兵,坚守阵地是我们的使命。铁一般的连队,铁一样的兵,塔山精神由我们来传承……"

至此,中国边防部队对越自卫反击战取得重大胜利,保卫了我国边疆,支援了柬埔寨人民抗越斗争,大大提高了我国在国际反霸权主义斗争中的威望,为我国社会主义现代化建设创造了良好的国际条件和环境。

2024年5月,我与昔日的战斗英雄见面,言及当年"破局"之举,陆志超道:"若不是在岳山积累的经验,我没办法带领全团走出来。"

时隔45年之后,当年的老战友还经常见面,周国平、何建华定居广州,夏国文定居武汉,潘志军定居佛山,陆志超定居肇庆,章明府定居徐州,童发水定居江西,盛伯康定居广西河池……四通八达的高铁、轻轨、地铁交通,让大家时不时欢聚一堂,回忆军旅生涯,讲述"过命"的交情。

是啊,云山苍苍,江水泱泱,有的战友已离他们远去,但珍藏在他们心中、用鲜血和生命凝结而成的战友情谊,比山更高,比水更长……

第十四章 春天

一、一朵爱情花

1977年3月,陆文去北京开会后带回来一面锦旗。

奖给广东省怀集县,在学大寨运动中,林业取得优异成绩。

落款:中华人民共和国农林部。

1977年春,第三期造林刚结束,按照往年,本应"风调雨顺",可一场"旷日时久"的干旱突如其来,让习惯了和风细雨、温润气候的怀集人极不适应。

上半年雨量偏少,熬到11月,还没缓解的迹象。

直至1978年春,怀集人都没见一场20毫米以上的透雨。

实在令人无比焦灼。

经县气象台统计,当年全县雨量比以往多个年份的平均雨量减少90%以上。

天不遂人愿。

早稻插秧面临急迫情势。

1977年3月30日至4月1日,怀集县委再次召开紧急战地会议,传达省委第二次电话会议精神,进一步动员农村压缩其他劳力,集中90%以上的劳力投入抗旱抢插。

早稻插秧,事关全县人民口粮,属于天大的事。

文炮田等领导分别深入梁村、泰来、幸福、大岗、连麦、洽水等公社,

1977年,在学大寨运动中,怀集县林业取得优异成绩,荣获中华人民共和国农林部表彰

与群众一起抗旱救灾。全县日最高出动劳动力17.6万多人,加上县、社两级机关干部、厂矿职工、学校师生、城镇居民共25.5万人。其中,开夜工6.5万人,吃在田头6.6万人。共调动抽水机电设备920多台,吊桶2800多个,水桶8.81万多对,龙骨车7架等。经各方努力、团结协作,至4月15日插完早稻,夺得了抗旱抢插的胜利。

采育场也有一部分职工被抽调抗旱抢插。

董金盛望着明晃晃的烈日急得团团转:"再这么下去,咱们的杉苗怕也受不住啦。"

黄枝文刚从林地回来,顶着一团暑气,抹了把汗珠子:"苗子耐旱,和咱俩昨天看的一样,长得精神着呢。"

董金盛不放心,想到更远处的山坡看看。俩人戴上草帽,叫

上总务严润生,步行半个多小时上到南面山坡,眼前的景象令人欣慰,三年来,经全面抚育和精心管护,杉苗株株"拔节",不断蹿高。

董金盛蹲下身细看,用手指使劲捅了捅靠近根部的土壤,搓了搓手指头,感叹:"杉苗虽然耐旱,可没这撩壕技术,怕也熬不住这烈日炎炎的天儿。"

"足足旱了一年,要是没撩壕保水肯定不行,这撩壕就像骆驼的驼峰一样,能细水长流哩。"

"千万不能掉以轻心,万一发现哪一片苗木有萎靡的迹象,一定要安排职工马上挑水浇灌。"董金盛叮嘱严润生。

"我们已按场里的安排,天天排班巡山,一定确保每一株苗木挺得过大旱。"

三期会战回来后,严润生干了总务。总务工作比较杂,什么活儿都挨得上,比如参与检查验收、保安、后勤,等等。严润生脑子灵活,人勤快,干什么像什么,场领导很满意。

晚上没事,严润生常去找同事谭兆林聊天。

一次,东拉西扯的闲聊中,谭兆林突然问:"小严,你也没对象,正好,我老婆邓彩珍有个小妹,人勤快,长得也很'醒目',你要不要考虑一下?"

"叫啥?"

"邓柳婵。"

"哪里的?"

"甘洒公社上屈大队。"

"她参没参加大会战?"

"参加了第一期岳山造林会战、第二期温泉造林会战,还参加了一期、二期的幼苗抚育工作。"

严润生心里不由得一喜，这么说还是很积极的一个人，但怎么就没一点印象呢？

谭兆林是甘洒公社谭坑村人，比严润生大5岁，已结婚生子。也是岳山大会战留场人员，开手扶拖拉机。1977年起，严润生做总务工作，两人常去蓝钟圩买米买菜，加深了友谊和感情。

不久，由谭兆林和他老婆牵线，严润生去温泉采育场见到了邓柳婵。还别说，两人一下子就对上了眼。后来又见过一面后，正式确立了恋爱关系。

邓柳婵思想先进，工作积极，向党组织提交了入党申请。她和钱九妹晚上一起上党课，可那年采育场只有一个入党名额，组织委员跟她说："你还年轻，钱九妹23岁了，年龄比你大一点，组织上想先考虑她。"

邓柳婵大大咧咧地说："我们是好姐妹，没问题。"

一次，邓柳婵放假休息，一大早出发，跑了几十公里的山路去看严润生，到的时候天已黄昏。

严润生怜爱地说："这么远，你以后就别跑了，我去看你。"

邓柳婵羞红了脸："说好今天要来的嘛，我跑你跑还不是一样。"

眼看时候不早，场里也安排不了住宿，严润生得送邓柳婵回去。他借了辆同事的自行车，骑过来时，邓柳婵眼尖，瞥见车把上挂着个袋子，里面似乎有什么东西在动。

"装的什么？"

严润生笑而不语。

路真不近。邓柳婵幸福地依偎在严润生身后，环抱着他的腰。山路颠簸，严润生不敢骑太快，但还要赶回来，比常规速度快一点。随着车轮不断起伏，"呱——呱——呱"的声音从前头传来，邓柳婵明白了，里面装的是青蛙。见瞒不住，严润生才说知道她今天来，昨晚上山捉了四五只山青蛙，让她晚上回去和姐妹们煮了美餐一顿。

邓柳婵突然就想起了当年做的那个梦，真是太奇怪了，难道真是冥冥之中的事？一种格外欢喜和甜蜜的感觉盈漾在她的心头。

路上，松树散发着淡淡的香气，松果被山风吹落，树梢间的鸟儿扑棱棱地飞到半空盘旋，啁啾啁啾地叫。邓柳婵望着它们，它们也望着这对年轻人，青翠的山野，嫣红的天际，旋转的车轮，青春的心跳……27公里的山路，那么远，又那么近。

1978年3月13日，农历二月初五，严润生和邓柳婵结婚了。他们婚房的显眼位置，摆着两顶用竹篾和芒草编织的深黄色的桐油帽子，上印"岳山大会战"红字，是对小两口激情燃烧的岁月最好的纪念。

很多年后，当年参加岳山大会战的人还不断说起，严润生、邓柳婵的爱情是战地绽放的最浪漫的花朵，朴实无华，真挚纯洁。

"后来随着几个孩子陆续出生，最多时我们夫妻和小孩共5个人坐一部单车，从家里骑到采育场，又从采育场骑到家里，现在想想，真不知是怎么挺过来的。"严润生感叹。

二、"春风第一枝"

1978年12月18日至22日，中国共产党第十一届中央委员会第三次全体会议在北京召开。会议的主要任务是确定把全党工作重点转移到社会主义现代化建设上来。会议重新确立了马克思主义的思想路线、政治路线、组织路线，实现了中华人民共和国成立以来党的历史上具有深远意义的伟大转折，开启了我国改革开放和社会主义现代化建设的新时期。

十一届三中全会犹如一场春风，吹遍祖国大地，吹绿了湖边的草，山中的树，吹皱了湖中的水，海中的天，吹醒了梦中的人，陌上的客。一时间，人人欢颜，奔走相告，神州大地，处处百鸟争鸣，百花争妍。

人们盼望已久的春天，来了！

其时，习仲勋已调来广东工作了一段时间。1978年4月5日，他从北京一到广州，来不及休息就出席了正在召开的中共广东省第四次代表大会。翌日上午，他在全体会议上发表了热情洋溢的讲话。

1978年5月11日，《光明日报》以"特约评论员"的名义发表《实践是检验真理的唯一标准》，在广大干部群众中引起强烈反响，有人称它为"春风第一枝"。"自5月起，全党、全国逐渐开展了大规模的关于'实践是检验真理的唯一标准'的大讨论。广东省在省委主要领导人习仲勋同志的领导下，在省委宣传部部长陈越平同志具体组织下，开展了关于真理标准的讨论，取得了重大的成果。"①

为了尽快熟悉广东基层的情况,在七八月间最热的时候,习仲勋冒着酷暑,花了20多天时间,奔赴梅县、汕头、惠阳地区的21个县调研。

走一路,看一路,习仲勋感触颇深。他指出,广东山区占70%以上,农田基本建设不光要治水,而且要治山。我们要靠山吃山,吃山就要养山,不养山就会"坐吃山空"。山林对农业的关系极大,一片森林就是个小水库,凡是森林覆盖面积大的地方,水土就不流失,还可以调节气候。

在有些山区,习仲勋看到林、粮、果、杂粮经营得很好,既造了林,又垦了田,绿化与效益都没耽误,很是高兴,提出"要搞好规划,把治山提到议事日程上"②。

天降大任于这位老革命者。十一届三中全会召开前夕,中央决定习仲勋担任中共广东省委第一书记、省革委会主任。十一届三中全会上,习仲勋被增补为中央委员。

广东林业发展始终让习仲勋挂心。1979年1月25日,他在省委四届二次扩大会议总结发言中指出:"要把建设山区提到重要的位置上来,今后,林区要以林为纲,少林山区要粮林并举。"③

1979年2月9日至17日,习仲勋在肇庆地委书记许士杰的陪同下,先后到四会、广宁、怀集、封开、郁南、罗定、云浮等县调研。

---

① 陈士矛等编著:《他从延安走来 陈越平诞辰一百周年纪念文集》,广东人民出版社2014年版,第60页。
② 张汉青:《张汉青文集》,作家出版社2001年版,第390页。
③ 中共广东省委党史研究室编:《历史性的跨越 广东山区开发纪实》,暨南大学出版社1996年版,第347页。

10日至11日，习仲勋在广宁县参加县委常委和公社党委书记座谈会时做了总结讲话强调："广宁县的中心是把林业搞好。也不是单打一。要以林为主，全面发展，光靠木材、竹子不行，粮产区以粮唯一也不行，林区也是这样，要全面发展，不能以林唯一，养羊、养牛、养蜂等，什么都搞才能富。"①

言之凿凿，情之切切。

时至今日，从空中俯瞰，位于广东省中西部的广宁县城群山环抱，树木丛生，百草丰茂。"日里只闻山雀叫，夜间只听水弹琴。"广宁古老的民歌生动地反映了这片土地的自然之美。距县城不远，有一处绥江竹海旅游风景区，名为"竹海"，竹子很多，四季青翠，风景秀丽。竹子是广宁的一大特色，广宁之竹，品种繁多。广宁人因地取材，广宁厨师的"招牌菜"中，多见"竹"，多用"竹"。2022年，我去广宁采访，谭志军在风景区旁边开了一家酒家，不论菜式，单说菜单就别出心裁，以竹简形式刻制，卷起来是一个竹筒，展开是一幅书简，书简上，"竹园""竹林""竹荪""竹心"等字样频现。

这不正是当年习仲勋殷殷叮嘱的"不以林唯一，不以竹唯一"的生动写照吗？

1979年2月12日上午10时左右，在人们的翘首期盼中，习仲勋乘坐的中巴车缓缓驶入岳山。

此时，林杰雄担任古城大队党支部副书记兼民兵营营长。他回忆说，习仲勋入古城之后的保卫工作是他们负责，那次的安全工作做得很好，没出任何问题。

---

① 广宁县革命老区发展史编委会编：《广宁县革命老区发展史》，广东人民出版社2021年版，第182页。

严润生负责的工作是提前将开水、茶杯、茶叶放进会议室,并在附近等候随时接受新的工作安排。

习仲勋面带微笑地下了车,热情地与大家打招呼、握手,随后,迎着明媚的阳光,登至采育场背后的山腰,看到万亩林海接翠连苍、生机勃勃,非常高兴,亲自为三株怀集名木蓝钟杉除草、松土、培土,动作熟练,一丝不苟。

从岳山视察回到县城后,习仲勋在城中心街里的"山"字楼图书馆一楼(现为邬邦生艺术馆)召开座谈会,传达党的十一届三中全会精神。县委班子、县各部委办负责人、各公社书记参加。会后,参会人员到旧县府的南二楼一楼前合影留念,共有57人,岑树权也在其中,一散会,他便赶回下帅向公社党委班子传达会议精神。

习仲勋除草、培土过的蓝钟杉葱郁挺拔(张梓望 许舒智 摄)

在怀集，习仲勋原计划住一个晚上，第二天一早走。当天晚上怀集演地方戏，邀请习仲勋去看。若干年后担任县文广旅体局副局长的罗少山正是那场粤剧的演员之一，那年21岁。

罗少山回忆当时情景，仍是满腔兴奋："1979年春节前一个晚上，习仲勋在县领导的陪同下，在县总工会大会场观看县粤剧团演出古装粤剧《秦香莲》。我参加了这场戏的演出，当晚'斩美'那场戏我扮演太监，却忘记戴太监帽出场，演完入场后才知道自己没有戴帽。"罗少山是1976年11月从洽水公社罗岗村小学民办教师被县文工团挑选入团当学员的。

习仲勋观看演出后，上台与演员亲切握手，祝贺演出成功。

1979年2月15日，习仲勋抵达郁南，16日至罗定，17日到云浮，马不停蹄，通宵达旦，日理万机。

新华社报道说："省委第一书记习仲勋到粤西北山区，走了怀集、广宁等8个县，除了同地、县干部接触外，还同130多个公社书记以及一些大队党支部书记进行了座谈，同他们讨论政策方针问题、干部思想问题以及山区以林为纲、全面发展的建设问题。"

为了绿化广东，省委专门发了文件。3月12日上午，习仲勋出席省委党校读书班开学大会。在会上，一开头就围绕植树问题讲了一大篇话，并告诉大家下午省委的领导都要去植树。他号召每个同志都要关心植树问题，搞好全省的绿化。①

1979年12月17日，在省五届人民代表大会第二次会议上，习仲勋做《广东省政府工作报告》，谈到"关于今后建设的任务"

---

① 张汉青：《张汉青文集》，作家出版社2001年版，第390—391页。

时说：

> 要大力发展山区生产。林区要以林为主，林粮结合，大搞多种经营，全面发展。要稳定山林所有权，坚决制止乱砍滥伐。目前生态平衡受破坏已成为一个非常突出的问题，破坏国计民生，危害很大。要严格执行国家的《森林法》，切实纠正重采轻造，坚持合理采伐，保持可靠的生态平衡。要搞好尖峰岭及鼎湖山等重点生态自然保护区。要大搞植树造林，实行林木良种化、丰产化，加强护林和管理。要提倡多种油茶、油桐、木本粮食等经济林木。在不影响护林、育林，不影响水土保持的前提下，提倡林粮间种，粮食收益谁种谁收。要积极开发和合理利用边远林区的成熟林和过树林。要搞好木材的综合利用，克服浪费，有计划地安排一部分木材给产区加工，允许社队加工枝丫材和非规格材，实行产销见面。要扶植林副产品和名贵土特产品的生产。要办好国营和社队经营的农林场，改善经营管理，搞好场队关系。要积极办好山区小水电。发展山区经济，特别要注意帮助革命老根据地和少数民族地区发展生产和建设，从财力物力上给予支持。[①]

字字句句总关情，字字句句见深情。

1985年11月，中共广东省委、省人民政府发出"五年消灭宜林荒山，十年绿化广东大地"的号令，南粤大地迅速掀起了"绿色革命"的浪潮，广东林业从此迎来了生机勃勃的春天。全省党政军民用勤劳的双手，经过8个春秋的奋战，将5000多万亩荒山提前两年披上了绿装，创造了造林绿化史上的奇迹，成为广东林业发展史上第一个重要的里程碑，并于1995年在全省范围内实现了

---

① 广东省档案馆编：《改革开放三十年重要档案文献 广东 上》，中国档案出版社2008年版，第44—45页。

全国荒山造林绿化第一省

植树造林、消灭荒山的目标,广东率先成为全国实现绿化达标的省份。①广东也因此被党中央、国务院授予"全国荒山造林绿化第一省"的光荣称号。

2023年10月15日,在广东人民敬爱的老书记习仲勋诞辰110周年的日子,《南方日报》发表《潮起珠江》长篇文章,缅怀习老在主政广东期间,以对党和人民事业的无限忠诚,推动广东在改革开放中先走一步,做了大量具有开创性意义的工作,展现出一位无产阶级革命家的远见卓识和解放思想、实事求是、开拓创新的革命胆略,为广东的改革开放事业和经济特区建设做出了重大贡献。

---

① 牛兔儿:《青山依旧　郑群八十年》,广东人民出版社2003年版,第359—360页。

三、永续利用　青山常在

1979年11月，罗天兴从部队转业，任怀集县人民电影院负责人，算是"专业对口"、重操旧业。此时谭上洲还在上初中。他们还没有机会认识。

1983年6月，谭上洲在高考预考中落榜，失去参加高考的机会，依依不舍地离开校园，回到家乡凤岗务农。

改革开放之初，田螺寨一队分成4个生产小组，又从生产小组到"分田到户"。谭上洲家"抽"到一头大水牛，全家乐不可支。他家里总计8口人，水田、旱地也分得相对多些。但父亲谭承绵是公社农村信用社信贷员，负责凤岗利民、麻地、热水、白坭、上磴、坳头6个村委会的信贷工作，平日里根本顾不上农活，全靠母亲伍素莲。谭上洲的回来可帮了母亲大忙。

回到乡下当农民的谭上洲心有不甘，他暗暗下定决心一定要用时间、用勤劳、用心辟出一条路来。

当时怀集快速发展冬菇产业，曾有一个全省闻名的香菇生产基地——徒木坑冬菇场，由广东省外贸局土产进出口公司投资建设，是省科学院微生物研究所实验基地。在基地推动下，欧上村委会（当年为上磴、坳头两个大队）成为全县最早利用椴木人工栽培香菇的乡村，全村有300户左右，有七成以上的农户都种有1立方米以上椴木香菇。到20世纪80年代初，种植50立方米以上的种植大户20多户，靠种香菇致富的"万元户"有十多户。

1983年底，谭上洲与堂叔谭少冬也开办了一家冬菇菌种制种厂，但菌种厂基于不明原因失火，初战失利。第二年，在堂叔谭少军的动员下，他们又兴办了一家香菇菌种厂。

谭上洲在参与香菇菌种制作之余，将重心放在"香菇椴木"栽培上。开始每年种3～5立方米木，后来发展到每年种植50立方米以上，人手不足时还要请人帮忙。在栽培过程中，他十分注重钻研栽培技术，研究哪些木种产量高，哪个季节出产的香菇品质好，如何利用水分调节产菇时间，如何让香菇成批长出来，如何缩短管理时间等。自1985年开始，他家连续多年香菇产量居全村前列。

后来他当上了田螺小学代课老师，一边教学一边搞家庭式种养，用爷爷传授的酿酒技术土法酿酒，酿的米酒畅销村内外。用酒糟养了两头猪，还养鸡养兔子，种了两亩桑树，经济状况不断好转。

"山区需要我，山区的脱贫致富需要我们有文化有知识的年青一代去带头，我要科技兴农，引导农民群众更好地进行农业科学生产。我坚信自己的辛勤汗水能让山区大地开出一朵朵鲜艳的花朵。"谭上洲如是说。

1987年7月15日，中共广东省委办公厅根据省委负责同志的意见，以"内部通报"的形式将新华社记者采写的报道《话说怀集小山庄》印发至乡镇党委，且加了"按"。

这篇通讯，生动地反映了深山区的农民如何以自己独特的办法开发农业，治穷致富。办"小山庄"，这是适应山区的条件和农民的愿望，可以促进山区商品经济发展的一种好办法，应当大力提倡。

林杰雄也没闲着。"山绿起来了，水便多了，水多了，资源就有了。古城大队一度建有19个水电站，电输送到南方电网。"1992年，林杰雄在县供电局、水利局的支持下牵头建设了肇庆市第一个股份制电站，农民和供电局职工均可入股，一股500元。入股可以分红，100元每年分红35元，年底，农民拿几百几千的都有。

"古城大队有60%的农民入股，股钱总共收了100多万，我们两个人骑着摩托车拉着现金去怀集存钱。"

林昉亦言，岳山造林之后，明显见到蓄水、养水、控水效益。蓝钟、马宁等地不但蓄了水，还有"节余"供给岗坪、梁村等灌溉农田。

是啊，"一片森林就是一个小水库"。有了水，就可以建电站，发了电卖了电，农村就富了。

1985年，林昉从怀城森工站副站长岗位上调入县志办，开始从事县志编修工作，而岳山大会战那段岁月，是他必须关注、深入挖掘的历史片段，进而以史志式记载。

到中央工作后的习仲勋仍十分关心广东绿化造林。1987年3月7日上午，习仲勋来到怀集县微粒板厂视察。

邝以陶当时在县政府工作。他忆述，县林业虽然发展了，但经济效益很低，县委、县政府看到这个问题，根据实际情况做出了一个比较大的战略决策——除了发展林业，还要提高经济效益，当时提出一个口号——"打开山门，发挥资源优势，发展资源型工业，变资源优势为经济优势"。1986年，用补偿贸易的方式引进联邦德国先进生产线，成立了微粒板厂。生产线年产1.8万立方米微粒板、2万套组合家具。所用原材料全部利用枝丫材、短材。工厂建成后，木材利用相当好，年产值2000万元，比原来木材粗加工年产值增加十几倍。"县上利用山区丰富自然资源和引进先进机械生产设备搞工业生产,加快山区经济发展的做法,给习仲勋留下深刻印象。"

当晚,习仲勋与省、地委领导在怀集中旅社燕峰楼,开了一个小型座谈会。听了县委书记黄响的工作汇报后,习仲勋对怀集加快山区经济发展步伐的做法给予充分肯定,提出"合理砍伐,永续利用,绿化荒山,青山常在"的要求,勉励大家要进一步做好工作。[①]

第二天一早,方权裕兴冲冲地来到已是县文化局局长的罗天兴办公室:"罗局长,你猜昨天谁来了?"

罗天兴忙站起来接过照片,一看,心里一热:"是习仲勋——习老!"

"是,我去之前也不知道,到现场一看,竟是习老!"

方权裕告诉罗天兴:"在现场习老很高兴,微粒板厂用'等外材'加工制成高档微粒板,既节能又环保,说这是山区发展经济的好路子、好模式。"

罗天兴高兴地说:"这么多年了,习老还心系怀集,得到他的肯定,真是太好了。"

方权裕将照片交到县委办,将底片精心地保存下来。

习仲勋离开时,与下榻的燕峰楼的服务员一一握手,还与省、地、县领导及陪同人员合影留念。

1987年3月18日,《广东科技报》刊登报道《打开山门 加强联合 怀集县致力开发地方资源》。

[①] 黄红绿:《端砚是国宝 要精益求精——记习仲勋副委员长视察肇庆》,选自肇庆市炎黄文化研究会编《情系肇庆》,中国文史出版社2004年版,第142—143页。

怀集县根据山区特点，大力引进外资的先进设备，积极推进横向经济联合，开发利用当地木材、矿产、水电三大丰富资源，变资源优势为经济优势，闯出一条有山区特色的，以资源培植开发利用型为主的新路子。

怀集县木材资源丰富，是广东省重点林业县之一；可供开发的水力蕴藏量有22万千瓦；已查明的矿种有铁、钨、金、水晶等30多种。

为了加快山上、地下、河里的资源开发利用，近年来怀集县采取引进技术设备、合资、"三来一补"等多种形式发展以木材为原料的工业新项目、新生产线。先后与港商合作，引进日本、意大利先进设备，加工生产木板门、橱柜等；从西德引进具有20世纪80年代先进水平的微粒板生产线和家具生产线；为促进家具加工企业的横向联合，县决定成立家具工业公司，把全县国营、县办、二轻、外联的竹木加工企业归口县家具工业公司管理，形成以微粒板厂为龙头的家具生产体系，生产优质高档板式组合家具与原木家具，开拓国内外市场。这个县还积极与省内外有关企业联合，发展矿产品综合回收和深度加工。为改变枯水及用电紧张状况，怀集县把水电建设放到以蓄能电站为主的方面来，实行以电养电、与外地合作等多渠道筹资办电，1985年以来，县就筹集资金400多万元用于电站建设、线路维修与配套。目前，怀集县已制定调整电价等优惠改革，鼓励现有蓄能电站在枯水期多发电，提高新建蓄能电站的还贷能力，促进全县水利资源充分利用。

名山生名木。

1981年、1985年、1988年，广东省林业科技人员分3批采种，第一、二批以类型为单位采集，共10个；第三批是分单株采集的类型种，共34个。1981年在甘洒镇南洞乡新寨片黄沦涌采集南洞杉树种400克。1985年在甘洒镇南洞乡郎仔尾横坑尾采集南洞杉树种1100克。1988年在岳山林场采集蓝钟杉5株，6.8克；南洞乡采集南洞杉5株，0.50克；南洞乡坑口采集南洞杉5株，0.25克。

"树种亦云长，子去无还期。"

种子有形，融入大地，在岭南乃至更广阔的天地间生根发芽，传递怀集之木的美名。母亲不需要孩子回家，母亲知道，这些孩子，以及她更多的孩子，早已成为新时代锦绣中国壮美画卷中最美丽的使者。

第十五章 传承与弘扬

一、此心安处

这么多年来，谭鹰时不时就会登上怀集三岳省级自然保护区瞭望台，凭栏眺望，群山环抱，峰峦叠嶂，头岳、二岳、三岳三座山峰，既有高耸入云之威，又有雄健俊雅之势，如墨者笔走春秋，如游侠跃古浮今。

是啊，作为怀集三岳省级自然保护区副主任，他怎会不知眼前这总面积达10.84万亩的绿水青山来之何等不易，这肇庆生态文明建设样板和"绿色明珠"倾注了一代代岳山造林人的心血和汗水。包括自己的儿子谭江昊也受自己影响，本科在仲恺农业工程学院读园林专业，研究生就读于山西农业大学林学专业，现在中国科学院华南植物园联合培养。

"疲马卧长坂，夕阳下通津。山风吹空林，飒飒如有人。"他轻吟唐代边塞诗人岑参的《暮秋山行》，禁不住泪眼模糊。透过柔韧的山风，隐隐，他望见了当年那个义无反顾走过来的青年……

1992年夏,谭鹰从九嶷山学院毕业。这所学院由我国著名农林业科学家、教育家乐天宇(1901—1984)于1981年创办。老一辈无产阶级革命家萧克、王首道、李维汉、曾三以及著名科学家钱学森、周培源等都担任过学院董事。

1992年,谭鹰这一届学生毕业前夕,怀集县人事局副局长廖特光和已是林业局副局长的陈荻戈去九嶷山学院寻找"千里马"。

拿到毕业证后,学院老师带谭鹰等5名学生来林业局参加笔试和面试,均被录用。

为何"急急"选人才?当时的现实情况是,1974年岳山大会战种的树到1988年已经长成。林场要经营,准备采伐。为了林场永续利用,采2000亩就一定要高规格高质量种2000亩,不能出

今日岳山(伍尚慧 摄)

现荒山。当时林业局缺乏育苗、造林专业技术人员。而陈荻戈作为分管领导，本职工作一大堆，还要抽空做些研究，实在分身乏术、力不从心。1991年3月，陈荻戈主持的《怀集县岳山林场中幼林抚育经营设计实施效果初报》（另两人为叶渭贤、黄胜贤）获全国林业调查规划科技情报网优秀成果奖。

5名同学分去不同的林场，谭鹰到岳山林场报到。岳山林业采育场更名为怀集县岳山林场是1980年1月的事儿。1988年6月，黄枝文任岳山林场场长，没有配备副场长。

黄枝文对谭鹰的到来非常热情："欢迎，谭大学生！"他站起身，伸出手，使劲握了握谭鹰的手。他手劲很大。看着这个个子高出自己一头又生得膀大腰圆的场长，谭鹰心生一丝畏惧。初来乍到，人生地不熟，又无亲无故，心理有不适是必然的。

黄枝文对站在一旁的严润生说："老严，谭鹰是林业局专门为我们请来的技术员，你负责总务又是工会主席，一定要安排好小谭的生活。"

严润生忙不迭地答应，谭鹰又觉得心头暖暖的。

严润生和邓柳婵已在林场安家，两口子热情地邀请谭鹰到家里搭伙吃饭。林场所有老员工没有一个人因谭鹰是外地人而排斥他，都很关心、爱护他。平常一到过节或天下雨没办法上山作业时，很多职工家属也会叫谭鹰到家里包饺子。谭鹰越来越觉得林场温暖得像一个大家庭。

1992年底，严润生被组织抽调前去肇庆市委党校学习前，拿着一张条子去找黄枝文。

"黄场长，谭鹰马上要结婚了，按照规定，他们夫妻可分到一套两室一厅的房子。我去看了看，要是有一个衣柜就体面了，想请您批一下，许他以内部价买一根木头。"

"没问题。"黄枝文大笔一挥，批给谭鹰一根42厘米粗、4米2长的木头，总共花了40多元。

谭鹰带着这根木头到蓝钟镇换了一个衣柜。半年后，谭鹰与大学同学陈娟在林场办结婚酒席时，这个衣柜十分显眼，起到了"满庭生辉"的效果。

林场财务任务重，陈娟被安排到财务室做会计助理。自此，谭鹰夫妇在一起工作、生活，没有了后顾之忧。

回想起那时的日子，谭鹰觉得蛮有意思的，比如用电，林场自己发电，用电集中时段灯光像萤火虫一点点亮，要以煤油灯辅助照明，而半夜没人用电时电灯很"厉害"，亮得刺眼。每家每户都装了几个稳压器，稳压，稳压，再稳压，否则电器会被烧坏。

谭鹰到林场之后发现林场管理办法很有效，效益也好得不行。

黄枝文哈哈大笑："现在想进岳山林场的人可挤破了头。"

谭鹰的工资说起来不高，但每年奖金到手有几百元。福利也好，10斤装的食用油一桶一桶发，连家用电器也发。林场内办有小学、卫生站。职工连同家属一二百人身居其中，其乐融融。

和严润生同去党校学习的还有岑盆生。1993年6月，经过半年学习的严润生、岑盆生回到林场，被提拔为副场长。严润生负责护林，岑盆生负责生产。

谭鹰忆述："那时没有民工，从事砍伐工作的全部是林场职工，包括严副场长的老婆邓柳婵，她个子小，我还帮她抬过树。"

谭鹰所起的作用越来越明显，育苗工作有条不紊，加速推进，效果显著。在场领导的支持下，他还牵头成立了林场苗圃基地技术攻关小组，攻关苗圃基地选种、育苗技术，技术瓶颈突破后，林场每年培育优质杉木种苗50多万株，解决了每年更新种植杉木2000~3000亩的种苗问题，每年节省苗木资金十多万元。

第二代造林时，也要挖撩壕，为了确保每个坑的大小统一，谭鹰拿一个70厘米×50厘米的木架，看到打好的穴（挖好的坑）就把木架平丢下去，4个角要落地，4角落地长宽就没问题，如果坑挖得不标准木架就落不下去。深度35厘米如何测量？他把木架竖起来，用70厘米的一边去量，35厘米刚好一半。

"这个标准和大会战的时候是一样的。"

1994年，谭鹰参加了广东省林业科学研究所"秃杉在广东引种试验"项目的科研，主要负责秃杉无性系扦插育苗工作。当时从大坑山林场拿了100多株从云南腾冲引种过来的六七十厘米高的秃杉苗种植。

"野生秃杉属国家二级保护植物，看能不能够引种成功。"

1996年6月，谭鹰被提拔为副场长，负责技术。至此，班子算是配齐了。

当副场长后，谭鹰买过一辆"珠江"摩托，花了1万多元，还花了3000多块钱买过一台"索尼"彩电。

林场职工都是万元户。

在谭鹰的带领和技术指导下，大家剪嫩芽，扦插；每过10天全部剪掉，又插。第二年继续。然后第二批、第三批……功夫不负有心人，累计培育秃杉无性系苗木1万多株……弹指一挥间，30年过去，他们当年种下的秃杉已长成20多米高、胸径30多厘米的大树。

"老一辈无产阶级革命家深厚的历史情怀、深沉的土地情怀、深切的人民情怀,始终萦绕在三岳大地,这是我们的信念和支撑。"谭鹰说。

二、守业者

怀集县林业系统很多人都知道,虽然黄枝文职级不高,却是一个很"硬"的人。

每次县林业局开会,局长邵识烦都会环视四周:"黄枝文来了没有?"

黄枝文来了才开会。

"他虽然是下属,但局领导很看得起他,对他很尊重。"谭鹰说。

黄枝文在林场(采育场)工作了25年,当场长12年。林业属于三分种七分管,从岳山造林大会战到2000年前,黄枝文当场长期间,制度比较完善。

"公平公正地说,没有黄枝文就没有岳山林场的今天,他功不可没。比如整个岳山林场没有开一条公路,因为开公路必然会损坏林地。那些年十几万立方米木头全靠手推车拉出来,从环保、生态角度来说,他把住了关,做了很大贡献。"

谭鹰多次随黄枝文到县城办事。林场起初没有汽车,他们花12块钱坐摩托车到蓝钟,再花8块钱坐公交车到县城。每次黄枝文必去新华书店,也一定要逛逛书摊。他读书杂,不吝惜钱,一买一大摞。

"小谭,我没读过大学,全靠自学,林场这么一个大摊子,前辈交到我们手上,不学就管不好,管不好就成了历史罪人。"

黄枝文也一天到晚往山上跑,有时会叫上谭鹰。

黄枝文背着锄头,戴着草帽,边爬山边讲:"现在有采伐、有抚育、有育苗,你是唯一的技术员,要帮我盯紧,检查苗木有没有死,有没有做好排水,有没有防治病虫害,有没有施肥,生产情况怎么样。80多个人工作很分散,我一个人盯不住。"

林业工作规律性很强,看天下"菜",按照时间段和节点,雨水少时要砍木,春节前后雨季一到要造林。黄枝文天天去各个点检查,眼里不容沙子,检查中发现问题,以相应制度管理,没有制度就制定制度,没有打印机就手写。

但不搞"一言堂"。

"他写制度前要开班子会,从大方向上先听取大家的意见。大家都说没问题他才开始写。他亲自写,一条条、一项项,很细,能细到哪一个环节没做好扣0.1分。"

谭鹰听不懂怀集话,班子开会,大家便都说普通话。开职工大会,黄枝文说怀集话,知道谭鹰听不懂,他会时不时用普通话解释一下。

黄枝文声音洪亮,不念稿子,能滔滔不绝两个小时。

"他讲话富有哲理,经常引经据典,文化水平很高,鼓舞性很强。"谭鹰忆述。

林场门口有一个值班室,门口支着一块黑板,场领导每天早上将工作安排写在上面。职工吃完早饭先看黑板,对号入座"领"任务。

黄枝文有时也写,比如哪个地方几号山经过他检查质量太差等。当事者一看吐了吐舌头,赶紧上山改正。

管理者，做事公平最为紧要。但冈峦起伏、沟壑纵横，如何做到公平？

一大早，谭鹰带着几个妇女提着油漆上山。

"山脚水分多，你们看这草长得多快。"

"这块山跟这块山是同一块，干活容易些。"

"这地方石头多，难干。"

谭鹰指挥妇女把"地块"隔断，按照人头分成40块，在地上、石头上或树上刷红色油漆做记号，再标明价格。

回到林场后，准备40个纸团，纸团上一一标注数字，与地块对应。

开始抓阄。抓着哪个就干哪个。

一般来说风平浪静。

干了一天，职工从山上返回后也有"闹事"的。

"谭场长，你脑门子让门夹了吗？我干的地块石头贼多，工钱却比软土少。"

"我的也是，石头这么大块儿，谭场长，你盲人吃饺子，心里没数吗？"

谭鹰赔着笑。但妇女喊喊喳喳嚷嚷个没完，他脸一拉："我也不是孙悟空，没长火眼金睛不是？再说，阄是你自己抓的，又不是我塞给你的嘛。"

"大家听听，谭场长还想塞给我，你塞你塞。"说着，把身子拧了过来，夸张的胸部乱颤。

旁人拉她："陈娟在楼上看着呢。"

"每天跟女的吵架，好像王婆骂街一样。"

吵是真吵，声音蛮大，整个林场都听得见，但不影响工作，也不影响友谊，从没打过架。

第二天继续抓阄。

吵过架的女人搓了搓手说："谭场长，你猜，我今天能再抓石头山不？"

谭鹰笑道："你印堂发亮，胸有乾坤，石头早就吓跑了。"

大家哄堂大笑。

抓阄之后要登记，以核对工作量。

偷奸耍滑的人也有。

有一次上山种树，每个人拉了400株马尾松幼苗，谭鹰巡回检查时，发现一个平时干活拖拖拉拉的青年女工，这回干得特快，别人脚下还有几大捆，她却剩下不多。他放眼一看她种过的山头，心里有了数。

谭鹰走过去问道："你的苗呢？"

"都种了呀。"

"你好好想一想，是不是把苗埋了？"

"没有的，我怎么会埋苗？我都是认真种的。"

"你实实在在，你要把苗埋了，现在挖出来，老老实实做好，我不追究你的责任；假如查到你，你今天的奖金就一分都没有了，等于白做。"

女工突然大哭："谭场长，我埋了，你不要说哟不要说。"

山头之间距离远，她在这边哇哇大哭，别人听不见也看不见。

"承认了就好。你们这么辛苦，我也不忍心扣你的奖励，但以后在我管理范围内要老老实实干活。"

女工擦了一把眼泪，使劲点点头，挖出埋下的树苗，一棵棵重新种下。

晚上，夫妻俩来到谭鹰家里再一次承认错误。

每天上山，谭鹰都带着笔记本随看随记，开单时一一对照。下雨天大家不上山，谭鹰开验收单。大家拿验收单去财务室结账，月底发工资、奖金。

"开单是很琐碎和复杂的工作。职工做一个月要开单，后来有民工打穴、造林也要开单，单就是钱，不能错。得益于管理制度完善，假设制度不完善，能让人投机取巧，就乱套了。你想，上山做工的有场长老婆、副场长老婆、镇领导子女，假设不公平，那业绩考核是站不住脚的，林场会成为一盘散沙。"

黄枝文平时工作抓得紧，但劳逸结合，一下雨就开展活动，比如搞象棋比赛，奖品还蛮丰厚。唱卡拉OK。时不时从外面拉头猪来杀，每人分几斤肉。用拖拉机去蓝钟买大米，1斤1毛5，平进平出。当场不收钱，从下月工资里扣。

黄枝文还让大家间种厘竹，三行杉苗一行竹，种植了千亩竹林。竹子干啥用？细竹子做钓鱼竿价格很好，当时100斤卖到35元。

李芳青、梁启兆曾收集整理关于坳仔厘竹的资料，据坳仔区的一些老人反映，坳仔厘竹，在140多年前是坳仔地区山上无人管理的一些野生竹林。鸦片战争后，英国不少商人进入中国。据说当时，坳仔区有一村民在山上砍了一些野生厘竹到广州去摆卖，英国一商人见此竹质优色鲜，随手买了几枝带回英国后，深受英国商人赏识。从此英国商人便委托中国商人大量收购厘竹，以供应英国市场的需要。坳仔厘竹由此名扬世界，并从野生到人工发展起来了。目前，坳仔全区厘竹生产已发展到10万多亩，占该区山地面积的四成以上……

1996年，因为孩子上学方便等诸多原因，谭鹰申请调离岳山林场。1998年3月，严润生调到温泉林场当场长。

2000年8月，谭永盛调任岳山林场场长。上任之初，培育苗木、造林整地、灌溉抚育、防火护林等都是难题，他主动缠着前辈学习护林技巧，凭着一股子钻研劲儿，很快上手成为林场"大管家"。

三、绿美广东

2005年8月15日，时任浙江省委书记的习近平在浙江省安吉县调研时创造性地提出"绿水青山就是金山银山"。

怀集，也始终在寻找森林保护"破局"之路，尽管艰难，仍砥砺前行。

2000年，怀集县政府向肇庆市政府申报建立市级自然保护区，同年，经市人民政府批准成立市级自然保护区。

2004年1月，经广东省人民政府批准升格为省级自然保护区，岳山林场的林地林木划为自然保护区。

2012年4月，根据怀集县人民政府《关于岳山和温泉林场委托三岳省级自然保护区管理处管理问题的复函》的文件精神，怀集县国有林业总场与保护区签订《委托管理岳山、温泉林场协议书》，由此，岳山、温泉林场划归广东怀集三岳省级自然保护区管理处管理。

"保护区是以岳山、温泉两个林场，加上租赁的2.4万亩林地构成的，由生产型、经营型转向生态型。"谭鹰说。至此，怀集人民始终牢记习仲勋的嘱托,落实省委、省政府"五年消灭荒山、十年绿化广东"部署,全面消灭荒山,终于走出了从以木材生产为中心到以生态保护为主的新路子。

进入新时代,在"岳山造林"光荣传统的激励感召下,怀集

界碑(卓尔吉一湄 摄)

人民持续用力，2023年，全县有森林资源总面积35.55万公顷，林地总面积27.1377万公顷，森林总面积26.2193万公顷，活立木总蓄积量1594.69万立方米，森林覆盖率74.82%。

"林深则鸟栖，水广则鱼游。"竹木葱茏，苞笋抽节，一度逃离的奇兽异禽焉能不往？

2016年9月，一只猴子跑到岳山脚下的一户人家围墙上，白天观察主人家的动静，晚上溜进农家屋里，学人挤牙膏、开水龙头、揭锅盖，跟这家人做起了"朋友"。依着岳山，野猴方有此智巧之举。

唯兹山之秀丽兮，日悠然其可望。览云物之生态兮，忽朝暮之无常。奚所夏暑冬寒兮，历四时而凝霜。知主人之远志兮，托幽遐以自将。

这是明代官员归有光散文集《冰崖草堂赋》中的一段。其时，归有光寄情山水，写景咏物，闲适淡定。

无限清景，如今在三岳省级自然保护区随处可见。纵你无归有光之文笔，写不出同等美文，但江山风月，本无常主，你来岳山，听风听雨，看山看水，你就是岳山的主人。

"高类衡岱。"那日，我站在望岳亭上看岳山，头岳、二岳、三岳，云雾缭绕，众峰蜿蜒，状似走兽，或像猛禽；林木峥嵘，绿水悠悠，隐隐，瀑布直泻谷底，声若雷鸣。耳畔，百鸟喧啾；眼前，蝶翅栩然。亦有一家三口至此，于近处一爿草地野炊，欢声笑语，雕刻美好时光。

我们沿着东西两侧已开通的公路，自"岳山"而"温泉"，沿途，山径曲折，微风轻拂，草木香郁，忽而90°直角，疑是无路，转了转方向盘，柳暗花明，其状奇险。

怀集岳山林场笔直挺拔的杉林（刘春林 摄）

至温泉林场，《广东怀集三岳省级自然保护区功能区划图》一目了然：核心区3028.94公顷，缓冲区1916.38公顷，试验区2283.87公顷，合计7229.19公顷，不可谓不大。保护区的主要保护对象为水源涵养林、中亚热带常绿阔叶林和珍稀野生动植物。根据调查，三岳省级自然保护区森林覆盖率为92.6%，有野生维管植物183科，631属，1239种。其中有国家和省重点保护植物16种，国家一级保护植物仙湖苏铁，国家二级保护植物有合柱金莲木、八角莲、桫椤、黑桫椤等；陆栖脊椎动物25目86科263种，其中国家和省重点保护动物30种，如国家二级重点保护野生动物白鹇、斑林狸、豹猫、仙八色鸫等。

沿"广东怀集三岳自然教育路径"，漫步"教育长廊""科普馆""趣味园""观鸟台"，一处巨石岿然挺立，宛如植土龛岩，上覆苔藓枝条，浑似绿色小星。两侧苍林积叶，植被丰富，流水淙淙，蝶飞燕舞。突然女儿惊叫一声，引得众人注目，原来撞见几只野生锦鸡，倏忽入了林子。

现任场长谭洪昌指着一枝青苗言，这是石斛，具有益胃生津，滋阴清热之功效。他笑道："算上在金坑林场，我当场长已经20年了。"

临走时，站在林场大门口，严润生和谭洪昌握手道别时感慨："我在这里当场长时，房子没这么多，也没这么漂亮，环境也没这么好，现在变化很大。"严润生2004年3月调到县林业局林业总场工作，2014年4月退休。从事林业工作40年，他兑现了当年对谢永贵"一辈子干林业"的承诺。

"我们三代护林人共同管护岳山林场至今有50年，尽职尽责，管辖范围之内没有发生过森林火灾事故，殊为不易。"不发生火灾，这也是严润生当年对谢永贵拍胸脯说过的话。

竹乡晨曦（蔡铮龙 摄）

薪火不停焰，篇章互赓续。

在文炮田手里创办的岳山茶场依然还在。黎荣修坚守茶场数十年，对岳山和岳山茶有一种特殊的情怀。他的侄子黎秋岳告诉谭上洲，叔叔感觉自己年纪大了，希望黎秋岳用岳山造林大会战那种艰苦奋斗精神经营茶园，接力做大做强岳山茶产业。

当初，熟悉黎秋岳的朋友都不相信他会放下城里好好的生意不干，回乡下种茶干苦活。20余年的打拼，岳山茶园由小变大，茶叶质量不断提升，茶叶品种也从过去单一的岳山绿茶，扩展到红茶、绿茶、白茶三种主推产品，并申报"岳山红""岳山绿"商标，销售渠道从县内拓展到县外，甚至湖南、四川等地，年产值达250万元。通过多年的实践，黎秋岳掌握了茶树种植、管理，以及茶叶加工制作技术，成为"茶"专家。

50年，于历史长河中，犹白驹过隙。但这片土地上的人们，从未忘记"岳山造林"，一直尽力"打捞"与"还原"一个又一个真相。

虽然很难。

每次见到谭上洲，他的脸都黑黑的，有一股风尘仆仆与沧桑之貌。自2023年年初以来，他和罗建和"上蹿下跳""走街串巷"，多少次无功而返，脸上写满失落、失意、失败。作为读书人，他想到了一个人。

罗建和猜出了那个人——

……南游江、淮，上会稽，探禹穴，窥九嶷，浮沅、湘。北涉汶、泗，讲业齐鲁之都，观夫子遗风，乡射邹峄；厄困蕃、薛、彭城，过梁、楚以归。

但他们都没好意思说出口，怕被人哂笑。

一度，他们如被困于岳山之中的麋鹿，找不到回巢的路径。

终于，在罗天兴那里找到突破口后，他们欣喜若狂。

罗天兴明确地告诉他们："片子是珠江电影制片厂拍的。"

珠江电影制片厂如今是珠影集团。巧的是，珠影集团挂点联系下帅乡，珠影集团人力资源部副总监、驻下帅工作队兼东西村第一书记任志宁得知情况后马上向单位领导汇报，在相关部门全力协助下很快找到三条怀集影材，并启动修复工作。专家通过胶片物理鉴定修补、物理清洁、数字化、自动修复、人工修复、音频修复、二级调色、声画字幕合成等技术步骤，完成纪录片《伐木》《山区造林》《怀集林业采育场》等影像修复工作。

"我和罗建和两人负责岳山造林历史资料的收集整理。当时寻找岳山造林历史资料的突破口难以打开，想了不少法子，找过多个部门，还是找不到有用的材料。为了早日完成展馆建设，丰富展示内容，在当时资料近乎空白的情况下，一方面到县档案馆、各相关部门档案室查找历史资料；另一方面找上了年纪特别是曾在造林指挥部和参加岳山造林的亲历者访谈，有两位老同志调往汕尾了，我们也专程拜访。每当材料收回来，我们便加班加点进行整理，进行材料分析，为布展提纲的撰写提供丰富的基础资料。说实在话，我们所提供的海量的资料，是一个个夜以继日的劳动换来的。"

2022年9月15日至16日，肇庆市委书记张爱军到怀集县调研，在岳山林场，他强调要加强对三岳省级自然保护区等重要生态系统的保护，要强化历史文化遗存的传承与保护，要加强自然保护区的建设与管理，同时适度有序推进资源活化利用，实现保护与发展相统一。

张爱军认为，20世纪70年代，怀集县响应"绿化祖国"号召，发起了"岳山万人造林大会战"，几万名风华正茂的青年怀着"誓把荒山变林海，敢教日月换新天"的决心，在延绵山岭间筑起一道道绿色屏障，创造了将贫瘠荒山变成万亩林海的人间奇迹，孕育了"忠诚奉献、艰苦创业、团结奋斗、久久为功"的"岳山造林"光荣传统，弥足珍贵。"岳山造林"光荣传统，是怀集人民胸怀祖国、敢于创新，自力更生、艰苦奋斗，集智攻关、团结协作的生动写照，要务必传承好。新时代传承"岳山造林"光荣传统，就是要锤炼忠诚奉献的政治品格，弘扬艰苦创业的优良传统，发扬团结奋斗的务实作风，操持久久为功的战略定力，矢志不渝、奋力书写中国式现代化的肇庆绿美篇章。为此，他还组织起草了要传承弘扬"岳山造林"光荣传统的专门报告，

三岳夕照（黎俏欣　摄）

以市委的名义上报省委。省委高度重视，省委书记黄坤明指示要发扬"岳山造林"光荣传统，深化绿美广东生态建设。

2023年6月7日，怀集县召开"岳山造林"光荣传统事迹史料发掘成果座谈会，县领导江建军、莫敬彬、林江、孔建辉，蓝钟镇、县委组织部、县委老干部局、县委党研室、县档案馆、县林业局、县志办、三岳省级自然保护区管理处、县岳山造林历史展馆建设领导小组办公室负责同志及退休干部代表参加座谈会。

"……目前我们已收集到珠影集团帮助修复的三条视频材料和县电视台于1987年3月拍摄的习仲勋怀集视察的新闻报道。"谭上洲说。

怀集县委书记于晓军很高兴，强调要传承和弘扬"岳山造林"光荣传统，激励全县上下在推进怀集现代化新征程中展现新担当新作为。"岳山造林"光荣传统是怀集人民用智慧和汗水、忠诚和奉献打拼而留下的一笔十分宝贵的精神财富和政治资源，在怀集改革发展进程中发挥了重要的精神引领作用。

2023年4月14日，《怀集县推动岳山造林历史展馆建设工作方案》印发。

2023年10月11日，中共中央政治局委员、广东省委书记黄坤明来到岳山林场调研。他认真阅读林场宣教长廊关于岳山造林的历史介绍和习仲勋视察时作出的指示，实地察看万亩林海的壮观景象，追忆当年干部群众万众一心植树造林、绿化荒山的火热历史场景，深切缅怀习仲勋为广东改革发展做出的历史性贡献。他强调："我们要用心体悟、好好学习，继承和发扬老一辈无产阶级革命家的优良传统，以满腔热情、百倍干劲投身到新时代绿美广东生态建设的新实践中。"省领导陈建文、陈良贤，广东省林业局局长陈俊光等参加调研。

2023年10月14日，三岳自然保护区科普·研学基地（下称"基地"）揭牌，成为传承弘扬"岳山造林"光荣传统的重要载体。

2023年11月的一天，谭上洲在肇庆鼎湖山景区遇到小姑，她告诉他，她与当年在氮肥厂一起工作的同事去"基地"参观，心情十分激动。

谭少凤是谭上洲的小姑。

"侄儿，我就是岳山造林的民兵啊。"

谭上洲正四处寻找当年的造林民兵，没想到"远在天边，近在眼前"，兴奋不已。他让小姑将当年的战友"推"给他——很快，陈金棠、陈金莲、汤丽萍、黄志坚……一一"浮出水面"。大家还组建了一个"岳山造林战友联络群"。

"基地"前的广场有一座雕塑，以三岳地形为背景，用简洁

三岳自然保护区科普研学基地

流畅的抽象手法把山川的连绵表现出来，像一幅展开的画卷；中间是造林青年民兵的形象，他们手拿植树工具，目光坚定，展现了岳山造林人不畏艰苦的精神气节；人物背后用直线展现树木茁壮成长，翱翔的飞鸟描绘如今岳山优越的自然环境。雕塑传递出"岳山造林"光荣传统是用青春与汗水浇铸的宝贵财富，也是肇庆生态文明建设的精神旗帜。

每一个进入"基地"参观的人，都感觉这里是生态展示的核心平台、参观交流的怀集客厅、爱党爱国的教育基地。"基地"围绕"一条主线、一个主题、七大板块"构建布展脉络，以"高质量推进绿美广东、绿美肇庆生态建设"为主题，融展览展示、参观学习、交流互动、科普教育等功能于一体。重点还原荒山变林海的岳山造林大会战场景，展示了近半个世纪前这场史无前例的绿化荒山大会战的艰苦奋斗历程。

"基地"结合现代声光电技术和传统展示方式，以思想立意、以历史赋能、以科技塑形，包括万人大会战场景还原、岳山战歌、"树下听故事"口述史、20世纪70年代影片还原等展项，展览内容有深度、有广度、有温度。

你听——岳山林场指挥部集体谱曲，正在欢唱：

肩挑红日出

沙滩晨雾飘，旗扬人欢笑。

肩挑红日出，争分又夺秒。

战　歌

披荆斩棘战山岭，踏破露珠天未明。

晨风为我爽身过，摘片锦霞当面巾。

今日甘洒千滴汗，明天葱葱万亩林。

妇女能顶半边天

县委发出战号令，劈山造林战山岭。

英姿飒爽齐上阵，豪情满怀鼓干劲。

苦战精神大发扬，娘子军歌高声唱。

团结战斗力量强，学习大寨铁姑娘。

三岳山高好风景，民兵穿云似山鹰。

送粮上岳山

举眼远眺千里雾，披荆斩棘闯出路。

我挑粮担上岳山，穿林涉水不停步。

登上一岭绕一湾，眼前一派好风光。

撩壕开在云层里，喜得人心乐开花。

呈现在人们眼前的还有征集而来的岳山造林期间的老物件，包括锄头、铁锹、镰刀、解放鞋、军帽、茶壶、蓑衣、水壶、铝锅等，无不成为珍贵的历史见证。

参观者郑东顺参观岳山林场后有感而发：

冬立蓝泉暖，云深三岳稀。

昔日会战地，锄踪锹影息。

吾非寻芳客，来承斗地志。

整装再出发，绿美广东季。

2024年5月4日，肇庆。岳山情牵，王振华、黄志坚、罗天兴、陆志超等相聚。虽是老相识，但退休后见面不多，言及过往，兴奋异常。从他们的脸上、目光中，我能感觉到，如歌的往事作为他们青春的记忆、人生的乐章、岁月的印痕，如清风鉴水，滤去了一切烦忧。

草长莺飞，山河远阔。

2024年1月20日"榜样的力量·做新时代文明人"广东省精神文明建设好人盛典在广州举办，其中盛典第三篇章《爱国奉献》重点讲述了"岳山造林"先进事迹，播出"岳山造林万人大会战"微纪录片、演出"狂风暴雨护杉苗"情景剧。同时，三代务林人代表盘海波、谭鹰、张彬彬同志来到好人盛典现场，登上舞台接受主持人采访，讲述他们践行"绿水青山就是金山银山"理念，积极投身爱绿、植绿、护绿的行动中，一代接一代地弘扬岳山造林光荣传统的动人故事。

"近年来，肇庆市深入学习贯彻习近平生态文明思想，按照省委、省政府的部署要求，突出以绿美肇庆生态建设为牵引，以守牢粤港澳大湾区西部生态屏障为使命，以高水平保护推动高质量发展，不断擦亮国家森林城市、国家生态文明建设示范市的金字招牌，彰显了绿色发展的鲜明底色。"2024年6月4日，到怀集县蓝钟镇开展"百千万工程"专题调研时，肇庆市委副书记、市长许晓雄说。

2024年9月25日，《人民日报》载文，"广东怀集三岳省级自然保护区弘扬'岳山造林'光荣传统，践行绿色发展理念，开展育林护林、生物多样性保护，发展研学旅游、水果采摘、茶树种植等产业，拓展绿色发展空间。"[①]

文章说，通过发展特色林下经济和生态旅游，怀集实现了生态美与百姓富的有机统一，推动了高质量发展。推动油茶、竹子、中药材、花卉苗木、经济林果等特色产业发展，全县中药材资源涉及林地面积约6844公顷，产值约10 600万元。在古城村和

---

① 李纵：《荒山变林海 生态效益足》，载《人民日报》，2024年9月25日，第13版。

岳山林场之间，十里山丘种满果树，形成壮观的"水果长廊"。"岳山生态环境优越，产出的水果品质高，很受市场欢迎。每年秋冬收获时节，岳山脚下一片金黄，果香浓郁。"古城村党总支书记植日伟说，"我们村鼓励发展生态农业，村里有上百户农户种植水果，年总产量近1000吨，为村民增加了不少收入。"研学旅游、水果采摘、茶树种植……凭借良好的生态优势和丰富的业态，蓝钟镇吸引了不少游客，小镇里民宿、餐馆多了起来。"我们着眼林业资源永续利用，正不断拓宽更多绿色发展空间。"蓝钟镇政府一名工作人员说。

2024年10月13日至14日，广东省省长王伟中来到岳山林场，深情回顾岳山造林的历史和习仲勋同志视察时作出的指示，沿巡林山道走进林区，详细察看林木长势、植被种类、日常管护情况，现场感受郁郁葱葱的万亩林海壮阔景象。他指出，要继承和发扬习仲勋等老一辈无产阶级革命家的优良传统，大力弘扬"岳山造林"光荣传统，大力推进绿美广东生态建设，持续植绿护绿增绿，进一步优化林分、改善林相，筑牢粤港澳大湾区西部生态屏障。

高山做证，历史是人民书写的，历史也书写人民。半个世纪、三代人持续接力，换来怀集今日嘉木美竹，换来后人或望山之高，或看云之浮，或闻溪之流，或察鱼虾之浮游，或惮凶兽之潜伏。换来画家将山川草木纵横纸上，虫鱼鸟兽飞动毫端。换来秀峰叠嶂，绿水青山间，百姓之主业、副业、安居乐业。

草木有情，山川有意，日月有心。它们会永远铭记那些为了更加美好的明天而曾经肩负伟大使命、创造伟大奇迹的人。

附录 岳山大造林大事记

1974年

年初,怀集县作出"抓好林业发展,做好'林'字文章"的工作部署,发动全县干部群众开展造林绿化大行动。

是年春,全省第一个林业采育场在蓝钟公社成立。

9月,怀集县召开林业采育场工作会议。

9月,怀集县委下发《关于推广八个典型经验的决定》的第33号文件。

秋,怀集县抽调1万多名青年民兵和社员,参与岳山造林大会战。

10月,"怀集县岳山大造林誓师大会"召开。

11月,肇庆地区山区工作会议在怀集召开,怀集发展林业生产的经验得到表彰和推广。

12月,《南方日报》刊发《发展社会主义林业的一种好形式——怀集县建立公社、大队林业采育场的调查》。

1975年

1月，岳山造林大会战结束，共种杉苗1.5万亩。

1月，"省电台新闻联播"播出《怀集县近年来林业生产取得显著成绩》报道。

2月，中共怀集县委、怀集县革命委员会召开表彰和动员大会，对上一年"早造来个大翻身，晚造来个大突破，林业来个大革命"中涌现出来的先进单位和先进工作者予以表彰和物质奖励。

2月，《南方日报》刊发《坚持党的基本路线大干社会主义林业 怀集县超额完成今年造林任务》报道。

3月，广东省林业采育场现场会在怀集召开，代表参观蓝钟公社林业采育场。

4月，县教育局在春耕农忙假组织130多名教师上岳山举办理论学习班。

9月，县林业采育场工作会议召开。

10月，广东省革命委员会在怀集召开全省林业工作会议，会议总结交流和大力推广林区社队大办采育场、建设社会主义大林业的经验。

10月，中央农林部林业局工作组对怀集县办采育场情况调查研究后，农林部印发材料给各省参加在京召开的国营林场座谈会代表，兄弟省特别是南方11省的代表反映强烈。

是年秋，怀集县组织全县1.5万多名民兵再战岳山西侧。

11月，《南方日报》发表"本报评论员"文章《办好林业采

育场　加速林区学大寨步伐》。

1976年

1月,温泉造林大会战结束,共种杉苗2万多亩。

在岳山造林大会战和温泉造林大会战中,共有3534名民兵(其中女民兵占1/3)被列为入党积极分子,有45名民兵火线入党,有451名民兵加入共青团。

5月,广东省农村工作会议在怀集召开,肯定怀集县兴办林业采育场所取得的成果,并在全省推广怀集林业发展模式,全省各山区地委领导、县委书记到岳山林场参观学习。

1978年

2月,怀集县林科所在开展农业科学实验运动中取得优异成绩,获广东省革命委员会奖状。

3月,怀集县林科所取得的成果《南方丘陵栽杉的研究》获全国科学大会奖状。

1979年

2月,习仲勋同志视察岳山林场,为三株怀集名木蓝钟杉除草培土,鼓励山区群众管护好森林资源,确保永续利用。

1987年

3月,习仲勋同志再次来到怀集视察,就山区林业发展提出"合理砍伐、永续利用、绿化荒山、青山常在"16字要求。

1993年

8月,中共广东省委、广东省人民政府向怀集县颁发"绿化达标"证书。

1996年

10月,在全国飞播造林四十周年纪念大会上,怀集县林业局被授予"全国飞机插种造林先进单位"荣誉称号。

2000年

6月,经肇庆市人民政府批准成立市级自然保护区。

2004年

1月,经广东省人民政府批准升格为三岳省级自然保护区,岳山林场的林地林木划为自然保护区。

8月,国家林业局授予怀集县全国封山育林"先进单位"荣誉称号。

2005年

1月，国家林业局确认怀集县为林业工作站建设合格县。

2006年

10月，国家林业局授予怀集县"中国竹子之乡"荣誉称号。

2012年

4月，根据怀集县人民政府《关于岳山和温泉林场委托三岳省级自然保护区管理处管理问题的复函》的文件精神，怀集县国有林业总场与保护区签订《委托管理岳山、温泉林场协议书》，由此，岳山、温泉林场划归广东怀集三岳省级自然保护区管理处管理。

8月，国家林业局授予怀集县全国生态建设突出贡献奖"先进集体"荣誉称号。

2013年

4月，全国绿化委员会授予广东省怀集县"全国绿化模范单位（县、市、区）"

2022年

11月,肇庆市委书记张爱军签发《中共肇庆市委关于传承弘扬"岳山造林"精神 切实筑牢粤港澳大湾区西部生态屏障的报告》(肇委〔2022〕39号)上报中共广东省委。

12月,中共中央政治局委员、中共广东省委书记黄坤明指示,要发扬"岳山造林"光荣传统,深化绿美广东生态建设。

2023年

五一前夕,广东省林业局召开专题座谈会指出,"岳山造林"光荣传统是广东发展林业、保护生态的生动历史写照,是留给广东林业人宝贵的精神财富。会议强调,广大林业工作者要大力弘扬"岳山造林"光荣传统,把弘扬光荣传统转化为优秀的政治品格和强大的精神动力,着力做生态文明建设的实践者推动者,深入推进绿美广东生态建设,全力推动广东林业高质量发展迈上新台阶。

10月,中共中央政治局委员、中共广东省委书记黄坤明在岳山林场调研时强调,要继承和发扬老一辈无产阶级革命家的优良传统,以满腔热情、百倍干劲投身到新时代绿美广东生态建设的新实践中,再接再厉,再立新功。

年末,中共肇庆市委十三届六次全会审议通过《中共肇庆市委关于在新时代新征程传承弘扬"岳山造林"光荣传统的决定》。

2024年

1月，肇庆发布第1号林长令，要求抓紧抓实2024年造林绿化工作。

1月，肇庆市在全市开展县镇村绿化暨"美丽肇庆·美好家园"全民行动；值"岳山造林"大会战50周年，肇庆市深入推进绿美肇庆生态建设，早谋划、早部署、早行动，动员号召全社会广泛参与和常态化开展植树添绿，形成爱绿、植绿、护绿、兴绿浓厚氛围，全民共建美丽肇庆、美好家园。

1月，"榜样的力量·做新时代文明人"广东省精神文明建设好人盛典在广州举办，其中盛典第三篇章《爱国奉献》重点讲述了"岳山造林"先进事迹，播出"岳山造林万人大会战"微纪录片、演出"狂风暴雨护杉苗"情景剧，同时三代务林人代表来到现场，讲述践行"绿水青山就是金山银山"理念，积极投身爱绿、植绿、护绿的行动中，一代接一代地弘扬岳山造林光荣传统的动人故事。

9月，中共中央政治局委员、中共广东省委书记黄坤明到肇庆调研，强调要紧密结合肇庆实际推进绿美广东生态建设，传承弘扬"忠诚奉献，团结奋斗，艰苦创业，久久为功"的"岳山造林"光荣传统，眷眷怀顾，黾勉同心，鼓励怀集人民谱写新时代生态文明建设新篇章。

9月，《人民日报》发表《荒山变林海　生态效益足》一文，对怀集三岳省级自然保护区弘扬"岳山造林"光荣传统，践行绿色发展理念，开展育林护林、生物多样性保护，发展研学旅游、水果采摘、茶树种植等产业,拓展绿色发展空间的做法给予肯定。

10月,广东省省长王伟中在岳山林场调研时强调,要继承和发扬习仲勋等老一辈无产阶级革命家的优良传统,大力弘扬"岳山造林"光荣传统,大力推进绿美广东生态建设,持续植绿护绿增绿,进一步优化林分、改善林相,筑牢粤港澳大湾区西部生态屏障。

后记

一

宋代诗人陆游有一首《读易》诗：

揖逊干戈两不知，巢居穴处各熙熙。

无端凿破乾坤秘，祸始羲皇一画时。

"巢居穴处"——我们的祖先曾栖身于树上或岩洞里，那是人类未有房屋前的生活状况，从人类的生活与森林的密切关系，可印证我国林业历史的悠久。

孔子编纂的《诗经》收录诗歌305首，植物层出不穷，"维桑与梓，必恭敬止"，梓树；"籊籊竹竿，以钓于淇"，竹竿；"淇水滺滺，桧楫松舟"，松树……

从社会历史时期的划分看林业的历史发展，"林业是社会经济的组成部分，因此与之相应的可分为古代（或原始）林业、近代林业和现代林业"；从森林利用角度看林业的历史发展，则分为薪材利用阶段、圆木利用阶段、林产品多种利用阶段。[①]

[①] 张建国、吴静和：《现代林业论》，中国林业出版社1996年版，第14页。

中华人民共和国成立以来，林业发展"一波三折"，先以单纯满足国家经济需要而采伐利用森林为主，岳山是，怀集是，岭南是，中国大地处处是。

"七五"期间，广东林业"五年消灭荒山""初步医治了广东大地的创伤，偿还了历史欠账，开始进入了良性循环"[①]。

党的十八大以来，习近平总书记多次强调并阐发，"我们既要绿水青山，也要金山银山。宁要绿水青山，不要金山银山，而且绿水青山就是金山银山""良好生态本身蕴含着无穷的经济价值，能够源源不断创造综合效益，实现经济社会可持续发展""绿色生态是最大财富、最大优势、最大品牌"……

故而，今天无论你生活在岭南的哪一座城市、哪一个乡村，目光所及，莫不是树影婆娑、绿意盎然。

越来越多的人，对树木"心生怜惜"，像对待自己的孩子似的。这是由渐悟到彻悟，是地道又美好的转变，是心灵生态的复苏。

二

二十世纪六七十年代的中国，有相当长一段时间人心浮动。我恰出生于其"中"。幼儿的耳膜虽也灵敏但又很迟钝，我没有感知丝毫的社会波动，人语的喧嚣或嘈嘈切切，西北的乡村，纸糊的窗外，一棵巴梨树，两只鬼灵的小麻雀，劳作归来的母亲，偶尔闪现身影的爷爷奶奶，一年或两年才回来一趟的当兵的父

[①] 廖建祥、钟文菁：《广东林业的回顾与展望》，载全国林业经济研究会编《搞活林区经济的对策研究》，北京建材印刷厂1991年版，第36页。

亲，共同演绎着朴素的乡村生活小调。

后来知道，即便我生活的乡村也不是这样的宁静，出了院门，就是革命场、训练场、生产场，年轻的母亲上山耕锄，下队劳动，制造火药……各地情况差不离。

我当然也不知道，在我3岁（1974年）时，怀集正酝酿并实施一场大的行动——将上万名民兵召集起来上山种树。

而1974年只是起点，翌年冬，1.5万名民兵再战岳山西侧，两个"战区"连成一片，总造林面积3.5万亩。

而今我在岭南整整生活了20年，这里气候温润，树木容易成活，植树不难，难在"造"。所谓"造"必为"用"；既是"用"，必得讲科学，讲规模，讲实效。那个时代，杉木是不可或缺的国家战略资源，必得好好种，日后要派大用场。

真佩服上岳山的那些青年人。

但他们也是肉体凡胎，身上也没有使不完的劲儿；也怕冷，怕疼，怕饿，怕各种野生动物，可他们挺了下来，与自然抗争，与环境抗争，与体能极限抗争，与惰性抗争，与思想抗争。

当年的造林青年，早已步入老年，但谈起青春岁月，莫不激动，莫不自豪，莫不感伤。他们也怀念战友，有的多年未见，有的已经作古。但岁月的溪流冲刷不掉青春的刻刀镌刻的印记，随着时间的流逝，更深刻、清澈，不断向心间汩汩流淌。

当年的岳山指挥部旧址，现为悦豪林农庄，设有"头岳""二岳""三岳"厅，来者都是客，相逢情更深；当年的温泉指挥部旧址，现为双兴村新时代文明实践站，楼顶"忠诚奉献、艰苦创业、团结奋斗、久久为功"的标语引人注目。

肇庆、怀集，从未忘记半个世纪前那一幕伟大的壮举，一直在"打捞"尘封的岁月。肇庆市委宣传部、市文联、市作协，怀集县委宣传部及有关部门，组织了骨干力量，四处走访、收集整理资料，付出了相当艰辛的努力；当年造林青年的后人，"林二代""林三代"，热心此事，一张张照片、一份份文件、一页页资料……呈现在世人面前，让人感动。

在采访和写作本书的过程中，王振华、罗天兴、陆志超、严润生、邓柳婵、陈荻戈、谭永盛、盘海波、黄志坚、陈金棠、李寿华、马乃强、林杰雄、谢安祥、汤丽萍等，以及梁胜耀（早年毕业于华南农业大学，当过怀集县林业局副局长并"挂"场长）、陈月华（温泉大会战任连麦公社指挥所副指挥兼广播员）夫妇的女儿梁晓茵，或以亲历者的身份娓娓道来，或以后辈的身份讲述父母的奋斗史，无不情真意切。我相信，还有大批当年的民兵有很多值得书写的事迹，有很多可圈可点的故事，但囿于本人的时间、精力和本书出版的"节点"要求，未能实现，深感遗憾。但我相信，他们就是本书中出现的某个人、某个群体，或本书未出现的某个人、某个群体，不仅代表自己，实则是成千上万青年民兵的"浓缩"，是青春的音符和象征。让我们向他们致敬。

回首望去，那样一个时代，那样一段激情燃烧的岁月、可歌可泣的往事，于我们，是一座仰望的丰碑，于他们，是最无怨无悔无憾的青春。

2023年12月14日，为深度挖掘历史文化资源，推动文化产业高质量发展以及历史资料收集整理工作开展，怀集成立专项历史资料收集整理工作领导小组。

难能可贵。

本书的写成与出版，感谢肇庆市委宣传部、怀集县委的诸多支持，以及钟道宇、王振华、林昉、谭鹰、严润生、谭上洲、罗建和、黎晓阳、李美玉等先生、女士仔细的审读、校勘、补充、润色，使得书稿能尽可能去粗取精，去伪存真。感谢方权裕、林丰俗先生的后人授权使用两位先生生前的摄影、美术作品，为本书增色许多。感谢相关文献资料的写作者、提供者。感谢广东省作家协会、广东财贸职业学院、花城出版社的支持。特别感谢老新闻工作者王振华先生提供的他亲历的许多极富情趣的细节，像散落于岁月之河的一粒粒珍珠，还原了半个世纪前的"原汁原味"。此外也感谢我的妻子一湄和女儿许卓多次陪我下乡采访、拍照、整理记录、校对。

感谢所有人。

许锋

2024年10月